TEMPÊTE DANS LES HIGHLANDS

LES GARDIENS DE LA PIERRE

TANYA ANNE CROSBY

Traduction par

EMMA CAZABONNE

Traduit de l'anglais par Emma Cazabonne

Relu et corrigé par Gaelle Davis

0 9 8 7 6 5 4 3 2 1

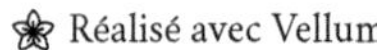

CRITIQUES ENTHOUSIASTES POUR TANYA ANNE CROSBY

« Riche en détails historiques, débordant de passion et d'aventures romantiques aux enjeux élevés, ce nouveau volume de la série Les Gardiens de la pierre est une romance écossaise superbement écrite. L'histoire et les personnages vont captiver les lecteurs du début à la fin. Je l'ai absolument adoré. »

— JULIANNE MACLEAN, AUTEUR À SUCCÈS DE USA TODAY

« Avec des personnages multidimensionnels et des histoires riches et détaillées, Crosby construit des mondes qui vous attirent immédiatement. Absolument captivant ! »

— KATHRYN LE VEQUE, AUTEUR À SUCCÈS DE USA TODAY

« Les personnages de Crosby laissent les lecteurs accrochés aux pages. »

— PUBLISHERS WEEKLY

« Tanya Anne Crosby est maître de son genre littéraire… »

— LAURIN WITTIG, AUTEUR À SUCCÈS

« L'amour, l'honneur, le suspense, la passion... toutes les bonnes choses que nous aimons dans une romance sur les Highlanders. »

— SUZAN TISDALE, AUTEUR À SUCCÈS DE ROWAN'S LADY

LE ROYAUME DES PICTES

LES 7 MORMAERDOMS DES FILS DE CRUITHNE

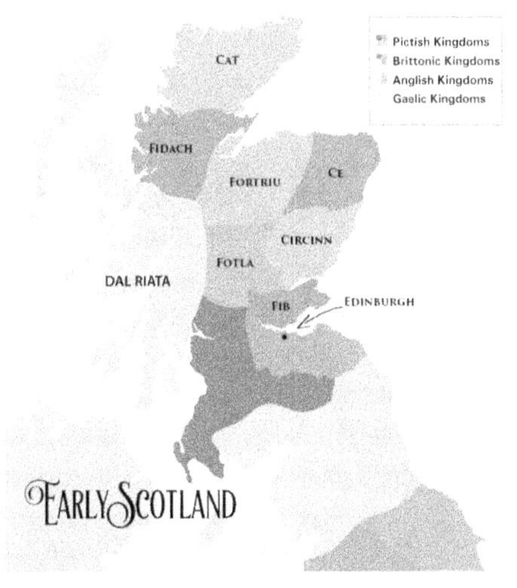

SÉRIE LES GARDIENS DE LA PIERRE

Une légende des Highlands

Le Promis des Highlands

L'Épée des Highlands

Tempête dans les Highlands

PROLOGUE

Dubhtolargg, en 1130

Des rumeurs de guerre tourbillonnaient dans le Nord.

Jetant son dévolu sur Moray, le huitième fils de Malcom Ceann Mor et le sixième des Margaretson mit à exécution sa menace de conquérir le Nord. En ce moment même, David mac Mhaoil Chaluim ralliait ses troupes, des hommes qui resteraient fidèles à la couronne de Scotia.

— J'ai l'intention de partir, dit le jeune homme.

Au son de sa voix familière, la vieille femme s'immobilisa brusquement à l'entrée de sa grotte.

Appuyée sur son bâton, Una se tourna vers le dernier-né des dún Scoti. Le bandeau sur son œil malade était usé. Elle avait la peau desséchée et ridée comme une vieille prune. Elle était si pâle que Keane aurait voulu rester près d'elle.

— Je sais, répondit-elle, un sourire timide sur ses lèvres bleuies.

Bien sûr, elle avait toujours su que cela arriverait un jour.

Una avait fait partie de leur clan d'aussi loin que Keane se souvienne. Elle était leur mère, leur guérisseuse, leur aînée. La plus ancienne gardienne de la pierre de Scone encore en vie.

— Tu veux t'asseoir un peu près de moi ?

— Pas aujourd'hui, dit Keane.

Demain non plus. Il serait parti.

— Ah, bon, se lamenta Una, semblant le comprendre.

S'il s'attardait maintenant, il n'arriverait jamais à partir, et sa sœur Lael l'avait sommé de se rendre à Keppenach pour l'aider à maintenir la paix pendant que son époux s'en allait en guerre avec le roi de Scotia.

La vieille femme le regarda fixement de son œil vert brillant.

— J'ai dit à ton père, à ton frère aussi, qu'on rencontre souvent son destin sur le chemin qu'on a choisi d'éviter.

Tout homme devait défendre ce en quoi il croyait. Keane le comprenait aussi bien que la plupart.

— Je n'ai pas peur, Una, que mon frère le croie ou non.

Elle acquiesça de la tête. La pierre sur la poignée de son bâton scintilla à la lumière du crépuscule. Si Keane avait espéré qu'elle l'arrêterait, le regard de la vieille femme confirmait son besoin de partir.

— Tu parleras à Aidan pour moi ? Tu lui diras pourquoi ?

Elle haussa les épaules.

— Ton frère n'est pas ton gardien, ni ton roi, mais si tu lui laissais une chance, il pourrait te surprendre.

Keane s'attarda. Le ciel s'assombrit.

— Aidan ne comprendrait jamais, annonça Keane.

Le laird des dún Scoti n'accueillait pas facilement le changement. Il n'accepterait pas non plus la décision de Keane d'abandonner la vallée, quand les terres environnantes étaient en proie aux conflits. Aidan craignait que le Royaume de Scotia ne descende sur Dubhtolargg. En vérité, on les avait quasiment oubliés ici dans la Mounth. Au moins de cette façon, Keane pourrait se rendre utile chez sa sœur. Ici, il dépérissait dans le rôle qui lui avait été confié.

Una soupira de nouveau, émettant un son aussi pesant que la pierre cachée dans le ventre de leur montagne.

— Tu dois suivre ta propre voie, Keane dún Scoti. Mais tu dois écouter ton cœur, pas ta tête.

Keane acquiesça, l'air sérieux. Una avait déjà trop parlé à son goût. Il était simplement venu pour qu'elle lui donne raison de partir. Maintenant qu'elle l'avait déclaré de sa propre bouche, il réduisit la distance entre eux et serra fougueusement la vieille femme dans ses bras. Vacillant un peu, elle le tapota doucement dans le dos.

— Que tu choisisses de l'affronter ou pas, tu sauras quoi faire le moment venu, j'en suis convaincue.

— N'aie jamais peur, la rassura-t-il. Tu nous as bien enseigné.

Dans le crépuscule, le bon œil d'Una scintilla, rempli de larmes.

— En vérité, tu as trouvé ta voie tout seul.

Elle lui semblait plus stoïque que jamais, comme une mère abandonnée par ses enfants aux ravages de l'âge.

— Avec un peu d'aide, ajouta-t-il en secouant doucement Una par les épaules pour mieux se faire comprendre. On n'aurait jamais rien pu faire sans toi, Una. Je reviendrai un jour. Je te le promets.

Elle le regarda tristement, comme si elle savait quelque chose que Keane ignorait.

— Allez, va-t'en maintenant, dit-elle en le chassant. Avant que je te donne un coup sur la tête, ajouta-t-elle en brandissant son bâton.

Le geste familier fit sourire Keane. Non qu'elle ne

mettrait sa menace à exécution, mais parce qu'elle l'avait déjà fait des centaines de fois, et chaque fois avec un cœur rempli d'amour.

Mais c'était fini. Les adieux étaient faits. Keane la serra une dernière fois dans ses bras et dévala la colline. Sous le couvert de l'obscurité, il prépara ses sacs et laissa sa sœur Cailin annoncer la nouvelle : un autre loup du pays des Pictes avait quitté la vallée.

CHAPITRE 1

DÉCEMBRE 1135

CHÂTEAU DE KINNEDDAR, DANS L'ELGINSHIRE

Les hommes de Moray étaient des guerriers. Les femmes, superbes et intrépides, aux yeux couleur de miel et aux cheveux aussi radieux qu'une flamme en hiver, étaient le cœur et l'âme de ces hommes. On disait que les dieux eux-mêmes étaient amoureux de leur grâce et de leur beauté.

Mais la grâce n'était pas le point fort de Lianae. Elle n'était pas non plus aussi jolie que sa mère ou sa sœur. Ses cheveux étaient plus blonds que roux. Ses yeux avaient la couleur sombre de l'*uisge*. Ils ne brillaient pas comme ceux de sa sœur Elspeth. Néanmoins, elle était la plus jeune des deux femmes encore en vie dans la longue lignée des reines de Moray. L'autre étant sa tante Gruaidh, édentée.

Lianae n'avait pas été le premier choix du Comte. D'un autre côté, lui n'avait pas été choisi du tout. Tant qu'elle était prête à se battre, il y avait encore une chance que le sang d'Oengus s'élève de nouveau. Telle était la prière du Mormaerdom. Le roi David avait beau se faire passer pour un roi bienveillant, il s'entourait de canailles comme William FitzDuncan et fermait les yeux sur tous leurs méfaits. C'était ainsi qu'il gouvernait : en chargeant les autres de faire le sale travail tout en se donnant des airs de sainteté.

Saint David, pouah !

Parcelle par parcelle, la terre de Moray était octroyée aux odieux barons d'Angleterre. L'homme assis devant elle était le plus perfide de tous. Il se faisait appeler *de* Moray. *De* Moray, pas *of* Moray, car même s'il était fils d'un roi scot, il ne valait pas mieux qu'un usurpateur normand.

Comme son père avant lui, et comme le roi David, FitzDuncan avait été élevé par les Anglais pour satisfaire les caprices d'un roi anglais. Par sa mère, Uhtreda, il était déjà le patriarche de Northumbrie, l'un des plus riches barons du nord de l'Angleterre. Le roi David lui avait aussi donné le titre de comte de Moray.

Vêtu de brocart bleu pâle, avec un chapeau et une paire de chaussures rouges délicates aussi pointues que son maigre nez en forme de bec, l'homme ignora Lianae et s'adressa directement à son frère. C'était le neveu du roi David et le fils d'un roi assassiné, également le meurtrier de la sœur de Lianae.

— Je ne tolérerai pas son insolence, annonça-t-il avec un accent normand, en le regardant de haut.

À la grande consternation de Lianae, son frère Lulach imita la diction du Comte, abandonnant son accent chantant de Moray.

— N'ayez crainte, mon seigneur... une fois que Lianae réalisera sa bonne fortune, elle sera à vos pieds.

Mon seigneur ? Mon seigneur ! Elle détestait les tournures normandes de son frère. La mâchoire irradiant de douleur, Lianae se leva brusquement.

— Je ne suis pas un chien ! Je ne serai pas à ses pieds ! N'avons-nous pas déjà été témoins de ce que cet homme peut faire ? N'as-tu pas d'affection pour notre sœur ?

Peu importait ses propres malheurs qui se multipliaient ! Au moment même où ils parlaient, Elspeth gisait à l'étage supérieur, son corps se refroidissant, son cou recouvert de bleus infligés par le Comte lui-même. Si Lianae n'était pas allée la voir ce matin après la célébration de la nuit, il aurait aisément camouflé ses péchés. Elle ne se trouverait pas non plus dans cette situation intenable.

Le garde de FitzDuncan s'avança et la fit se rasseoir. Il lui serra douloureusement l'épaule pour l'avertir.

FitzDuncan lui jeta un regard amer. Sa rancune ce matin était en grande partie due à son mécontentement de se retrouver avec la *mauvaise* sœur Moray. Eh bien, il aurait dû maîtriser ses mains ! Mais s'il réussissait à convaincre Lulach d'accepter une nouvelle union, Lianae maudirait le jour où elle deviendrait son épouse.

— *Cil-onaidh*, siffla-t-elle entre ses dents.

Cet homme était *un idiot et un sot.*

Son frère Lulach aussi.

— Lianae, s'il te plaît, supplia Lulach. Pardonnez-lui, mon seigneur, reprit-il en s'adressant au Comte, après avoir silencieusement imploré sa sœur. Elle a peur, c'est tout. Mais bien sûr, nous ne nous attendions pas à ce que...

Lianae attendit que son frère termine sa phrase. *On ne s'attendait pas à quoi, Lulach ?* À ce que l'époux d'Elspeth l'étrangle durant sa nuit de noces. *Dis-le, Lulach,* supplia-t-elle silencieusement. *Dis-le. Accepte de reconnaître les faits. Confesse ce que tu es prêt à me faire, à ta propre chair et ton propre sang !*

En vérité, si le Comte éprouvait un quelconque remords quant aux événements ayant conduit à la mort de leur sœur, son expression ne le démontrait guère. Au contraire, la cruauté se manifestait dans sa voix, une violence à peine réprimée sous des airs d'ennui. Mais Lianae la perçut. Ses nerfs se raidirent comme les cordes d'un arc trop tendu.

— Effrayée ou pas, la fille apprendra sa place.

La fille ?

Lianae n'était pas une *fille*. Elle était princesse de Moray !

Apprendre sa place ?

Quelle place ? D'épouse, maintenant qu'il avait réussi à tuer l'autre ?

— Je ne le ferai *pas*, rétorqua Lianae sur un ton tranchant.

Mais c'était comme si elle avait parlé dans le vide. Les deux hommes assis à la longue table ne prirent même pas la peine de la regarder. Ils poursuivirent leur conversation comme si Lianae était sortie.

— Oui, elle le fera, promit son frère.

Lianae eut beaucoup de mal à tenir sa langue. Leur terre était souillée, son frère était séduit par… par quoi ? La paix à tout prix ?

Cinq ans plus tôt, dans sa quête pour contrôler les Highlands, David mac Mhaoil Chaluim avait finalement mis à exécution sa menace de renverser le Mormaerdom. Il avait tué son père lors du massacre de Stracathro, dans l'Angus. Seuls deux de ses frères avaient survécu. Et maintenant, Lulach, portant le nom de leur grand-père maternel, se révélait être aussi misérable que son homonyme. Il était idiot de croire que David de Scotia lui accorderait des faveurs grâce à cette union. C'était un contrat conclu en vain : une fois les vœux de Lianae prononcés, elle serait piégée, non seulement dans un mariage à un monstre, un menteur et un meurtrier, mais aussi dans une alliance avec leur ennemi mortel. Le Mormaerdom serait perdu à jamais, car William, le meurtrier d'Elspeth, était également le commandant en chef de l'armée qui avait arraché Moray à son légitime héritier, le père de Lianae.

— Vous devez comprendre, Lulach... je pourrais en choisir une autre, une femme plus jolie, qui se montrerait aisément plus reconnaissante.

Lianae ouvrit la bouche pour l'envoyer au diable, mais son frère la supplia du regard. Le soldat du Comte lui agrippait toujours l'épaule d'une main ferme, la pinçant douloureusement.

— Oui, mon seigneur, concéda Lulach, mais Lianae est la dernière des filles d'Oengus. En tant que telle, elle pourrait vous aider à dissuader le peuple d'une nouvelle rébellion.

— Gruaidh est mieux disposée.

Lianae leva les yeux au ciel à la mention de sa tante.

— Oui, mais Gruaidh ne pourra peut-être pas vous donner d'enfants, et elle n'est pas aussi... agréable.

Le Comte jeta un coup d'œil vers Lianae.

— Votre sœur non plus quand elle ouvre la bouche.

Serrant les dents, Lianae se rappela le bref moment passé avec le Comte quelques minutes auparavant. Elle porta la main vers le bleu sur sa joue, pressant Lulach de le reconnaître, mais son frère refusa de regarder dans sa direction.

Le cœur de Lianae se serra. *Oh ! Lulach,* voulait-elle lui demander, *où est passé ton courage ? Et tes scrupules ? Ta clairvoyance ?*

— Je m'assurerai qu'elle comprenne son devoir.

Le Comte lança un autre regard aigri à Lianae.

— Vous feriez bien.

— Oui, mon seigneur... Si vous voulez bien nous accorder un moment seuls ?

Un masque d'ennui sur le visage, le Comte soupira.

Il repoussa sa chaise de la table et se leva en regardant de nouveau Lianae avec mauvaise humeur. Elle perçut dans ses yeux quelque chose de froid qui la remplit d'appréhension. Il l'avertissait sans paroles, et elle savait déjà quels dangers elle encourait. Sa sœur l'avait-elle mis en colère ? On ne saurait peut-être jamais ce qui s'était passé dans cette pièce. Passant la main sur sa joue, Lianae frissonna aux images qui lui vinrent à l'esprit. Les lèvres et la peau de sa sœur avaient été aussi bleues que la robe saphir qu'elle portait le jour de ses épousailles. Et Lulach voulait tout de même la vendre ? Dans quel but ?

Elle sombra dans le désespoir, avec le reste de ses protestations.

Son frère se leva et Lianae se prépara à l'imiter. Non par déférence, mais pour sortir. Une fois de plus, le garde du Comte la repoussa sur sa chaise, enfonçant ses doigts dans le creux de son épaule. Jusqu'à ce que sa bouche s'ouvre comme pour laisser échapper un cri de douleur. Mais elle le réprima. Pas en présence de ces monstres.

Intrus ! Meurtriers !

Le comte de Moray s'éloigna de la table. Alors seulement, son planton lui lâcha l'épaule pour suivre son maître, comme le chien qu'il semblait être. Lianae n'accepterait jamais d'épouser le Comte, mais elle reconnaissait le caractère obstiné de son frère à sa mâchoire serrée et elle savait qu'il ne fléchirait pas. Il ne servirait à rien d'exprimer une autre objection. Non, elle devait trouver un autre moyen...

Lulach attendit que le Comte et ses hommes aient quitté la salle avant de se tourner vers elle :

— Lianae, dit-il calmement. Tu dois absolument apprendre à tenir ta langue. Si tu te maîtrisais, tu pourrais recevoir un bel héritage, ma sœur.

Lianae serra si fort ses poings que ses ongles s'enfoncèrent dans ses paumes.

Elle avait jadis adoré Lulach pour sa nature douce. Maintenant, sa douceur ressemblait plutôt à de la faiblesse, comme le dénonçait son menton légèrement tombant. Les lourdes portes de la salle se refermèrent l'une après l'autre. Le son lourd et rauque se répercuta sur le plafond, pareil à celui d'une porte de cellule.

— Je ne veux pas épouser cet usurpateur, répondit calmement Lianae.

Son frère poussa un soupir.

— Lianae, il a gagné sa place comme tous les hommes de Moray, par l'épée.

— Non, maintint Lianae. Il a été nommé par le roi David, qui n'est rien de plus qu'un usurpateur lui-même. Il a été élevé sous la tutelle d'Henri. *Tous* ces hommes ont été préparés à nous remplacer. Si on leur laisse le temps, ils vont éliminer tous les habitants de Moray.

— C'est l'héritier de Duncan et le sang des rois coule dans ses veines, lui rappela Lulach.

— Ou sur ses mains ! rétorqua Lianae, indignée.

— Allons, Lianae, ne sois pas injuste. Son père a été notre roi pour un temps.

— Allons toi-même ! lança Lianae, regardant son frère avec incrédulité. Tu ne vois donc pas, Lulach ? Le roi Duncan a été assassiné par son propre frère, et si l'on en croit les rumeurs, William serait de connivence avec David, même en dépit de ce fait ! Ça devrait t'en dire assez sur ce personnage, prêt à se vendre si aisément aux meurtriers de son père. Cet homme n'est qu'un bâtard et sa mère est aussi une intruse. Ce sont tous des laquais d'Henri, tous !

— Il est grand temps de faire la paix, ma sœur. Oengus est mort…, dit Lulach en fronçant les sourcils.

Lianae lui ricana au nez.

— Personne ne sait mieux cela qu'Elspeth !

Ses yeux se remplirent de larmes tandis que les images de la scène lui revenaient à l'esprit. Les yeux exorbités de sa sœur, sa robe déchirée. FitzDuncan n'avait même pas eu la décence de fermer ses beaux yeux ambrés. Ce souvenir menaçait de déstabiliser Lianae, ce que pas même la discussion de cette heure écoulée n'était parvenue à faire.

Son frère ignora ses larmes.

— Nos frères, morts...

— Non !

Elle et Lulach échangèrent un regard bouillonnant, et Lianae essaya d'évaluer ce qu'il savait. Ni Ewen ni Graeme n'avaient été aperçus depuis de nombreux mois, mais Lianae savait qu'ils devaient être quelque part, attendant patiemment le bon moment. Oengus les avait bien instruits.

— Ne sais-tu pas, Lianae ? Nous ne pouvons pas continuer de nous battre si nous voulons survivre.

Et voilà.

L'expression de son frère était remplie de peur. Le cœur de Lianae se serra pour l'homme qu'il aurait pu être. Elle savait qu'il ne souhaitait pas réellement la voir épouser un monstre. Mais Lulach n'était pas assez fort pour s'opposer à ces misérables. Elle voulait lui pardonner de tout son cœur, mais elle n'en était pas capable. Il était trop aisément prêt à la vendre. Et sa sœur, leur sœur, était déjà morte. Lianae pourrait connaître le même sort. Et à quel dessein ? Pour rassurer Lulach ? Pour remplir ses coffres ? Pourquoi ?

Il n'y avait qu'une seule façon d'échapper à ce destin : elle devait laisser son frère supposer qu'elle cèderait. Il avait déjà pris sa décision.

— Quand ? demanda-t-elle, en ravalant sa peine, quand veux-tu que je commette cette atrocité ?

— Ce soir.

— Ce soir !

Les larmes lui montèrent de nouveau aux yeux.

— Lianae, la supplia son frère.

Malgré son jeune âge, des rides étaient déjà gravées sur son front, des lignes nouvellement apparues. Sa femme semblait également plus âgée, mais Lianae ne pouvait pas leur venir en aide. Elle avait plutôt l'intention de s'aider elle-même. Elle n'était pas prête à se sacrifier. Son corps ne désirait qu'une chose : bondir de son siège et sortir en hurlant. Mais elle resta assise.

Jetant un œil au balcon, elle aperçut une silhouette penchée à la balustrade. William FitzDuncan n'était pas du genre à prendre des risques. Aucun homme dans la ligne de succession ne pouvait se reposer sereinement. Depuis le jour où Kenneth MacAlpin avait assassiné les fils des sept nations pictes, la Scotia n'avait pas connu de paix durable. Les cousins assassinaient les cousins. Les frères assassinaient les frères. Les sœurs n'étaient que des biens à échanger.

Son esprit s'appliqua à trouver un plan.

Les bains publics n'étaient qu'une flaque d'eau sale, un bâtiment indécent rempli de sueur, un vestige des légions romaines. Le dernier endroit où quelqu'un pourrait se laver. Mais c'est pourtant là que Lianae devait se rendre ce soir...

Sous les bains publics se trouvait un enchevêtrement de conduites alimentées par les jolis ruisseaux des Highlands. Les tuyaux étaient tous scellés maintenant et un cortège de serviteurs mécontents remplissaient les bains une fois par semaine. Mais Lianae savait comment accéder à ces tuyaux. De là, elle pourrait s'échapper dans les bois, en essayant toutefois de ne pas éveiller les soupçons. Elle devait s'enfuir avec seulement les vêtements sur son dos. Une fois son consentement donné, on la reconduirait dans sa chambre, le temps de prendre sa robe de mariage, celle d'Elspeth.

Elle eut un mouvement de recul, car l'idée de couvrir sa personne de cette robe odieuse lui provoqua une douleur à l'estomac qui la rongeait de l'intérieur. Sa gorge se serra, mais elle se força à parler :

— Très bien, mais s'il te plaît... accorde-moi au moins de prononcer mes vœux après un bain. Comme tu peux le voir, je suis sale.

Lulach haussa un sourcil.

Se souvient-il ?

Quand elles étaient jeunes, elle et Elspeth pénétraient dans les conduites depuis la forêt et regardaient en cachette dans les bains publics, prises de fou rire devant ce qu'elles y découvraient, une éducation pas toujours émoustillante. En vérité, elle n'avait eu aucune idée que les hommes aimaient tant lâcher des pets quand ils se retrouvaient à plusieurs dans les bains.

Lulach la fixa des yeux. Lianae leva les mains au ciel.

— Tu voudrais qu'il se bouche le nez à cause de ma puanteur ? Regarde-moi ! le supplia-t-elle, espérant qu'il voit aussi ses bleus. Je reviens juste de m'occuper de *tes* enfants. Pas étonnant qu'il m'ait dévisagée toute la matinée comme si tu lui avais mis une crotte sous le nez !

Lulach soupira et céda aussitôt :

— Pas de combines, Lianae, la mit-il en garde. Si tu n'as pas le courage de faire ça pour toi-même ni pour moi, pense au moins à tes neveux. Alan peut encore trouver un moyen de rendre notre père fier.

Habillé comme un Sassenach ? Non. Jamais ! Oengus se retournerait dans sa tombe.

— C'est pour leur bien que je ne suis pas partie quand j'en avais l'occasion, lui rappela-t-elle en fronçant les sourcils.

Elle aimait les enfants de son frère comme si c'étaient les siens. Mais Lulach avait déjà promis sa fidélité au nouveau comte et elle doutait que FitzDuncan leur fasse du mal. Pas quand il avait besoin du soutien du peuple. En tant que fils légitime d'Oengus, Lulach était très bien considéré. Jusqu'à sa mort, le peuple de Moray avait profondément aimé son père.

— Très bien, je vais faire préparer le bain.

Le cœur de Lianae bondit de joie.

— Je te remercie. Ou plutôt, le Comte te remerciera, se reprit-elle tranquillement, se retenant de pousser des cris de joie pendant que son frère frappait dans ses mains.

Les portes s'ouvrirent brusquement et pas un, mais deux hommes costauds se présentèrent pour escorter Lianae hors de la grande salle. Ils se saisirent d'elle et l'emmenèrent brutalement.

— Sois sage, l'avertit Lulach. Et ne t'attarde pas.

— Ne te chagrine pas, *mon frère*. Je ferai mon devoir, promit-elle, avec peu de componction.

Son *devoir* était de trouver un moyen de s'échapper.

Presque aussitôt, les détails de son plan commencèrent à se former dans son esprit. Lianae avait seulement besoin de quelques instants seule dans les bains, juste le temps d'ouvrir le passage et de s'y engouffrer. L'entrée devrait être facile à trouver, même après toutes ces années. Le nouveau comte et ses hommes ne connaissaient probablement pas l'histoire de ces terres ni leurs constructions. FitzDuncan avait passé toute sa vie en Angleterre. Son ignorance servirait bien Lianae aujourd'hui.

Dans le couloir, le Comte lui bloqua le passage. Avec un sourire narquois, il la saisit par le bras avant qu'elle ne puisse s'éloigner.

— Ce soir, ton frère ne pourra plus rien redire sur ce que je fais de toi, Lianae. Tu ferais mieux de trouver une meilleure façon de te servir de ta langue de velours.

Lianae frissonna.

Satisfait de sa réaction, il sourit et la relâcha. Le feu

monta aux joues de Lianae. Mais pour une fois, elle tint sa langue. Son cœur tambourinant contre ses côtes, elle se retourna vers son frère. Lulach l'observait, insensible à la supplique dans ses yeux. Elle sut à cet instant qu'il était perdu pour elle. Mais elle était assez intelligente pour savoir que la colère ne lui servirait à rien maintenant. La séduction peut-être. Sa mère avait été une sirène, ensorcelant les hommes avec chacun de ses mots. Lianae se glissa donc vers FitzDuncan et passa sa langue sur sa lèvre inférieure. Avec plus de bravade qu'elle n'en avait, elle lui dit :

— Ne vous chagrinez pas, *laird,* dit-elle en déglutissant après le titre. Je sais quoi faire avec ma langue de velours. Après tout, je suis une fille de Moray.

Les pupilles du Comte se dilatèrent et ses yeux devinrent d'un noir intense. Quelque chose se mit à briller dans la profondeur de son regard. Il sourit légèrement et se pencha pour lui murmurer à l'oreille :

— Ta sœur était faible. Elle n'avait pas le courage d'une reine. Mais j'ai toujours voulu étriller une femme de Moray, pour voir de quoi elles sont faites. Donne-m'en l'occasion, ajouta-t-il.

Puis il s'éloigna, s'écartant du chemin de Lianae.

Elle resta immobile dans le couloir, une sueur froide lui glaçant les os. La peur et le doute paralysaient ses membres. Cet homme resterait bien sûr insensible à la séduction. Il était à l'abri des charmes d'une sirène. Il n'en ferait qu'à sa tête avec elle et elle n'aurait jamais voix au chapitre. Comme Elspeth, qui avait été beaucoup plus jolie qu'elle, sa vie finirait aux mains de FitzDuncan.

Gloussant d'une voix grave, amusé par la peur dans les yeux de Lianae, le Comte retourna dans la salle pour finaliser ses plans de mariage. Lianae resta si longtemps figée sur place que le serviteur du Comte la poussa rudement dans le dos.

Que Dieu me vienne en aide.

Elle n'aurait qu'une seule chance de s'échapper.

Et si elle échouait...

Mais elle n'échouerait pas.

Lianae ne regarda pas en arrière pour voir si le meurtrier de sa sœur et son frère l'observaient toujours. Sans un autre mot, Lianae de Moray, la dernière fille survivante d'Oengus le Mormaer, laissa les hommes de l'usurpateur l'emmener.

CHAPITRE 2

DUBHTOLARGG

Bien après sa saison, un Bombyx de la ronce géant voleta autour de la table, attiré par la forte lumière du cristal. Lançant des regards noirs, Una jeta son tartan sur la boule de cristal. Elle avait horreur de s'attarder sur les images chatoyantes apparaissant derrière la surface luminescente. Privé de la lumière de la *keek stane,* le papillon contrarié ouvrit ses longues ailes et s'envola vers la seule torche de la grotte, tandis qu'Una réfléchissait aux images révélées.

Aux yeux de presque tous, la *keek stane* n'était qu'une jolie boule de cristal. Mais pour ceux doués du *da shealladh,* le don de seconde vue, elle révélait parfois trop de choses. L'avenir, le passé, des événements plongés dans la pénombre. L'astuce était de discerner lesquelles de ces visions désignaient des voies qu'Una pourrait encore modifier. Aujourd'hui, ses visions avaient été aussi claires que les mares aux fées sur l'île de Skye. L'avenir qu'elle avait vu était donc désormais inaltérable.

Sapant l'énergie de ses vieux membres, une vague

de tristesse l'envahit. Aujourd'hui, elle se sentait lasse jusque dans sa peau, qui pendait mollement à sa vieille carcasse, comme si elle n'avait plus la volonté de rester en place. Son petit orteil lui faisait plus mal que jamais. Et le temps pressait...

Il ne faut pas qu'on trouve Clach-na-cinneamhain. Jamais.

La pierre du destin n'était plus une bénédiction pour les hommes. Dotée de pouvoirs dépassant de loin la foi qu'elle inspirait, cette pierre de basalte aux veines sombres avait jadis appartenue aux Gaels. C'était leur relique la plus sacrée, apportée en Scotia par l'Irlande et bénie par une prêtresse picte. Par la puissance conférée à cette pierre du destin, les hommes étaient condamnés à commettre des actes ignobles au nom de l'Alba. Ayant vu jusqu'où ils étaient prêts à aller pour goûter à l'immortalité, Una avait elle-même enseveli la pierre puis choisi ses gardiens avec soin. La laisser maintenant aux mains de mortels reviendrait à remplir les fleuves de Scotia de sang.

Que faire... que faire...

Hélas, ce n'était pas quelque chose dont elle pouvait accabler Aidan. Sa prophétie ne servirait qu'à engendrer la colère et la peur. Pire encore, si Aidan découvrait le rôle de Keane dans ce qui amènerait la pierre à sa fin, il le blâmerait. Mais le jeune dún Scoti devait poursuivre sa voie. Ils n'aimaient pas se considérer fils de Scotia, mais c'est bien ce qu'ils étaient, Pictes, Gaels et Scots. Des noms différents pour désigner exactement la même chose. Quel que soit le nom qu'on lui donne, une épine est toujours une épine.

Una ressentit comme des milliers de doigts froids sur sa peau, des milliers de morts de son clan l'accusant sans paroles.

— Je sais, dit-elle d'un ton irrité. Je sais. Je ferai en

sorte que la pierre soit détruite. Restez tranquilles et laissez-moi réfléchir !

Comme s'il obéissait, le papillon revint vers la table. Il se posa sur le tartan au sommet de la boule de cristal et regarda Una, ouvrant ses ailes poilues en éventail et agitant ses antennes en forme de corne.

Les grottes où demeurait Una étaient solides. La pierre était ensevelie dans la caverne la plus profonde de la montagne. Quelques années auparavant, la jeune épouse d'Aidan était tombée à l'intérieur par une faille, mais la brèche avait été rescellée depuis longtemps. Il ne restait qu'une seule entrée pour accéder à la caverne. Il fallait passer par l'atelier d'Una, dans la grotte où elle se trouvait maintenant. L'entrée n'était accessible que par une trappe cachée sous sa table d'alchimie. Mais sceller la porte ne suffirait pas.

Le feu ne suffirait pas non plus. La pierre ne brûlerait pas, et la malédiction ne serait pas éliminée de ses pores basaltiques. De plus, malgré la puissance magique dont jouissait Una, elle ne pourrait jamais bouger cette lourde pierre toute seule. Et quand bien même, il serait impossible de transporter un objet de cette taille sans sonner l'alarme. Les gardiens de la pierre s'acquittaient de leur tâche depuis bien trop longtemps. Ils ne seraient pas près d'y renoncer.

C'était en vérité un dilemme pour les dieux, et Una n'était après tout qu'une humble servante des hommes, pas une déesse.

Avec un sourire mélancolique, elle passa en revue la famille d'Aidan, les derniers gardiens de la vérité. Lìli, Ria et le nouvel enfant à naître de Lìli. La voie de la jeune Cailin était encore inconnue. Quant au jeune Keane, il avait toujours été très doux, bien que son cœur se soit endurci. Catrìona avait été la première à partir. Elle avait épousé le second fils du clan Brodie.

Lael aussi avait fui, pour épouser le laird de Keppenach. Et enfin, il y avait Sorcha, cette chère Sorcha...

Les gardiens seraient bientôt tous libres de parcourir le pays, chacun aligné à un nouveau clan. Hélas, les chemins des hommes ne pouvaient plus être modifiés, ni dans cet âge ni dans le prochain.

Les larmes lui piquaient les yeux et s'arrêtaient dans les plis de sa peau usée. Ses pattes d'oie, comme on les appelait, mais après tant d'années, ses rides étaient presque aussi profondes que le puits de Lilidbrugh, cet endroit abandonné depuis longtemps et qui apparaissait maintenant sur sa boule de cristal. C'était là, au berceau de leur clan, que le jeune dún Scoti allait rencontrer son destin.

D'un jour à l'autre...

Distraite et épuisée, la vieille femme se détourna de sa table d'alchimie, juste à temps pour apercevoir les longues jambes de Sorcha descendre dans la grotte. Sans doute à la recherche d'Una, car Lìli lui avait fait gravir la colline de longues heures auparavant pour aller chercher un cataplasme pour la petite Ria. Elle ne s'était pas attendue à être retardée par la boule de cristal.

— Una ! cria la jeune fille sans prendre la peine de regarder autour d'elle.

Le papillon ouvrit ses ailes et s'envola.

— Je suis ici, ma fillotte, épargne mes oreilles s'il te plaît ! protesta Una avec une note de défaite dans sa voix bourrue.

Sorcha sauta au bas de l'échelle et fronça les sourcils. À vingt-trois ans, la plus jeune fille dún Scoti n'était plus une enfant, quoi qu'en dise Una. Ses yeux violets, si comparables à ceux de sa sœur, étaient rusés et paraissaient bien plus vieux que son âge. Una observa sa jeune apprentie de son œil larmoyant.

— Oh ! Est-ce que je te dérange ? demanda Sorcha, le regard attiré par le cristal brillant sous le tartan.

— Non.

— On s'est dit que tu avais peut-être besoin de notre aide...

Una haussa un sourcil dru.

— Pour descendre un cataplasme de la colline ? Tu me prends pour une boiteuse, fillotte ?

Sorcha esquissa un sourire en coin. Una avait bien envie de lui donner un coup de bâton, mais elle l'agrippa et n'en fit rien. Dans ces moments-là, Keane lui manquait encore plus. Les filles dún Scoti étaient toutes très alertes et vives d'esprit, mais Una n'était jamais encline à les frapper sur la tête. Dommage que Kellen ne soit pas là, car c'était un bon remplaçant. Hélas, à seize ans, le fils de Lìli atteindrait l'âge adulte beaucoup plus vite qu'il ne le devrait et Lìli serait furieuse contre les décisions prises par son époux à Chreagach Mhor. Una poussa un soupir. Son désespoir se matérialisa par un courant d'air froid qui descendit les parois et balaya la grotte. Il souleva la jupe bleue de Sorcha et fit vaciller la torche. Sa flamme sembla s'incliner comme pour faire une révérence. Jetant un regard incertain à la *keek stane*, Una avoua :

— J'ai été retardée, si tu veux tout savoir.

Malgré sa curiosité sans limites, Sorcha se gardait bien de poser des questions sur la boule sous le tartan. Mais Una décida que le moment était venu de découvrir ce que Sorcha savait. Appuyée sur son bâton, Una se dirigea vers la chaise la plus proche et observa son apprentie.

— Comment va l'éruption de Ria ? demanda-t-elle.

— Mieux, d'après Lìli, mais elle est irritable.

— Lìli ou Ria ?

— Les deux, si tu veux savoir, reprit Sorcha en riant doucement.

Attrapant sa longue tresse, un geste nerveux pour occuper ses mains, Sorcha s'avança vers la table de travail d'Una, intriguée par le cristal. Il l'appelait maintenant, car Sorcha aussi était une *taibshear*, une voyante. Mais c'était une chose de posséder la *connaissance* et une autre d'en être conscient et de souhaiter s'en servir. Certains avaient une disposition naturelle, mais ils ne faisaient pas confiance à leur intuition et ne gardaient pas leur esprit et leur cœur ouverts...

Même maintenant, assise de l'autre côté de la pièce, Una sentait l'énergie du cristal. Elle savait qu'il désirait être vu par des yeux différents. La question était, Sorcha sentait-elle aussi cette attirance ? La jeune fille était-elle assez forte pour accepter sa *magik* intérieure ?

Una regarda celle qu'elle avait élevée dès ses premiers jours. Puis quelque chose sur une étagère attira son regard.

— Sorcha, ma petiote, te rappelles-tu le livre qu'on lisait ensemble ?

En peau de mouton et relié en cuir, le volume comportait des symboles anciens peints avec du sang. Il était vieux et fragile, impossible à lire, à moins d'avoir le don de seconde vue. À ceux qui ne possédaient pas *da shealladh*, les pages semblaient tout simplement blanches. Mais Sorcha connaissait les symboles, depuis le début pratiquement. Même enfant, elle avait discerné des choses que d'autres ne pouvaient pas voir.

Suivant le regard d'Una vers la haute étagère, Sorcha répondit :

— Bien sûr que je m'en souviens.

Una sourit tristement.

— Tu promets d'en prendre soin ?

— Je le promets ! Mais, Una...

— *Dùin do ghob somaltag.* Tais-toi, fillotte, dit doucement la vieille femme.

Résolue à accomplir sa tâche, Una tapota son bâton

en frêne sur le sol en pierre de la grotte. Des volutes de brume s'élevèrent d'endroits invisibles. Avec elles arriva un courant froid qui les transperça jusqu'aux os, plus vite qu'une pluie froide et humide. Et pourtant, malgré les tourbillons de brume, l'air devint vicié, aspirant l'oxygène comme avant un incendie. Sorcha sentit le changement. Comme une biche méfiante, elle s'apprêtait à fuir.

Una s'était révélée aux autres seulement une ou deux fois auparavant. Et chaque fois, elle avait dû en payer le prix. *La prochaine fois serait la dernière.* Elle fixa ses yeux sur sa jeune disciple pour l'inciter à rester.

N'aie crainte, mon enfant.

La voix caressante d'Una s'immisça comme une vipère dans la caverne embrumée.

Tandis qu'Una regardait Sorcha, s'attendant à moitié à la voir s'envoler comme le papillon, les épaules de la jeune fille commencèrent à se détendre. Derrière elle, sur la table, sa pierre de voyance se mit à briller un peu plus, sa puissante *magik* traversant le tissu comme des fils de lumière diaphanes.

Retire le tartan de la keek stane, suggéra Una silencieusement, sans même bouger ses lèvres.

Surprise par cette requête, Sorcha tourna brusquement la tête et jeta un regard méfiant à Una.

Retire le tartan, répéta Una.

Sorcha cligna des yeux. Sa main se tendit vers la couverture presque automatiquement, mais prudemment. Una attendit, regardant patiemment les doigts de Sorcha s'approcher lentement du tissu.

Retire le tartan, ordonna-t-elle de nouveau.

Les yeux violet clair de la jeune fille brillaient dans la lumière chaleureuse de la grotte. Elle regarda fixement la vieille femme. Una, très satisfaite, sourit pour la rassurer. Sorcha ne comprenait peut-être pas son savoir, mais elle le possédait bel et bien...

Regarde dans le cristal et dis-moi ce que tu vois.

Sorcha retrouva sa voix :

— Vraiment ?

La vieille femme lui fit un petit signe du menton.

En hésitant, comme si elle craignait que ce ne soit le fruit de son imagination et que d'un instant à l'autre le bâton d'Una ne lui atterrisse sur la tête, Sorcha saisit le tartan. La vieille femme se leva silencieusement de sa chaise et s'approcha de la table. Elle vint se tenir au côté de sa disciple, avançant plus rapidement que ses vieux os n'auraient dû lui permettre. Si Sorcha la sentit arriver près d'elle, cela ne sembla pas l'effrayer. Elle ne se tourna pas non plus vers Una. La *keek stane* retenait maintenant toute son attention.

L'attente devint comme une bête vivante dans la grotte. Una pouvait voir les griffes brumeuses de la *bruadar*, la vision, se tendre vers la fille, comme si elle voulait la prendre dans ses bras. Le cœur de Sorcha battait bruyamment, comme s'il était de fer, au rythme de celui d'Una qui lui prêta sa force de *bruadaraiche*, de rêveuse.

Rapidement, comme si elle craignait de changer d'avis, Sorcha tira sur le tissu. Le tartan glissa de la *keek stane*, révélant un cristal concave d'où semblait émaner toute la brume envahissant la pièce. Tout ce qui était retenu dans le cristal épousa violemment toutes sortes de formes disparates.

Una attendit patiemment que l'énergie soit maîtrisée, puis elle demanda :

— Dis-moi ce que tu vois.

Le regard de Sorcha resta longtemps impénétrable. Puis, sous l'effet de la curiosité, son cœur s'apaisa et elle passa devant Una pour mieux scruter l'antique *keek stane*.

Les formes commençaient à fusionner dans le cristal. Mais cette *bruadar* n'était pas pour Una. Elle garda alors les yeux fixés sur Sorcha. Illuminés par la lumière changeante du cristal, les cheveux noirs de la jeune fille semblaient aussi violets que ses yeux. Sa peau prit le teint translucide d'une perle. Après un moment, Sorcha leva les yeux et regarda Una.

Amusée, Una fronça les sourcils.

— Parle. Dis-moi ce que tu vois.

— Je… je ne suis pas certaine, annonça Sorcha.

— Mieux vaut voir sans certitude plutôt que d'être aveugle.

Habituée depuis longtemps aux propos énigmatiques d'Una, Sorcha se pencha de nouveau sur la *keek stane*, les yeux fixés sur les tourbillons. Una l'entendit déglutir.

— Je vois un broch.

— Une tour en pierre ? demanda Una en levant les sourcils.

Sorcha acquiesça de la tête.

— De type normand ou plutôt comme ceux érigés par nos ancêtres ?

— Pas normand.

— Quoi d'autre ?

— Un loup et un oiseau bleu à quatre pattes.

— Et quoi d'autre encore ? reprit vivement Una.

— Je ne suis pas certaine, admit Sorcha, se mordillant la lèvre inférieure.

— Rappelle-toi que la certitude tue les rêves. Dépêche-toi, ma fillotte, dis-moi ce que tu vois d'autre.

Les images s'estompèrent. Sorcha secoua la tête.

— Je ne vois plus rien, dit-elle, perplexe.

Una claqua de la langue avec agacement.

— C'est trop tard maintenant !

Elle saisit le tartan et le jeta d'un geste irrité sur la *keek stane*, cachant ainsi le cristal.

— Qu'est-ce que ça veut dire ?

— Ça veut dire ce que ça veut dire.

— C'est quoi ce cristal ?

— Il y a une vie invisible qui nous rêve, Sorcha, une vie qui connaît notre destin. Le cristal nous en donne un aperçu par l'œil de Cailleach. Mais c'est à toi de déchiffrer la *bruadar*.

Sorcha regarda le visage d'Una, avec son bandeau qui cachait son œil manquant. Déçue, Una se détourna.

— Allez, emporte mon livre dans ta chambre.

— Pourquoi ? insista Sorcha. Je ne sais pas comment le lire.

— Si, tu y arriveras.

— Una... je n'aime pas ta façon de parler, c'est comme si tu allais nous quitter.

Les muscles du cou et des épaules d'Una se raidirent. L'effort pesait sur elle. Un autre hiver signerait sa perte. Elle avait besoin d'un long repos. Pour l'instant, l'idée même de redescendre la colline la rebutait.

— *Tha mi cho sgìth ri seann chù,* dit-elle. Je suis épuisée comme un vieux chien.

Lentement, comme si ses os pouvaient se briser sous l'effort, elle retourna à sa chaise et se rassit.

— Descends le cataplasme toi-même, Sorcha.

Sorcha, l'air triste, fronça les sourcils.

— Mais pourquoi, Una ? Je ne sais pas comment l'appliquer.

— Ah, mon enfant ! Vas-y ! Tu n'as pas besoin d'une vieille aux mains tremblantes pour appliquer un simple cataplasme. Pas quand tu es forte et tout autant capable.

— Mais...

— Il n'y a pas de *mais*, Sorcha. Donne le cataplasme à Lili. Elle saura quoi faire avec. Et emporte aussi mon livre. Garde-le très précieusement.

Les sourcils froncés, Sorcha leva les yeux vers le haut de l'étagère, là où le livre était censé se trouver. Elle resta bouche bée. Le livre avait disparu. Il se trouvait à côté d'elle sur la table. Abasourdie, elle passa les doigts sur la vieille reliure en cuir. La lassitude envahit finalement les os d'Una.

— Dis à Lìli que je descendrai plus tard.

— D'accord, répondit Sorcha, sur un ton plus doux.

— Et dis-lui d'ajouter deux assiettes pour le dîner.

Sorcha serra le livre sur sa poitrine.

— On va avoir des invités ?

— Pas précisément.

— Toujours des mystères, se plaignit Sorcha en secouant la tête. Très bien, Una. Je lui dirai, et je m'assurerai aussi qu'elle prépare une boisson tonifiante. Tu n'as pas l'air d'aller très bien.

Sur ce, elle vint poser un baiser empreint de douceur et d'amour sur le front d'Una. Celle-ci la regarda avec reconnaissance. De près, la preuve était incontestable, même à ses vieux yeux fatigués. Après avoir scruté la *keek stane*, l'un des yeux de Sorcha avait pris la couleur d'une feuille au printemps, tandis que l'autre était toujours violet clair. Il lui démangeait de lui dire tant de choses. Mais la vieille femme tint sa langue. Elle déglutit, visiblement émue, et tapota sa jeune apprentie sur le bras.

— Vas-y. Je te rejoindrai bientôt.

Les bras serrés autour de l'ancien grimoire, Sorcha fit oui de la tête et se dirigea vers l'échelle. Tandis qu'elle remontait de la grotte, la torche de la pièce vacilla et s'éteignit, plongeant Una dans l'obscurité. Le papillon revint ; il voleta devant le nez d'Una, avant d'aller se poser sur la pierre du pommeau de son bâton.

— On doit se préparer, dit-elle.

Le papillon s'immobilisa.

CHAPITRE 3

Estimant sa position d'après Càrn Dearg, le plus haut sommet des *Am Monadh Liath*, Keane dún Scoti poussa sa jument aussi près du bord que possible. Le vent ébouriffa sa chevelure noire et la fourrure de son lourd manteau lui chatouilla le menton.

Nichée entre les collines rouges et grises, dissimulée par la forêt de pins en dessous, il serait facile de ne pas *la* voir. Mais plus il s'approchait, plus *elle* chuchotait à son âme avec ferveur.

L'attente accéléra les battements de son cœur. Le cheval se raidit entre ses cuisses musclées. Beithir gratta la roche de son sabot avant droit et quelques gravillons dégringolèrent. Puis il *la* vit.

Lilidbrugh.

Blottie dans le crépuscule, elle gisait dans les mauvaises herbes et les ronces envahissant ses pierres. Les ruines antiques reposaient à la lisière de la grande forêt boréale, là où ses ancêtres avaient jadis combattu les légions romaines. Noircie, non par l'âge, mais par les cendres dispersées par le vent et la pluie des Highlands depuis près de deux cents ans, elle se dressait, meurtrie, accrochée à son poste.

Jusqu'à sa fin tragique, elle avait été l'ancien siège de Fidaig, le cœur de son clan, au temps où leurs terres portaient toutes les noms des fils des Cruithnes : Cat, Fidaig, Ce, Fódla, Circhenn, Fortriú et Fib. Une par une, les sept nations pictes étaient tombées aux mains des Scots ou des Gaels. Le dernier coup avait été porté cinq années auparavant à Fortriú, que les Scots appelaient également le Royaume de Moray. Comme il l'avait promis, David mac Mhaoil Chaluim avait mis fin au Mormaerdom, arrachant le Nord aux alliés et héritiers de son frère. Contre toute attente, le plus jeune fils de Malcom Ceann Mor était maintenant le vrai roi de toute la Scotia.

Des vrilles roses et violettes escaladaient les silhouettes sombres des conifères, comme des doigts dans la chevelure d'un amant.

Leur prêtresse avait jadis affirmé que l'aube de leur peuple était révolue ; que le soleil se couchait maintenant, et que bientôt, aucun vivant ne se souviendrait de l'origine des dún Scoti. Ils étaient les derniers des hommes peints, les Pictes, comme les avaient appelés les Romains. Ils portaient encore les battements de cœur de leurs ancêtres dans leur sang et la chanson de leur peuple dans leurs cœurs. Mais comme la lumière de ce jour, le son de leur chant s'amenuisait rapidement.

À contrevent, près du ruisseau, Keane pouvait entendre le bavardage incessant de ses hommes. Ils ne semblaient pas craindre de se faire repérer. Quant à lui, il était tellement fasciné par les ruines qu'il n'entendit même pas son ami approcher.

— Qu'est-ce que c'est que *ça* ? demanda Cameron.

— Lilidbrugh, répondit tendrement Keane, comme s'il faisait l'amour à ce nom avec sa langue.

— Lilidbrugh ?

— Oui.

« Le Lys blanc de Fidaig », nommée d'après la pierre rare dans laquelle elle avait été taillée, le quartz blanc équarri et transporté depuis les terres bordant la Ness. Et là, dans la cour, s'était jadis trouvée une abondante fontaine, alimentée par les sources d'eau douce des Highlands. La fontaine était désormais asséchée, démantelée morceau par morceau, ses pierres fendues et réduites en bijoux pour les curieux.

— Tu la regardes comme si tu reluquais le derrière d'une femme ! C'est pour ça qu'on est venu dans ce trou perdu ? C'est juste un tas de gravats, Keane.

Keane sourit sans rien ajouter. Comme la pierre du destin cachée dans leur vallée, certaines choses devaient être passées sous silence.

— Où sont les autres ? demanda-t-il.

— Ils se sont arrêtés pour pisser dans le ruisseau.

— Tous ?

— Chacun d'entre eux. Une vraie bande de cochons.

Son ami était visiblement de mauvaise humeur. Contrairement à Keane, le spectacle qui s'offrait à leurs yeux ne le réjouissait pas. À vrai dire, Cameron MacKinnon, comme ses compatriotes de Chreagach Mhor, était éloigné de ce passé. En fait, ils étaient davantage Scots à présent. Mais si Keane voulait rejeter tous ceux qui avaient abandonné les anciennes coutumes, il ne lui resterait plus aucun ami. Lui et son peuple étaient désormais considérés comme les intrus. Dún Scoti était le nom de son clan, les « Scots des collines », un blasphème utilisé pour désigner la poignée d'hommes qui avaient fui dans la Mounth après la mort du roi Aed, deux cent cinquante ans auparavant.

— Ces cochons sont sûrement en train de comparer leurs sexes !

Keane essaya de ne pas se représenter treize adultes,

le sexe au vent, en train de pisser dans un ruisseau. Mais ses épaules se secouèrent de rire.

Cameron répondit par un grognement mécontent.

— J'crois que ces idiots questionneraient même la sagesse de pas pisser dans un ruisseau où ils devront s'abreuver.

— Des retardés, déclara Keane, mais sans beaucoup de conviction.

Puis Cameron aborda la racine de son problème :

— David nous a montés l'un contre l'autre, comme de jeunes hommes dans un prieuré rempli de filles, râla-t-il.

— Conduis-les et ils suivront, Cameron.

— J'ai essayé.

Le roi leur avait fait une promesse de paiement, comme une carotte agitée sous le nez d'une mule, pour laquelle les deux étaient en compétition. Mais cela n'intéressait pas Keane de se chamailler pour des titres. Il observa son co-capitaine, son ami depuis maintenant dix ans. Même s'ils venaient de clans différents, les circonstances les avaient rendus frères. Cameron était un MacKinnon, un cousin de son chef, et Keane était un fils cadet. Bien que de sang plus noble, Keane s'était mis tardivement au service de David. Le roi ne lui faisait pas du tout confiance.

Le sentiment était réciproque.

D'un autre côté, même si Cameron avait été au service du roi depuis plus longtemps, il avait davantage tendance à faire la tête qu'à agir pour changer ce qui ne lui plaisait pas. Hélas, l'homme n'avait pas assez de caractère. La preuve en était que depuis plus de dix ans maintenant, Cameron convoitait Cailin, la sœur de Keane, sans jamais lui avoir demandé sa main, après toutes ces années. Au lieu, il passait ses nuits à déplorer le fait que le frère de Keane ne le trouvait pas digne. Cela n'était pas près de se produire.

— C'est facile à dire pour toi, se plaignit Cameron. Ils ne te mettraient pas à l'épreuve de la même manière.

Seulement parce que les hommes avaient à moitié peur de lui, Keane le savait. Comme beaucoup, ils ne le prenaient pour guère plus qu'un sauvage de dún Scoti. Ils ne se rendaient pas compte qu'à trois ans, il connaissait déjà la langue de l'Église, et son histoire à sept ans. Il en savait plus sur la politique de la Scotia que la plupart des principaux intéressés. Le fait que son clan se tenait à l'écart ne voulait pas dire pour autant qu'il ne connaissait pas la situation.

Mais, bien sûr, c'était en partie de sa faute. Il aurait pu se débarrasser bien plus tôt des tresses et du *woad*, mais les garder lui avait rendu service. D'ailleurs, la conformité n'avait pas rapporté grand-chose à Cameron.

Il soupira de nostalgie et regarda les ruines. Même s'il restait peu de l'ancienne forteresse, Keane la voyait, non comme elle était, mais comme elle pourrait être à l'avenir. Il était ému, comme un jeune garçon sans expérience. Au diable toute la Scotia, y compris la vallée ! S'il pouvait seulement poser sa tête là, pour le reste de ses jours...

Et s'il pouvait la reconstruire ? Rebâtir les tours de garde, une par une ? Ajouter un mur ? Les fondations étaient encore solides. Il envisagea de lui redonner son ancienne gloire, avec ses tours aussi hautes que la falaise, son puits restauré et sa pierre blanche lavée jusqu'à ce qu'elle scintille...

Elle pourrait peut-être constituer sa récompense ?

Mais que faire de Cameron ?

Regardant en contrebas, le cœur de Keane s'endurcit. Il avait offert de nombreuses occasions à Cameron de maîtriser sa bande hétéroclite. Leur rivalité bon enfant pourrait facilement s'aigrir. Les amitiés étaient souvent déchirées à cause d'une femme, il se trouvait juste que la dame de Keane était en pierre.

— T'as vu ça ?

Malgré sa rêverie, Keane aperçut le mouvement en contrebas. Il saisit aussitôt une flèche de son carquois.

— Y a quelqu'un là-bas, annonça Cameron.

— Je le vois, répondit Keane.

— Est-ce que ça pourrait être… ?

— Peut-être.

Ils avaient suivi deux éclaireurs dans l'espoir de débusquer une bande de maraudeurs, des rebelles restés fidèles au Mormaer Oengus. Mais seuls lui et Cameron savaient cela. Les autres croyaient qu'ils étaient simplement en route vers Dunràth, pour remettre le message du roi à son intendant. Dunràth n'était qu'un petit manoir. David semblait réticent à donner à William FitzDuncan une autre baronnie, car le domaine était resté sans laird depuis la bataille de Stracathro, dans l'Angus.

Ils avaient perdu de vue les éclaireurs vers midi, mais sans que les hommes de Keane ne cherchent à les poursuivre. Ils ne semblaient pas non plus enthousiastes à la possibilité de capturer des espions. Ils avaient l'air parfaitement hermétiques à toute intrigue. La plupart étaient des idiots au cœur tendre, dont le seul but dans la vie était de se remplir le ventre et de pisser à la belle étoile.

Mais même s'ils suivaient les éclaireurs, il n'y avait aucun moyen de savoir si les fils insurgés d'Oengus existaient réellement. Au dire de tous, aucun n'avait été aperçu depuis plus de cinq ans. Ils vivaient seulement dans les histoires racontées à voix basse autour d'un feu de camp ou au chevet des enfants, comme les fées, les brownies et autres créatures légendaires.

Et pourtant, certains contes de fées étaient vrais. Jusqu'à présent, Lilidbrugh aussi n'avait été qu'un conte dans la bouche d'une vieille femme...

Keane aperçut un éclair d'argent dans la lumière déclinante. Il positionna son arc et encocha sa flèche. Sous lui, Beithir resta immobile, obéissant aux mouvements de Keane. Parfois, l'animal le connaissait mieux qu'il ne se connaissait lui-même.

À côté de lui, Cameron glissa de sa monture massive aux pattes pesantes et aux gros sabots velus. Il tapota son cheval sur la croupe, l'encourageant à redescendre vers le ruisseau, pour se tenir prêt. Un chemin escarpé et rocailleux serpentait vers le bas de la montagne. Si par hasard Keane atteignait sa cible, ils devraient se précipiter sur place et Cameron avancerait plus vite à pied, tandis que Beithir avait grandi dans la Mounth.

— Je vois juste un homme, pas deux, dit Cameron.

Keane suivit du regard la silhouette, la visant de sa flèche. Il se demandait qui cela pouvait être. Lilidbrugh n'était pas un endroit où l'on avait coutume d'aller. La plupart des gens fermaient les yeux sur les ruines, ne voyant que ce que le lieu était devenu. À sa connaissance, personne ne se hasardait plus jamais dans ces parages. La bâtisse gisait oubliée sur une terre isolée où les mortels n'osaient pas se rendre. Le bruit courait que désormais, les fées y guettaient les imprudents pour les maudire.

Mais *quelqu'un* était là...

Keane ne pouvait pas distinguer ses traits, mais sa silhouette était mince, à moitié dissimulée sous un manteau bleu vif. Comme c'était stupide ! Porter un manteau somptueux, surtout avec la neige imminente. Si l'homme s'était couvert de couleurs communes, cela ne vaudrait pas la peine de descendre la colline pour s'emparer de son butin, mais selon la loi, aucun paysan ne s'habillait ainsi. L'idiot aurait aussi bien pu leur agiter d'énormes sacs remplis d'or sous le nez.

Pour l'instant, sa cible était à plus de deux cent cinquante mètres de lui.

Keane n'était pas le meilleur des archers, mais pas le pire non plus. Sa vie passée à rivaliser avec ses sœurs impitoyables l'avait grandement perfectionné. Lael maîtrisait ses lames et Cailin était experte avec son arc. Elle pouvait atteindre une cible à deux cent trente mètres. Keane ne pouvait pas faire mieux que deux cents mètres. Il était bien meilleur avec son épée. Néanmoins, sa cible étant en contrebas, il pourrait y arriver. La silhouette semblait préoccupée par quelque chose, ou quelqu'un, derrière elle. Keane attendit donc de voir qui d'autre allait arriver.

Mais il n'y avait personne d'autre. L'homme était seul.

Keane attendit l'occasion parfaite tandis que l'idiot détalait le long d'un mur à moitié en ruine. Enfin, quand l'homme se plaqua contre le mur et s'immobilisa, il fixa ses yeux sur un petit sac rouge dans sa main. Il sourit : la bourse était une cible parfaite. Quel qu'en soit le contenu, il devait avoir de la valeur pour que l'homme ne porte rien d'autre. Cailin jugerait le tir impossible, mais Keane n'était pas homme à reculer devant un défi. Son intention n'était pas de blesser l'homme ni même de l'effrayer. Il voulait seulement l'empêcher de bouger. Il fixa donc ses yeux sur la bourse et lâcha sa flèche.

La région était peu familière à Lianae, mais elle connaissait l'endroit. Plus précisément, elle connaissait la crainte qu'il inspirait dans le cœur des hommes.

Haletante, elle traversa à pas de loup les ruines recouvertes de ronces. Elle trébucha et tressaillit quand ses pieds nus et froids rencontrèrent des aspérités.

Il faisait assez doux pour le mois de décembre. Jusqu'à présent, l'absence de chausses avait simplement été gênante, mais elle regrettait maintenant de ne pas avoir ses chaussures, pas les pantoufles à fanfreluches qu'elle avait abandonnées dans les bains publics, mais ses solides bottes en cuir. Elle avait mal aux pieds et il commençait à faire trop sombre pour voir, mais elle était à peu près certaine que ses pieds saignaient maintenant. C'était inévitable. Mieux valait que ses pieds saignent, plutôt que le reste de son corps.

Pauvre Elspeth.

Maintenant qu'elle était seule, sans signe de poursuite, elle osa laisser sa colère se transformer en souffrance. La douleur dans son cœur devint une boule dans sa gorge, menaçant de lui couper le souffle. Elle déglutit et oublia ses souvenirs pénibles pour observer les ombres de la nuit, étudiant son environnement.

Abandonnées.

Maudites.

C'étaient les ruines de Lilidbrugh, le dernier siège connu des fils de Fidaig. Gagnés par la forêt, de longs et minces piliers encerclaient ce qui semblait être une cour, oubliée depuis longtemps. Des débris avaient atterri sur les bases qui s'effritaient comme des jupes tombées. Pavée par endroits, la cour elle-même était oblongue. En son centre se trouvait un trou béant, comme une gueule ouverte attendant d'être nourrie. Sa vue fit frissonner Lianae. C'était là, disait-on, que les gens rapportaient leurs enfants échangés aux fées.

Un jour, elle avait rencontré une mère si certaine que son petit avait été substitué, simplement parce qu'il ne faisait pas ses nuits et avait constamment mal au ventre, qu'elle l'avait abandonné là. L'enfant avait bien entendu disparu le lendemain, mais sans un autre laissé à sa place et la mère était inconsolable. Lianae espérait seulement que les loups n'avaient pas découvert le pauvre bébé ou qu'il n'était pas tombé dans ce puits profond et sombre. Au lieu, elle avait prié qu'une bonne femme ait trouvé l'enfant et l'ait emmené chez elle.

Avalant le soleil plus tôt que les pics voisins, le Càrn Dearg s'élevait devant elle, noir et sinistre contre un ciel crépusculaire. Comme des spectres frémissants, les pinèdes environnantes disparurent dans l'ombre. Avec l'obscurité croissante, Lianae avait plus froid que quelques minutes plus tôt. On disait que le temps dans ces régions était changeant comme une fille des Highlands : doux et ensoleillé un instant, puis rageur la minute suivante. Une tempête menaçait, elle le sentait dans ses os. Frissonnant de nouveau, elle résista à l'envie de resserrer son manteau de la main, plus préoccupée pour l'instant par la nécessité de trouver un endroit où se cacher pour la nuit. Les ombres s'allongeaient rapidement et la neige avait commencé à tomber.

Elle retourna son regard vers le puits. Elle n'allait certainement pas dormir *là*, même si elle était beaucoup plus ouverte à cette possibilité qu'à l'idée de finir chez le comte de Moray. Ses hommes étaient quelque part, sans doute pas loin.

Reprenant son souffle, Lianae se leva et attendit que son cœur s'apaise. Autour d'elle, les ombres jouaient avec les bords crénelés des murs de Lilidbrugh. Les pierres elles-mêmes brillaient d'une curieuse lumière. Sans doute un effet de la pierre blanche revêtue d'une mince couche de neige fraîche, mais c'était si troublant qu'elle s'interrogea sur la sagesse d'être venue dans un tel endroit. Elle n'était pas à l'abri de la superstition, après tout, elle voyait seulement davantage le côté pratique que la plupart des gens.

Au diable les fées !

Au diable les malédictions !

Elle avait juste besoin de passer une nuit ici, le temps que les hommes du Comte se lassent de la rechercher. Elle était certaine qu'ils n'oseraient jamais pénétrer dans ces ruines. Et si les hommes n'osaient pas, ils n'imagineraient pas qu'une simple jeune fille puisse être si hardie. Mais elle perdait rapidement de son courage tandis qu'au-dessus d'elle, le ciel s'obscurcissait et prenait des teintes d'ecchymose.

Ravalant sa douleur et une nouvelle vague de peur, Lianae trouva un emplacement nu le long du mur. Elle y reposa sa tête, à l'écoute du moindre bruit, essayant d'estimer si quelqu'un était à proximité. Elle reçut pour seule réponse un silence interminable et sans âge, un silence qui se prolongeait et semblait se faire engloutir par le Lys blanc lui-même.

Un groupe de corbeaux étaient perchés sur un mur bas. Ils ouvrirent leurs petits becs féroces, mais leurs cris furent réduits au silence par un vent qui venait de se lever. Sa propre respiration haletante se fit silencieuse. On pouvait voir son souffle, comme une fine bouffée grise flottant près de ses lèvres, mais on ne pouvait rien entendre. Avançant lentement et avec précaution le long du mur, elle examina la cour, un doigt jouant avec le cordon de satin qui fermait son petit sac. Soudain, sans avertissement, les corbeaux s'envolèrent. Un mauvais présage.

Avant qu'elle ne puisse s'éloigner du mur en courant, elle entendit un sifflement, puis un grand coup près d'elle. Une flèche avait manqué de justesse de se plonger dans sa chair en dessous de son pouce.

Volant au-dessus d'elle, les corbeaux battaient tous l'air de leurs brillantes ailes noires. Ils poussaient maintenant des cris perçants. Lianae porta son regard vers le sommet de la falaise. Elle y aperçut deux hommes se précipitant au bas de la colline, l'un à cheval, l'autre à pied, avançant plus lentement sur la pente raide. Elle essaya de courir, mais la flèche s'était logée dans une tige épaisse derrière son sac en soie.

Elle s'immobilisa, terrifiée.

— Oh, non, s'écria-t-elle en entendant les hommes vociférer des ordres.

Elle poussa un petit cri alarmé et essaya à nouveau de dégager son sac. En vain. La flèche avait pénétré si profondément dans le bois pétrifié qu'elle ne pouvait pas la retirer.

— Non ! cria-t-elle une nouvelle fois.

Son manteau aussi était coincé. Elle pourrait facilement s'en défaire et s'enfuir en courant, mais sans lui, elle serait gelée avant le lendemain matin. Et si elle s'évadait sans son sac... elle pourrait tout aussi bien rentrer chez elle.

Chez moi. Mon Dieu, où est-ce ?

Avec le contenu de son sac, elle pourrait acheter sa liberté et des informations. Retrouver ses frères. Jurant doucement dans sa langue maternelle, elle empoigna la flèche et tira dessus de toutes ses forces, la secouant désespérément.

Elle réalisa que les hommes qui dévalaient le flanc de la montagne n'appartenaient probablement pas au Comte, mais ce fait ne lui plaisait pas davantage. Elle n'avait rien d'une Anglaise minaudière, mais elle n'était guère prête à traiter avec de dangereux étrangers. Tirant un grand coup, elle finit par retirer la flèche, tout en déchirant légèrement le manteau d'Elspeth. Le sac se rompit aussi et ses pierres fétiches se répandirent sur la neige. Son cœur se serra quand elles s'y enfoncèrent.

— Oh, non !

Se dépêchant d'en ramasser le plus possible, elle se rendit compte qu'elle n'avait plus que quelques secondes. Elle laissa celles qui avaient roulé sous un buisson et s'enfuit en courant, dans l'espoir de revenir plus tard récupérer le reste.

Elle entendit derrière elle le bruit de sabots. À sa grande consternation, elle aperçut le cavalier tout près d'elle : un monstre aux cheveux noirs, recouvert de peinture bleue, sur une monture blanche comme la neige faisant voler la terre sous ses sabots.

Lianae courut vers le puits. Elle ne savait trop que faire, mais pour le moment, ce puits semblait être le moindre des maux.

CHAPITRE 4

C'était une femme qu'il poursuivait.

Keane le réalisa seulement au moment où il était à deux doigts de la rattraper, et le choc qu'il ressentit dut se refléter dans sa position. Beithir se cabra quand il tendit le bras pour s'emparer de la jeune fille. Elle laissa tomber son manteau et quelque chose d'autre. Elle lui donna un coup de coude à la tempe et se libéra de ses bras avec une profusion de jurons, manquant de peu l'ouverture du puits. Elle atterrit sur la neige, maudissant Keane tout en roulant loin des sabots de Beithir.

— *Thoir ort !* hurla-t-elle. Arrière ! *Mac bhàdhair fhuileach !*

Elle parlait la vieille langue, assez bien au jugé de Keane, et lui transperçait les oreilles. Sidéré par la férocité de sa colère, il frotta sa tempe meurtrie. La femme lui lança un regard noir. Il se trouvait incapable de prononcer le moindre mot et encore moins de répondre à ses injures furieuses.

Au milieu des ruines, la lumière crépusculaire semblait surréaliste, défiant l'obscurité à l'affut derrière les murs de la citadelle. La fille était affalée par terre. Ses cheveux roux et dorés étaient étalés derrière elle et sa robe bleu saphir se détachait nettement sur une mince couche de neige.

— Vous auriez pu vous tuer, la réprimanda-t-il.

Sans parler de son coup de coude. Elle aurait pu l'assommer. Ses oreilles bourdonnaient toujours et pas à cause des jurons.

— Me tuer ? rétorqua-t-elle. C'est *vous* qui avez failli me tuer ! Maudits Scots, ajouta-t-elle, faisant la moue comme une louve.

Juché sur sa jument, Keane la regardait en fronçant les sourcils. Il ne savait que dire. Son dialecte était clair, mais pas tout à fait familier. Pourtant, il comprit sans l'ombre d'un doute qu'elle n'aimait pas les Scots.

Lui non plus, en vérité.

Mais là n'était pas la question.

Arrivant finalement à pied, Cameron entra dans la cour. Keane jeta un coup d'œil à la robe de la fille, à son somptueux corsage défait qui laissait entrevoir ses seins, et il eut la soudaine envie d'écarter Cameron d'un signe de la main.

— Je ne suis pas Scot, la rassura-t-il.

— Non ? demanda-t-elle en lui lançant un regard méfiant. Alors pourquoi portez-vous la livrée du Roi ? Vous me prenez pour une idiote parce que je porte une robe ?

— Une robe ? reprit Keane. Ah ! jeune fille, vous ne portez presque rien. Une chemise de nuit, au plus.

Elle fronça les sourcils. Son expression passa rapidement de la peur à l'incrédulité. Elle se souleva sur un coude, de la neige accrochée à ses boucles blondes. Elle rougit.

— Sachez que cette robe est faite de soie flamande très précieuse.

Keane fit la grimace.

— De soie ?

— La plus pré-précieuse, répéta-t-elle, ses dents

commençant à claquer de froid maintenant qu'elle n'avait plus de manteau et qu'elle était affalée sur la neige.

— Oui, ça va sûrement vous tenir chaud par une nuit froide, rétorqua Keane sur un ton acerbe. Un bon lainage scot ne vous conviendrait pas mieux ?

Elle lui lança un regard irrité de ses yeux couleur miel.

— Veuillez me pardonner de ne pas m'être habillée à votre goût. Voyez-vous, je ne m'attendais pas à avoir de la compagnie, ajouta-t-elle sur un ton prétentieux en lissant sa robe et en la tirant pour couvrir ses chevilles.

Ce fut au tour de Keane de la regarder avec incrédulité, car elle avait pourtant semblé attendre *quelqu'un*, de bon ou de mauvais gré.

— Êtes-vous certaine de cela ?

— De... de quoi ?

— Eh bien, vous avez l'air de vouloir échapper à quelqu'un, à votre époux peut-être, au jugé de votre allure. Et vous avez dû le mettre terriblement en colère pour vous enfuir sans vos chaussures, expliqua-t-il en haussant un sourcil et en désignant ses pieds nus d'un mouvement de la tête.

Elle frissonna violemment et regarda Keane en plissant les yeux.

— Je courais pour *vous* échapper, espèce de vaurien maladroit ! Les femmes sont bien obligées de se protéger contre les hommes mal intentionnés.

Keane se frappa la tempe pour arrêter le cliquetis dans ses oreilles, puis il glissa de sa selle et poussa doucement Beithir à l'écart. Les membres de la jeune fille semblaient prêts à frapper l'animal ou qui que ce soit d'assez stupide pour s'aventurer à côté d'elle. Par Dieu, elle ressemblait plus à une sauvageonne, avec ses yeux couleur d'*uisge* remplis de feu liquide.

— Détendez-vous, la rassura-t-il. Je n'ai pas l'intention de séduire qui que ce soit aujourd'hui, pas même une aussi jolie femme que vous.

Elle le regarda avec méfiance.

— Non ?

— Non, ma belle.

Conscient que Cameron était sur le point de les rejoindre, Keane se pencha pour la recouvrir de son manteau avant qu'il ne puisse la voir ainsi... *exposée.*

Doublé d'hermine, le manteau de velours saphir était neuf et bien cousu. Il allait plutôt bien avec sa robe. Mais Keane était à peu près certain que leur espion n'était pas une femme, même si celle-ci avait certainement plus de courage que dix hommes réunis. Cependant, cette femme était riche.

D'où venait-elle ? Et surtout, que diable faisait-elle ici à Lilidbrugh ?

— Vous devez avoir froid, dit-il sèchement en lui lançant son manteau. Couvrez-vous, avant de geler, jeune fille.

Pour qui se prenait-il ?

Lianae jeta un regard dédaigneux à l'étranger en attrapant son manteau, soulagée de découvrir qu'il souhaitait garder ses distances.

Par Dieu, il ne lui avait jamais beaucoup plu de recevoir des ordres. Son père ne l'aurait jamais commandée, ni ses frères, hormis Lulach – et pas avant qu'il n'ait vendu son âme aux Scots. Mais en vérité, elle avait terriblement froid, au point que ses dents claquaient aussi bruyamment que des tambours derrière ses lèvres frissonnantes.

Serrant la mâchoire pour empêcher ses dents de claquer, elle recula sur le sol et essaya de se relever quand le compagnon de l'homme, revêtu d'une cotte de mailles, arriva brusquement. Lianae réalisa trop tard que ses chevilles, recouvertes de bleus, étaient exposées. Elle replia ses jambes et cacha ses pieds sous les plis de sa robe, à l'abri des regards indiscrets. Elle était beaucoup moins inquiète de son décolleté, qui pourrait se révéler être un avantage, que de ses ecchymoses, qui trahiraient simplement sa faiblesse – non que cela fasse une différence pour un homme guidé par ses pulsions. Le Scot qui venait d'arriver portait également la livrée de David. Elle les observa tous les deux non sans mépris.

C'était entièrement la faute de David mac Mhaoil Chaluim si elle se retrouvait dans cette situation intenable. Avant lui, elle et sa famille avaient mené une vie paisible, à s'occuper consciencieusement de leur manoir. Même si sa lignée avait été destituée et que le dernière des hommes de son clan n'avait plus aucune chance de réchauffer cette fichue pierre à Scone, ils étaient tous satisfaits de vivre en paix. Graeme et Ewen avaient maintenant disparu dans la nature, et Lulach était devenu un tel lèche-cul du comte de Moray qu'il ne pouvait sans doute plus sentir autre chose que la merde.

— Aïe ! s'écria-t-elle en essayant de se relever.

La douleur traversa sa cheville droite, mais pas à cause de ses ecchymoses. Cette blessure était nouvelle.

Quelle *craidhneach* devenait-elle !

Malgré son état misérable, elle réussit à se remettre debout. Elle ramassa son manteau et le jeta sur ses épaules.

Le sang avait coloré la neige sous ses orteils, mais Lianae fit semblant de ne pas le voir. Ses genoux étaient également égratignés, mais elle n'osa pas se plaindre. Elle serra son lourd manteau sur ses épaules, en brossa la neige et pria tous les dieux qui voudraient bien l'entendre que ces hommes ne lui donnent aucune raison de courir.

Son poignard était attaché à sa cuisse. Elle le gardait toujours avec elle. Personne n'aurait pu le savoir, à moins qu'elle ne se soit dévêtue devant un homme, ce qu'elle n'avait encore jamais fait – bien que le Comte s'en soit dangereusement approché le matin où il avait assassiné sa sœur. Si Lulach ne l'avait pas arrêté et convaincu de l'épouser d'abord, elle lui aurait plongé son poignard dans le dos au moment où il se serait imposé à elle.

— Eh bien, qu'est-ce qu'on a là ? demanda le nouveau venu.

Il brandit une épée presque aussi grande que Lianae.

D'un mouvement rapide, Lianae passa son bras derrière son dos, sous l'ourlet de sa robe, et dégaina son poignard. Elle le tint devant elle et les mit tous deux en garde :

— Votre pire cauchemar si vous osez me toucher.

Ils gardèrent le silence un instant, la regardant d'un air bête, puis le démon aux cheveux noirs tressés et au visage recouvert de peinture s'esclaffa de rire. Lianae lui lança un regard funeste.

— Grossier personnage ! La plupart des petits arrêtent de se peindre à l'âge de cinq ans. N'avez-vous donc jamais dépassé cet âge ? À moins que vous ne soyez un de ces mordeurs d'oreiller dont j'ai entendu parler.

Un mordeur d'oreiller ?

Il lui fallut un moment pour réaliser de quoi elle parlait. Mais pourquoi quelqu'un voudrait-il mordre un oreiller ? De plus, à part les membres de son clan, il n'avait jamais rencontré d'homme peint, sauf quelques prêtres, et à sa connaissance, ils ne possédaient pas d'oreillers. Ils dormaient sur des couches rudimentaires. Un homme pouvait uniquement mordre son oreiller avec les fesses en l'air, et…

Cameron comprit avant lui et se mit à rire à gorge

déployée. Il leva les bras en s'esclaffant. Quant à la peinture, elle devait faire allusion au *woad,* la peinture bleue qu'il portait pour se rappeler d'où il venait – que quel que soit son rang au service du roi, il restait un homme simple, éloigné des vices de la cour de David. Non seulement le *woad* effrayait ses ennemis, mais il le protégeait également des infections. Quant à mordre son oreiller, il n'en avait jamais fait l'expérience.

— Amusant, fit Keane en rigolant.

Cameron riait toujours. Keane l'ignora, indifférent aux piques stupides de la fille. Il éprouvait plutôt un désir soudain et presque irrésistible de prouver à la jeune fille que les dún Scoti n'étaient pas des sauvages, comme l'imaginaient la plupart des gens. Au vu de la robe anglaise qu'elle portait, c'était probablement une dame de la maison de Moray. Malgré les intentions originales de Keane, il y avait déjà eu assez de sang versé ici. Il regarda les taches sur la neige et lui tendit la main.

— Je n'ai pas l'intention de vous faire du mal, jeune fille. On vous a prise pour un espion d'Oengus.

Quelque chose d'indéchiffrable scintilla dans les yeux couleur miel de la fille. Keane l'interpréta comme de la peur.

— Oengus de Moray est mort, rétorqua-t-elle rapidement.

— Mais pas ses fils, du moins à ce qu'ils prétendent.

— Eh bien, je n'ai *pas* peur des fils d'Oengus !

Elle était pourtant effrayée. Keane pouvait le lire dans ses yeux – un air de détresse indubitable.

— Vous pouvez garder votre couteau, donnez-moi juste votre main.

Elle garda les yeux fixés sur la main tendue de Keane comme si c'était un aspic venimeux redressant la tête, puis elle fit un pas en arrière.

— Je préférerais que vous partiez, reprit-elle. Je n'ai pas besoin de l'aide d'un Scot.

Au grand étonnement de Keane, la fille n'avait guère perdu de son maintien. Elle ne se laissait pas intimider par lui, alors même qu'elle était blessée et gelée, meurtrie et boiteuse. Son regard était aussi ardent que la lumière étrange qu'ils avaient observée parmi les pierres pâles de Lilidbrugh.

Mais elle était réellement blessée. Il le lut à la douleur sur son visage quand elle recula, même si elle n'était pas près de l'avouer. D'autres taches rouge foncé apparurent sur la neige à chacun de ses pas. Keane renifla pour identifier l'odeur.

— Vous êtes blessée, insista-t-il.

— Grâce à vous. Et à vous, fit-elle en brandissant son couteau vers Cameron, qui ne riait plus.

Puis la peur réapparut dans son regard. Pas la crainte d'une malheureuse, plutôt celle d'une bête en cage. Même un lapereau peut faire beaucoup de mal avec ses dents quand il est effrayé.

Brandissant son épée, Cameron coupa une ligne imaginaire dans les airs.

— Ce n'est pas un bon endroit pour une femme seule, insista-t-il.

Il réussit seulement à l'effrayer davantage. Elle fit un autre pas en arrière, avec une nouvelle grimace.

Contrairement à Cameron, Keane laissa son épée dans son fourreau, comme il se devait. Il maudit Cameron. Quel idiot !

— Nous sommes des hommes d'honneur, assura-t-il à la jeune fille. Ne vous inquiétez pas. Nous veillerons à ce que personne ne vous fasse de mal.

— Range ton couteau, exigea Cameron.

D'un geste plus coléreux qu'il n'en avait l'intention, Keane se retourna vers son vieil ami.

— Va dire aux hommes de descendre la colline. Je vais m'occuper de la fille !

Surpris, Cameron baissa son épée.

— Tu veux qu'ils descendent ici ? Pourquoi ?

— Pourquoi pas ?

— Mais est-ce qu'on ne devrait pas l'emmener avec nous là-haut, d'où on peut surveiller les environs ?

— Non, rétorqua Keane sur un ton brusque.

La jeune fille regardait ce que Cameron allait faire, probablement pour voir lequel des deux commandait. Elle n'était pas en état de gravir la colline, et Keane n'était pas enclin à la forcer à monter sur son cheval. Elle ne leur faisait pas confiance, et qui pouvait la blâmer ?

— J'ai dit : va ! répéta Keane à Cameron, plus fermement cette fois. Maintenant !

— Mais Keane, ces ruines sont…, ajouta Cameron en fronçant les sourcils.

— Maudites ? demanda la jeune fille avec un petit sourire narquois.

Elle regarda tour à tour Cameron et Keane, les mettant clairement au défi, *car elle savait*. Elle savait exactement où elle se trouvait. Elle n'était pas arrivée là par hasard, en s'égarant. Non, elle se cachait de quelqu'un.

Cameron rengaina son épée, mais il reprit la parole sur un ton amer :

— Si je peux dire ce que je pense...

— Mais tu ne le peux pas, rétorqua Keane.

Les deux amis se fixèrent du regard. La jeune fille se rendit compte, tout à son honneur, que leurs tensions sous-jacentes atteignaient un niveau critique. Elle recula davantage, ne souhaitant pas être prise au milieu de leur affrontement.

Keane reposa son regard sur elle. Bien que dépenaillée, elle était néanmoins très jolie, plus que ne devrait l'être une jeune fille. Avec son attitude, elle était sans doute de haute naissance et on avait dû l'offrir à un homme de rang égal. Sa robe était trop fine pour être autre chose qu'une robe de mariée. Cela signifiait donc qu'elle avait dû s'enfuir soit *après* avoir prononcé ses vœux, soit *avant*. D'une façon ou d'une autre, quelqu'un serait très heureux qu'on la lui ramène.

Assez reconnaissant pour lui offrir un tas de pierres précieuses en récompense ?

Il parcourut du regard les ruines de Lilidbrugh. Même dans son état décrépit, la fille représentait un bien plus grand trésor que toutes les terres qu'il pourrait posséder. Une convoitise sombre envahit alors Keane, quelque chose qu'il désirait nier, sans le pouvoir néanmoins, pas tant qu'il se trouvait entouré du berceau de sa parenté.

— Alors, c'est comme ça ? demanda Cameron entre ses dents.

— C'est comme ça, admit Keane en relevant le menton. Va-t'en maintenant, l'avertit-il, les yeux plissés.

Cameron serra la mâchoire. Son attitude complaisante disparut, faisant soudain place à un dos rigide et à des poings serrés.

— Très bien, dit-il en tournant le dos.

Il s'éloigna sans un mot et Keane le regarda partir. Ce que son ami ne disait pas en parole, il le traduisait avec ses épaules. Un message sur lequel Keane pouvait difficilement se méprendre. Malheureusement pour Cameron, les choses devaient finir par tourner ainsi. Inutile d'éviter l'inévitable. Keane était maintenant en charge.

CHAPITRE 5

La nuit tomba et la lumière du crépuscule disparut. Au-delà des ruines, la forêt devint noire et se fit menaçante, enveloppée de brume et entourée d'ombres changeantes. Le chant des grillons retentit plus fort.

Lianae frissonna. Elle resserra son manteau autour d'elle et protégea sa nuque du vent mordant. Ses pieds étaient presque gelés, mais elle ne pouvait pas y faire grand-chose pour le moment, sinon bloquer le vent avec sa robe. Elle avait de la chance qu'il ait fait chaud si longtemps. Mais l'air frais annonçait maintenant un changement. L'hiver était enfin là.

Lianae tourna de nouveau son regard vers l'étranger aux cheveux noirs. Elle se trouvait à la fois attirée et repoussée par lui. À vrai dire, il n'y avait presque rien de civilisé chez lui. Si sa bande semblait plus anglaise que scot, il était bien différent, comme un spectre surgi du passé de Lianae. Contrairement aux autres, il ne portait pas de cotte de mailles et avait la tête nue. Il n'y avait pas de heaume brillant attaché à sa selle. Ses longs cheveux étaient tressés aux tempes et le reste de sa chevelure flottait au vent. Il portait un haubert en cuir, avec une tunique grise usée. Son manteau était extrêmement simple, à la différence de celui de ses compagnons. Il était essentiellement recouvert de fourrure de loup gris, avec d'épaisses épaulettes. Malgré le fait qu'il ne leur ressemblait en rien, Lianae voyait clairement qui était le chef.

C'était lui.

Les bras croisés, ses cheveux noirs fouettant son visage, il observait chaque mouvement de Lianae, tout en gardant ses distances et en criant de temps à autre des ordres à ses hommes.

Pendant qu'il la surveillait, la bande de Scots galeux descendit la colline et se mit à installer le campement pour la nuit. Ils parquèrent les chevaux sous une bâche improvisée, vérifièrent leurs fers et ramassèrent des brindilles pour préparer un feu.

Tous ses hommes portaient les couleurs du *Roi*, par-dessus un haubert de cuir pour certains ou une cotte de mailles pour d'autres. Aucun ne ressemblait à un Scot. En vérité, ils ressemblaient plutôt à des Sassenachs, avec leurs casques en argent et leurs heaumes en métal brillant sur leurs têtes sombres et huileuses.

Étrangement, Lianae n'était pas effrayée par lui. Absolument pas. Même si elle sentait que ses propres hommes étaient enclins à l'être. Chacun d'entre eux obéissait à ses ordres sans se plaindre, semblant pourtant se méfier de cet endroit. Elle pouvait lire leur appréhension dans leurs corps et dans leur façon de regarder les bois environnants par-dessus leurs épaules, sursautant quand quelqu'un approchait. C'était presque comique à voir, ces hommes adultes effrayés par leurs propres ombres.

En fait, Lianae avait le sentiment que s'il n'en tenait qu'à eux, pas un seul ne resterait dans ce lieu. Mais même l'homme qui avait contesté les ordres du chef couvert de *woad* ne semblait plus enclin à protester. Au lieu, il se tenait tout seul à l'écart près du feu, le regardant brûler. Taillant furieusement une longue branche, il jetait ses copeaux dans le brasier et il relevait de temps en temps la tête pour observer son chef, les yeux plissés.

Il y avait une tension entre les deux hommes. Lianae engrangea cette information pour plus tard, en cas de besoin.

Mais son regard se trouvait constamment attiré par l'homme aux tresses. Elle sentait ses yeux sur elle aussi sûrement qu'elle percevait l'appel de ses pierres fétiches sous les ronces et la neige.

Elle en avait laissé tomber quelques-unes là où il l'avait soulevée dans ses bras, des bras solides, plus larges que le tronc d'un petit arbre. Il était fort, mais rapide, et il l'avait relevée presque sans effort. Elle n'avait jamais vu aucun autre homme capable de faire cela, pas même son père quand elle avait trois ans.

À ce stade, elle considérait sa force comme une bénédiction, car pour le moment, personne n'avait osé l'aborder. Elle continua donc à chercher ses pierres près de l'endroit où elle les avait fait tomber. Ses pieds étaient à moitié engourdis par le froid, mais elle pouvait quand même sentir les cailloux doux et ronds sous ses orteils. Le temps pressait. Pour l'instant, il n'y avait guère plus d'un centimètre de neige, mais si elle continuait à tomber à ce rythme, le matin venu, il y en aurait soixante centimètres ou plus et ses pierres seraient perdues à jamais. Avançant en boitant, elle découvrit deux des pierres d'Uhtreda et les fourra dans la poche cousue dans l'ourlet de sa robe. Elle poursuivit sa recherche, se baissant de temps en temps pour ramasser et rejeter aussitôt des déchets, de peur qu'ils ne la soupçonnent en train d'amasser quelque chose d'autre. S'ils apprenaient quel trésor elle possédait, rien ne garantissait qu'ils lui permettraient de le garder, et Lianae ne pensait pas que le destin lui avait donné ces pierres pour les perdre aussi facilement. Heureusement, la plupart des hommes ne faisaient pas attention à elle. Sauf *lui*.

Essayant de ne pas penser à *lui*, ni aux hommes du Comte qui devaient être dans les parages, Lianae compta dans sa tête le nombre de pierres qu'elle avait déjà retrouvées. Trois. Moins de la moitié de celles qui étaient dans le sac à l'origine. Quelques-unes étaient restées près du mur où *il* avait tiré une flèche dans sa bourse.

À un moment donné, elle le regarda aller récupérer sa maudite flèche, puis se tenir près des ronces, inspectant son empennage. Elle retint son souffle quand il se baissa pour ramasser quelque chose, probablement un lambeau de sa bourse. Il la regarda avec insistance, replaça la flèche dans son carquois, peut-être pour réutiliser l'empennage plus tard, puis fourra le lambeau de sa bourse dans sa ceinture. Il ne prit pas la peine de fouiller davantage le sol à ses pieds ; Lianae relâcha alors le souffle qu'elle avait retenu. L'homme se dirigea vers sa jument.

Elle le regarda longuement brosser tendrement le flanc de l'animal. Il s'avança pour lui caresser le museau et sembla lui murmurer quelque chose à l'oreille. Fascinée par sa douceur envers la bête, Lianae abandonna sa recherche et alla s'asseoir sur les marches d'une salle en ruine pour inspecter ses pieds, essayant de déterminer où pouvait se trouver le reste de ses pierres.

Combien en avait-elle ramassé avant de courir ? Elle n'avait pas encore eu la possibilité de les compter. Peut-être les avait-elle toutes maintenant et le reste se trouvait sous les ronces, où les hommes du roi avaient placé leur bâche.

Elle se dit de ne pas s'inquiéter. Même s'ils trouvaient une de ses pierres, la plupart de ces idiots lèche-bottes des Sassenachs ne sauraient pas ce que c'était. Ce fait la soulagea un peu, davantage que l'état de ses pauvres pieds.

Malgré le froid croissant, la plante de l'un de ses pieds continuait à saigner à cause d'une coupure sous un orteil. Elle songea brièvement à déchirer l'ourlet de sa robe pour envelopper ses pieds, mais la robe protégeait ses jambes du vent. Il serait insensé de se priver de cette protection ; pour le moment, elle s'assiérait simplement sur ses pieds pour les réchauffer et le lendemain matin, elle envisagerait une nouvelle solution.

Il ne faisait aucun doute qu'elle devait s'enfuir, mais pas avant le matin. Entre-temps, elle sentait que la menace serait bien moindre avec ces hommes que ce qui l'attendait avec ceux du Comte. Elle attendrait donc son heure. Et si les hommes du Comte apercevaient la lueur de leur feu de camp, ils seraient beaucoup plus susceptibles de se tenir à l'écart.

Lianae n'avait plus peur. Bien avant que Lilidbrugh ne devienne un havre pour les fées, le lieu avait appartenu à des hommes simples. D'après une légende, les dún Scoti s'étaient enfuis avec une relique le jour où ils étaient allés se réfugier dans la Mounth. Personne ne savait précisément ce que c'était, mais Lianae avait une petite idée.

Jadis perdue parmi la Sìol Ailpín, la famille des clans des Highlands qui se réclamaient tous de la lignée du premier roi Alpin, l'épée du *Ard rí* avait été récemment retrouvée. Selon la légende, Kenneth MacAlpin l'avait reçue en cadeau le jour de son couronnement. L'épée avait disparu à peu près au même moment que l'attaque au cours de laquelle le roi Aed avait péri. Puis cette même épée était réapparue dix ans auparavant. Un modeste Scot de Chreagach Mhor, du nom de Broc Ceannfhionn, l'avait redonnée à David de Scotia. Une fois en sa possession, David s'était bien sûr servi de l'épée du Roi suprême et Chef des Chefs pour appuyer sa revendication. En fait, il l'avait brandie ce jour-là à Stracathro, dans l'Angus, là où quatre mille hommes de Moray avaient péri, y compris le père de Lianae. La nouvelle de la mort d'Oengus s'était répandue rapidement et la douleur d'apprendre son trépas avait tué sa mère, d'autant plus que ses frères Graeme et Ewen avaient disparu.

David mac Mhaoil Chaluim les avait bien sûr tous deux traités de lâches, les dépouillant de leurs droits de naissance et attribuant leurs titres à des hommes comme William FitzDuncan.

Et Lulach, qui n'avait que quinze ans quand son père et ses frères étaient partis à la guerre, s'était choisi une épouse anglaise. Le reste appartenait à l'histoire, disait-on.

Lianae repensa à ses frères. Graeme et Ewen lui manquaient. Elle ne les avait pas vus depuis plus de cinq ans. Mais un jour, après les funérailles de sa mère, elle avait découvert un lis blanc sur sa tombe. Ce n'était ni Elspeth ni Lianae qui l'avait placé là, et certainement pas Lulach qui, malheureusement, pensait rarement à quelqu'un d'autre qu'à lui. C'était là que le lis l'avait conduite, à Lilidbrugh, le Lys blanc de Fidaig.

Lianae sentait que ses frères étaient ici, quelque part. Elle le ressentait dans ses os, comme elle ressentait la présence des pierres d'Uhtreda.

Elle aimerait tellement voir les Scots évincés et William FitzDuncan de retour en Angleterre, à sa vraie place. Mieux encore, il méritait de mourir, mais Lianae détestait l'idée de lui offrir un bon sol Moray où reposer. Mieux valait qu'il reparte en Angleterre. Elle préférait mourir de froid aux mains de ces idiots de Scots plutôt que de s'enfuir et de se retrouver à la merci de William. Ils étaient sans doute encore en train de la chercher par monts et par vaux, au moins pour récupérer les pierres fétiches d'Uhtreda. Comme une aubaine pour Lianae, Uhtreda avait laissé sa bourse dans l'édifice des bains la veille au soir. L'acariâtre mère du Comte utilisait souvent les vieux bains. Dans leur précipitation de les préparer pour Lianae avant l'arrivée du prêtre, ils avaient dû faire sortir rapidement la vieille. La bourse avait dû être oubliée par une de ses servantes. Uhtreda avait dû enrager en se rendant compte de leur disparition, car on disait qu'elle se servait de ces pierres pour cacher son âge. Lianae leva les yeux au ciel à cette idée. Quelle que soit la *magik* qu'Uhtreda possédait, elle était sans doute plutôt due à la bourse de son père. Après tout, elle était la fille du comte de Northumbrie et la reine consort. Le père de William lui avait aussi probablement laissé des biens.

En portant le doigt à la plaie sur sa joue, elle se demanda où un homme comme William avait appris à être un tel démon. Quant à sa blessure, elle était sans conséquence, bien moins grave que la douleur dans son cœur. Mais parfois, elle pouvait toujours sentir le coup de poing que le Comte lui avait assené après qu'elle lui eut dit préférer mourir plutôt que d'épouser un traître comme lui. Quand il l'avait poussée. Sur le lit. À côté de sa sœur... Et il l'aurait violentée là si la femme de Lulach n'était pas allée chercher ce dernier qui était arrivé en courant.

Son frère avait demandé à FitzDuncan d'attendre.

Attendre ?

Attendre !

Eh bien, il pouvait attendre jusqu'à la fin de ses jours. Jusqu'à ce qu'il devienne froid sous terre et que les vers se régalent de son membre crasseux. Quoi qu'il en soit, elle n'épouserait jamais cet homme odieux. Et que cet idiot de Lulach soit damné pour sa cupidité !

Elle était en train de changer de position, de croiser les jambes et de coincer sa robe et son manteau sous elle comme une tente, quand « l'homme-loup » vint lui offrir à manger dans une serviette.

— Qu'est-ce que c'est ?

— De la nourriture, répondit-il simplement, comme l'aurait fait sa mère.

Lianae fronça les sourcils. Elle jeta un coup d'œil au trou noir au milieu de la cour. L'homme ne semblait pas très civilisé. Se pourrait-il que les enfants échangés aient été laissés ici pour lui ?

— Vous ne mangez pas de bébés, par hasard ?

— Pas vraiment, répondit-il en souriant comme un garçon espiègle. C'est juste du cheval.

À en juger par la façon dont il s'occupait de sa jument bien-aimée, Lianae doutait de la véracité de cette affirmation, mais elle regarda néanmoins vers la bâche et compta silencieusement ce qu'elle voyait en dessous. Trois têtes. Puis il éclata de rire, un son riche qui la fit frissonner.

— Du cheval des bois, clarifia-t-il.

— Du cheval des bois ? demanda Lianae en fronçant les sourcils.

— Des gélinottes. Elles sont grosses et stupides, et lentes, mais savoureuses néanmoins, surtout comparées à l'alternative.

— Et quelle alternative ?

— Mourir de faim, répondit-il en souriant.

Amusant. Mais par Dieu, Lianae refusa de rire, même si le sourire de l'homme lui coupa le souffle. Il était un peu trop beau quand il faisait cela. Mais elle avait vraiment faim. Elle tendit la main vers la serviette et accepta son offrande alimentaire. Elle le remercia à voix basse. Elle aurait pu le faire avec rancune, mais outre le fait de l'avoir soulevée de terre et de l'y avoir reposée, il avait peu fait pour l'offenser. C'était même encore loin de la vérité, car elle lui avait donné un coup à la tête pour se libérer. Après cela, il l'avait simplement regardée comme si c'était elle l'agresseur.

Et il se tenait maintenant là, à se frotter la tête. Il la regardait de son air de loup. Elle eut un bref sentiment de regret.

Son ami boudeur n'avait non plus rien fait pour lui nuire. Ils l'avaient tout simplement laissée tranquille et s'étaient tous occupés de leurs affaires. Hormis ces deux-là, aucun autre homme du groupe ne s'était adressé à elle. D'après ce qu'elle percevait, elle leur avait fait tout autant peur.

Mais on pouvait se demander ce que ces gens faisaient dans un endroit comme Lilidbrugh. Il lui traversa l'esprit qu'eux aussi peut-être cherchaient ses frères. C'était peu probable.

L'homme-loup resta debout un long moment à la regarder manger. Lianae essaya de l'ignorer. Ce n'était pas si difficile, car une fois la gélinotte devant elle, Lianae devint soudain vorace. Elle n'avait rien mangé depuis le mariage de sa sœur deux jours auparavant. Et quand bien même ils auraient probablement servi un autre « festin », composé des restes, pour ses propres noces, Lianae n'était pas restée pour voir.

Comme cela aurait été pratique !

FitzDuncan avait assassiné une femme et il en avait une autre de rechange. Il aurait servi deux banquets pour le prix d'un.

Hélas, dès qu'elle avait quitté le château de Kinneddar, elle ne s'était même pas arrêtée pour penser à ses pieds, comme en témoignait leur triste état. À un moment donné, elle avait craint qu'on ne la rattrape. Elle avait donc pénétré plus profondément dans la pinède. Elle avait longtemps suivi le ruisseau, couvrant son odeur pour échapper aux chiens. C'était probablement là qu'elle s'était entaillé les pieds, dans le cours d'eau.

Sans se soucier du savoir-vivre, elle dévora la nourriture qu'il lui avait donnée. Elle se dit que la gélinotte était le meilleur oiseau qu'elle ait jamais mangé.

Dieu merci, elles étaient grosses, stupides et lentes !

FASCINÉ, Keane regarda la fille dévorer l'aile de gélinotte comme si elle n'avait pas mangé depuis des semaines.

Comme elle semblait contradictoire ! Vêtue d'une parure de noces anglaise, elle ne se plaignait pas de ses pieds nus. Elle mangeait comme une gamine des rues et parlait comme un membre de la famille royale. Elle avait l'allure d'un soldat et la diction d'une reine.

— Vous devriez me laisser examiner votre pied, suggéra-t-il.

Elle leva les yeux vers lui, les lèvres brillantes de graisse. Il eut étrangement le désir de les lécher pour les nettoyer. Quelle idée ridicule ! Il se demanda si la jeune fille ne lui aurait pas ramolli le cerveau en lui donnant un coup sur la tête.

Elle le regarda, figée, la gélinotte devant elle, comme un animal prêt à gronder.

— Ne le voyez-vous pas assez bien de là où vous vous tenez ?

Keane leva un sourcil sombre. Elle avait une langue acérée, comme ses sœurs.

— Je voulais juste dire que vous devriez me laisser vous soigner, jeune fille. Votre pied semble saigner, expliqua-t-il en désignant de la tête la neige environnante.

Mais avec la nouvelle couche fraîche, les taches avaient presque disparu.

— Je n'ai pas besoin de vos soins, rétorqua-t-elle obstinément avant de se remettre à manger en essayant de l'ignorer.

Quelle entêtée !

— Vous devez avoir froid, reprit-il, refusant d'être ignoré.

Il vint se glisser à côté d'elle sur les marches, s'insinuant là que cela lui plaise ou non. En fait, elle lui rappelait beaucoup Catrìona, avec ses yeux brillants et sa chevelure rousse dorée. Ses sœurs ne cédaient jamais d'un pouce, à moins de leur apporter la preuve que c'était dans leur intérêt. On ne pouvait pourtant jamais progresser si personne ne se décidait. Cameron n'avait pas encore appris cela.

Il croisa ses mains entre ses genoux, conscient qu'elle l'observait du coin de l'œil. Mais il ne représentait pas une menace pour elle et elle avait besoin de son aide, qu'elle veuille l'admettre ou non. Et clairement, elle n'était pas prête à le faire.

Ne s'étant apparemment pas rendu compte de sa présence à côté d'elle, elle l'ignora et continua à manger. Il perçut le parfum de ses cheveux si proches de lui : le romarin et la lavande, une combinaison grisante... à peine plus que son souper. Son estomac grogna.

Il lui avait donné sa part, ne voulant pas laisser la fille mourir de faim ni la quitter pour aller chasser d'autres gélinottes. Il ne voulait pas non plus ordonner à ses hommes de le faire, pas ce soir. Étant donné leur méfiance envers ce lieu, s'il leur permettait de partir, ils pourraient ne jamais revenir. Malheureusement, maintenant que lui et Cameron étaient en désaccord, s'il échouait et laissait qui que ce soit partir, David demanderait leurs têtes pour avoir abandonné leurs postes, et leur sort reposerait sur les épaules de Keane.

Quant à Cameron... il jeta un coup d'œil vers son vieil ami, le regardant tailler son bâton. Il essayait de se faire une nouvelle tige de flèche, mais il n'avait pas le talent pour cela. Keane avait tenté à maintes reprises de lui enseigner la bonne façon de le faire, mais Cameron

MacKinnon, avec sa fierté féroce, manquait parfois d'un peu d'esprit. Il se sentit désolé pour lui, mais qu'il en ait eu l'intention ou non, l'équilibre des forces s'était modifié aujourd'hui.

Quelque chose avait changé.

Jusqu'à présent, Keane n'avait même pas envisagé de prendre ce qui lui était offert. La seule chose qui l'avait tenu à son poste était le simple fait qu'il n'y avait plus rien chez lui, ni pour lui ni pour Cameron. Ce dernier avait espéré posséder son propre fief un jour, pour qu'Aidan le trouve digne de la main de Cailin. Keane était maintenant assis en silence, se demandant quoi faire et regardant une fille étrange manger.

À vingt-cinq ans, Keane n'était guère plus qu'un vagabond, sans lit bien à lui et sans les moyens de jamais pourvoir aux besoins d'une épouse.

Un souvenir éloigné lui revint à la mémoire. D'une jeune fille qu'il avait jadis aimée. Mais il n'était plus ce garçon au teint frais et au cœur pur amoureux d'une fille simple.

Keane observa la jeune fille assise à côté de lui. Pour une raison quelconque, elle faisait vagabonder ses pensées là où elles ne devraient pas. Et ce n'était pas seulement à cause de son apparence. Elle était jolie, certes, mais c'était plutôt le feu de son regard qui l'attirait, quelque chose que la pauvre Meara n'avait jamais possédé, à l'inverse des sœurs de Keane. Il sentait que, comme pour ses sœurs, si un homme pouvait gagner le cœur épineux de cette jeune fille, elle ferait une belle épouse.

Hélas, elle appartenait déjà à un autre...

C'était sa belle robe anglaise qui la trahissait.

Elle frissonna un peu. Keane avait envie de la prendre dans ses bras pour la réchauffer.

— Vous devez manquer à votre mère, avança-t-il.

Elle ne répondit pas, mais hésita avant de prendre une autre bouchée.

Keane voulait surtout savoir si quelqu'un l'attendait chez elle.

— Il vous suffit de me dire à quelle maison vous appartenez, et je m'assurerai que vous puissiez rentrer en toute sécurité.

Elle arrêta de manger et lui lança un regard méchant.

— Je ne suis de nulle part, dit Lianae en choisissant ses mots avec précaution. Je n'*appartiens* à *aucun* homme.

Un sourire narquois apparut sur les lèvres de son ravisseur. Lianae frissonna de nouveau, mais pas de peur. Quelque chose dans son regard la rendait méfiante, car rien n'échappait à l'homme. Il étudia sa robe somptueuse, pas tant sa silhouette, réalisa-t-elle, car son inspection n'avait rien de lubrique. Elle comprit qu'il observait sa robe. Il retourna son regard vers son visage et s'attarda sur sa joue. Il plissa légèrement le front.

Se demandant s'il regardait son bleu, s'il était même visible, Lianae résista à l'envie de toucher son visage. Elle se força à manger.

— Vous êtes sûre, jeune fille ?

Les nerfs maintenant à vif, Lianae s'en prit à lui :

— Bien entendu que je suis sûre, espèce d'idiot ! Si j'appartenais à quelqu'un, ne serais-je pas la première à le savoir ?

Elle mordit furieusement dans la gélinotte, mâchant sous son regard vigilant et de plus en plus perplexe. C'était surtout sa façon de la regarder qui faisait accélérer son cœur et divaguer son esprit. Son visage semblait exprimer de l'inquiétude, mais Lianae se gardait bien de faire confiance à qui que ce soit par les temps qui couraient.

Va-t'en, priait-elle en silence.

Si elle lui révélait qui elle était et d'où elle venait, il la renverrait sans doute au Comte. Et si elle avouait être une rebelle, ici et maintenant, cela pourrait même lui coûter sa tête. Si elle le suppliait de l'emmener chez Ewen et Graeme, il saurait qu'elle faisait partie des rebelles et il la livrerait à son roi. Ou pire, il pourrait se servir d'elle pour débusquer ses frères. Morts ou vivants, les fils d'Oengus vaudraient plus que leur poids en or, certainement plus qu'une poignée de pierres fétiches.

Non, mieux valait qu'elle ne lui dise rien.

Qu'il pense ce qu'il voulait.

Quelque part, Graeme et Ewen l'attendaient. Lianae devait seulement les trouver. Et une fois qu'elle aurait récupéré ses pierres, elle aurait les moyens d'acheter des renseignements.

Demain.

Demain, elle trouverait un moyen de partir, une fois que les hommes du Comte auraient abandonné leur recherche.

— Ah, jeune fille, vous devez bien venir de quelque part ? insista l'homme.

Cette fois, son ton cherchait à l'amadouer, comme les feux follets qui par leurs chaleureuses lumières attiraient leurs malheureuses victimes et les conduisaient à la mort. Lianae haussa les épaules et continua à manger, irritée par sa présence sans vraiment savoir pourquoi. Jusqu'à présent, il avait été plutôt gentil.

C'était peut-être simplement parce qu'elle trouvait son visage attrayant. Un visage finement sculpté avec une forte mâchoire et des yeux vert clair qui l'invitaient à baisser sa garde.

Je n'en ferai rien.

Au bout d'un moment, il se pencha pour ramasser une poignée de neige et commença à la façonner entre ses paumes.

— À votre allure, je dirais que vous êtes bien née, poursuivit-il.

Mais il ne pouvait tout deviner.

Lianae lui lança un regard cinglant, car elle sentit encore une question dans son ton, une question à laquelle elle n'avait pas l'intention de répondre.

Elle était fille d'Oengus de Moray. Son arrière-grand-père MacBeth avait été un homme du peuple. En tant que roi, il avait procuré dix-sept années de paix à la Scotia – la seule période de paix que son peuple ait connue depuis que Kenneth MacAlpin avait assassiné ses suzerains pictes. Aujourd'hui, la moitié de ces comtes avaient été supplantés par Guillaume le Roux, l'autre moitié par son frère Henri. Ils étaient tous au service des Anglais. Ce qui expliquait pourquoi MacBeth avait déposé Duncan. Aucun homme de Moray ne pouvait, en toute bonne conscience, suivre un misérable Sassenach. Oui, elle était bien née, mais avec ses frères en fuite, on ne la considèrerait que comme une menace. Et si on ne pouvait la posséder ni s'en servir contre Ewen et Graeme, on la tuerait.

— Je ne suis qu'une simple servante à Moray, dit-elle sur un ton doux en le regardant dans les yeux.

C'était une erreur, car son regard se trouva aussitôt attiré par son *woad* et la gueule de loup qui dépassait sous sa tunique. Ses mâchoires s'ouvraient sur les muscles de son cou et il montrait les dents par-dessus une veine de sa gorge. Même dans l'étrange lumière crépusculaire qui les entourait, elle pouvait clairement distinguer le *woad*. On disait que les fils de Fidaig descendaient du loup...

Ils étaient à Lilidbrugh...

Était-ce une coïncidence qu'il soit attiré par ce lieu ?

Mais non, c'était impossible. Tous les fils de Fidaig avaient disparu depuis longtemps, du moins à ce qu'on disait. Néanmoins, nerveuse, elle mordit une fois de plus dans la gélinotte et mâcha pensivement, très consciente de la présence de l'homme assis à côté d'elle.

Il continua à mouler la neige entre ses mains. Les muscles de ses bras se tendaient au rythme de ceux de son cou, donnant vie au tatouage du loup comme si la bête bougeait ses longues et puissantes mâchoires. En fait, il ressemblait plutôt à un louveteau, se dit-elle. Ses grands yeux étaient avides de toucher sa corde sensible. Et dès qu'elle baisserait sa garde, il bondirait.

C'était curieux, car aucun Scot que Lianae ait jamais rencontré ne portait le *woad* de ses ancêtres. En vérité, son propre peuple ne portait plus le *woad* ! Et pourtant, cet homme le portait toujours, ainsi que la livrée de David. Et il se trouvait là, dans la ville perdue des Pictes. C'était définitivement un mystère.

Perplexe, Lianae détacha son regard.

— Vous attendez-vous à ce qu'une femme avoue tout à un homme qu'elle ne connaît pas ?

Il lui fit un clin d'œil.

— Elle le ferait si elle avait besoin de son aide, répondit-il.

Il continua à jouer avec la neige tout en passant le bout de sa botte sur le sol où Lianae avait concentré ses recherches. Même avec une nouvelle couche de neige, il pouvait clairement voir où elle avait fouillé. Sa botte s'arrêta brusquement de bouger. Lianae pria que ce ne soit pas à cause de ses pierres. Une fois sous les pieds, elles étaient faciles à trouver, car elles étaient rondes et lisses.

Lianae finit son repas, s'essuya la bouche, puis reposa sa serviette. Elle ne savait pas comment, mais elle savait dans son cœur qu'il y avait quelque chose sous la botte de l'homme.

— Je vous ai déjà dit que je n'avais pas besoin de votre aide.

— Mais je pense que si.

Elle lui lança un coup d'œil rapide, cherchant un signe qui lui indiquerait qu'il *savait... quelque chose.* Mais elle perçut surtout des questions. Et certaines d'entre elles étaient peut-être les mêmes que les siennes. Alors Lianae décida de bluffer. Elle releva le menton.

— Si vous le pensez, lui lança-t-elle sur un ton de défi, alors relâchez-moi et voyez combien de temps je vais rester ici.

— Vous n'êtes pas prisonnière, dit-il, un petit sourire brillant dans ses yeux.

— Non ? fit Lianae en fronçant les sourcils, surprise de sa réponse.

— Vous ai-je retenue avec des cordes ou des chaînes ?

Lianae fit non de la tête, réalisant avec déception qu'il disait la vérité.

— Ai-je assigné mes hommes à votre garde ?

Une fois de plus, elle secoua la tête. Non, il ne l'avait pas fait, il était resté seul avec elle.

Un sourire se dessina sur les lèvres de l'homme. Il bougea son pied et chercha quelque chose de la main dans la neige. Semblant l'avoir trouvé, il retira sa main, exhibant l'une des pierres d'Uhtreda.

Lianae écarquilla les yeux.

— Quelque chose me dit, jeune fille... que si vous vouliez partir, vous l'auriez déjà fait.

CHAPITRE 6

— C'est à *moi* ! s'écria-t-elle en tendant le bras pour lui arracher la pierre de la main.

Elle adopta un air indigné quand il garda fermement la pierre dans sa main, tout en l'observant.

Même si ses pierres étaient rares, elles ne lui étaient pas étrangères. Petites et gravées de symboles, elles lui rappelaient le jeu des osselets, où l'on plaçait dans un sac quatre os de chevilles de mouton blanchis. Chaque os avait quatre côtés, chacun avec une forme et une valeur différentes. Les joueurs les jetaient hors du sac, et celui qui obtenait la plus haute valeur gagnait. Mais ces pierres n'étaient pas aussi faciles à déchiffrer et elles ne désignaient pas nécessairement un vainqueur : on les faisait rouler parfois et le destin ne souriait pas toujours au joueur. Una gardait une bourse pleine de ces pierres dans sa grotte. Elle les sortait quand Aidan lui demandait de consulter les dieux. La seule différence entre celles-ci et celles que possédait Una était que celles d'Una ne présentaient pas les mêmes marques. Quoi qu'il en soit, elles étaient assez précieuses pour s'en emparer, surtout si on savait ce que c'était et comment s'en servir. Et que Lianae le sache ou non, elle comprenait manifestement leur valeur puisqu'elle avait fui sans ses chaussures, mais avec cette bourse, quand ses chaussures lui auraient été plus utiles par ce mauvais temps.

De plus, alors qu'elle aurait pu au moins tenter de s'enfuir, elle avait passé une heure dans la cour à rechercher ses pierres manquantes. Elle semblait en fait beaucoup plus préoccupée par leur perte que par la compagnie d'étrangers.

Avec un léger sourire et malgré ses soupçons, Keane lui rendit sa pierre. Lianae referma possessivement le poing sur l'objet. De près, il vit clairement qu'elle avait un bleu au visage, juste sous la pommette.

Avait-elle volé les pierres ? Était-ce un paiement pour ses faveurs ? Ou un cadeau de mariage ?

Pour quelque raison, il ne le pensait pas.

Il sortit un morceau de velours rouge de sa ceinture et le déroula pour lui montrer une seconde petite pierre. Elle avait été prise dans les plis de la bourse que Lianae avait déchirée.

— Vous les avez volées ? lui demanda-t-il directement en la lui tendant.

— Non.

Elle sembla néanmoins blêmir à la question. Cela ne l'empêcha pas de dire ce qu'il pensait :

— On peut se demander pourquoi une jolie fille voudrait s'enfuir, pieds nus, vêtue de sa robe de mariée, avec rien d'autre qu'un manteau sur le dos et une bourse de velours pleine de pierres fétiches.

Elle rougit avec grâce et détourna le regard, ses doigts serrés de toutes ses forces sur les pierres. Keane la regarda placer dans l'ourlet de sa robe les deux pierres qu'il avait trouvées. Ses joues étaient maintenant rose vif. Était-elle embarrassée parce qu'il lui avait dit qu'elle était jolie ?

Ou peut-être avait-elle quelque chose d'autre à cacher ?

Quelque chose de plus que des pierres fétiches...

— Pourquoi, selon vous ?

Keane laissa sa question suspendue dans l'air, comme la brume de son souffle, jusqu'à ce qu'il soit sûr qu'elle n'allait pas lui répondre. Puis il décida de laisser la fille tranquille. À ses épaules aussi rigides que celles de sa sœur Lael, il savait qu'il ne pourrait jamais rien obtenir d'autre de sa part si elle ne voulait pas le lui donner. Il reconnaissait un mur de brique quand il en voyait un. À moins de se montrer plus dur envers elle, il pouvait tout aussi bien laisser tomber. Pour l'instant.

D'un autre côté, s'il attendait sa permission pour soigner son pied, elle le perdrait avant la tombée de la nuit. Enlevant son manteau, Keane révéla son *breacan* de laine puis, sans explication, en arracha une longue bande à l'extrémité, puis une autre. Glenna, la tisserande, menacerait ses parties viriles pour avoir ruiné du bon tissu. Mais s'il lui demandait gentiment, elle lui en ferait un autre.

— Que faites-vous ?

— Une paire de pantoufles.

— Pourquoi ? lui demanda-t-elle, stupéfaite.

Levant un sourcil, Keane lui lança un regard sans équivoque.

— Pour vous réchauffer les pieds, peut-être ?

— Mais pourquoi feriez-vous une chose pareille ?

— Parce que vous avez froid et que je ne souhaite sans doute pas que vous perdiez vos orteils. Allez, donnez-moi votre pied, exigea-t-il en s'approchant d'elle, la main tendue.

Il voyait clairement son orgueil en lutte avec son malaise. Cela ne lui plaisait manifestement aucunement de recevoir des ordres, même s'ils étaient dans son intérêt. Mais elle finit par céder.

— Lequel ?

— Le droit.

Sortant son pied gauche de dessous sa robe, elle le

lui tendit. Il faillit rire devant sa réaction contraire à ce qu'il lui avait demandé de faire. Il savait bien que cela n'avait d'autre raison que de prouver qu'elle était toujours maîtresse de la situation.

Mais le sourire de Keane disparut quand il inspecta la plante de ses pieds. Ils étaient certes crasseux, mais même sous tant de saleté et dans l'obscurité, il pouvait voir les plaies ouvertes qui s'étaient formées le long de ses talons et sous ses orteils. Il ne savait pas encore quelle distance elle avait parcourue, mais à en juger par l'état de ses pieds, c'était une longue distance.

Jurant entre ses dents, Keane passa doucement les doigts sous la plante de ses pieds pour enlever le plus de saleté possible. Demain, il veillerait à ce qu'elle les lave dans le ruisseau. Pour le moment, il était beaucoup plus important de les réchauffer. Il remonta sa jupe pour commencer à entourer la laine autour de ses pieds et se figea à la vue d'un autre bleu.

Noir, il faisait le tour de sa cheville comme un bracelet de *woad*. Embarrassé, il étudia la marque un instant, se rendant compte qu'elle n'avait pu l'obtenir que d'une seule manière. Pas une façon acceptable pour un époux de prendre sa femme. Pas étonnant qu'elle ait fui.

Son sang bouillonna de colère, mais il ne dit pas un mot. Elle était tendue, attendant qu'il lui fasse une remarque. Mais il se contenta d'envelopper son pied et sa cheville de laine. Il replia le bout au-dessus de son bleu, en prenant soin de ne pas lui faire davantage mal.

Puis il lui demanda de nouveau son pied droit. Elle le lui offrit sans défiance cette fois. Il l'enveloppa aussitôt et remarqua une meurtrissure encore plus foncée à peu près au même endroit.

Saligaud.

Keane voulait l'interroger sur l'origine de ses bleus, mais il n'avait pas vraiment besoin de réponses. Il en savait assez pour comprendre que, quelle que soit leur cause, c'était lié à cette robe qu'elle portait et au bleu sur sa joue. Si elle avait dérobé les pierres dans sa fuite, tant mieux pour elle. Par les dieux, il allait l'aider à trouver le reste de ses pierres, et que le ciel vienne en aide au démon qui avait osé porter la main sur une femme ! Keane lui tordrait le cou.

— Merci, dit-elle, une fois la tâche de Keane terminée.

Dans l'étrange lumière qui les éclairait, le visage de la fille était blême, ce qui faisait ressortir son bleu à la joue. Incapable de se retenir, Keane se pencha en avant pour toucher la tache sombre, mais elle lui saisit la main. Leurs regards se croisèrent et ils se fixèrent des yeux.

— Comment vous êtes-vous fait cela ? demanda-t-il en maîtrisant son humeur.

— Probablement dans ma chute ici à cause de vous, répondit-elle en repoussant sa main.

C'était impossible qu'il ait causé cette ecchymose. Mais il ne la contredit pas. Elle en aurait peut-être plus le lendemain matin, mais celle sur sa joue était déjà bleu foncé contre sa peau pâle. Elle datait au moins de la veille. Quelle que soit la raison de son mensonge, elle ne voulait manifestement pas lui faire part de ses ennuis.

Vous attendez-vous à ce qu'une femme avoue tout à un homme qu'elle ne connaît pas ?

C'était assez raisonnable, même si Keane ne pouvait pas lui être d'un grand secours si elle refusait de lui parler. Il ne la connaissait pas bien, certes, mais cela ne voulait pas dire qu'il ne tuerait pas le vaurien qui avait osé poser la main sur elle, époux ou non. En lui tendant son *breacan* en laine, un vif désir de la protéger l'envahit. Puis, ramassant son manteau, il se leva.

— Je vous aiderai à retrouver le reste de vos pierres

demain matin. Vous serez peut-être alors plus encline à me dire d'où vous venez.

— Peut-être, fit-elle en fronçant les sourcils.

Leurs regards se croisèrent de nouveau.

— Ou vous me direz peut-être au moins où vous souhaitez que je vous emmène ?

Cette fois, elle fit oui de la tête.

— Voulez-vous au moins me dire votre nom, jeune fille ?

Des flocons de neige lui tombèrent sur les sourcils. Elle continua de le fixer du regard, en clignant à peine des yeux.

— Lianae, répondit-elle après un long moment.

— Lianae, murmura Keane, répétant le nom avec le même respect que pour Lilidbrugh.

— Je m'appelle Keane, lui dit-il, en se retenant de lui donner le nom de sa parenté. Pour la première fois de sa vie, il se sentait comme un homme entre deux mondes.

Je ne suis de nulle part, avait-elle dit. C'était la même chose pour lui. Sa place n'était ni à Dubhtolargg, ni aux côtés de l'homme dont il portait la livrée. En ce sens, ils étaient des âmes sœurs.

Mais à son grand étonnement, Keane perçut une lueur révélatrice dans ses yeux. Il s'en trouva encore plus déconcerté. Elle lui avait opposé de la colère quand elle aurait dû le craindre, et des larmes au lieu de gratitude. Elle avait les jambes et la joue meurtries et il y avait beaucoup de plaies sous les plantes de ses pieds. Malgré son air sardonique, son silence ne semblait pas caractéristique d'une femme bien née : toutes les femmes qu'il avait rencontrées à la cour de David, celles qui s'habillaient comme elle, étaient si pleines de griefs que Keane s'était demandé s'il restait encore des femmes comme ses sœurs, fortes de corps et d'esprit.

— Eh bien, Lianae, dit-il, vous êtes libre de vous en

aller. Mais il va faire encore plus froid avant que la nuit se termine. Si vous le souhaitez, vous pouvez partager ma couche.

Se préparant à une répartie qui ne vint jamais, il ajouta :

— Juste pour vous tenir chaud, vous savez. J'ai trois sœurs, lui affirma-t-il, comme si ce seul fait devait la rassurer.

Les yeux humides de larmes, elle acquiesça une nouvelle fois de la tête.

Keane s'éloigna, pour qu'elle n'éprouve pas de honte à pleurer devant lui. Il sentait qu'elle était fière. Pire encore, il soupçonnait que sa gentillesse l'avait en quelque sorte blessée. Il ne souhaitait pas savoir ce que cela révélait.

LIANAE ESSUYA ses larmes dès qu'il se détourna. Elle était la fille de son père, se rappela-t-elle, et une fille de Moray ne devait pas pleurer.

La nuit se faisait plus sombre. Un curieux halo recouvrait les ruines, un éclat moins incandescent que lumineux, comme l'illusion du jour dans un paysage enneigé. Une couche de givre sur les pierres recouvertes de mousse faisait luire les ruines comme des joyaux. C'était un spectacle étrange, plus encore que l'homme en sa présence.

Il savait ce qu'étaient ses pierres fétiches. Lianae s'en rendit bien compte. Elle en sortit une de son ourlet pour étudier les marques.

Ses ancêtres vikings en avaient utilisé de semblables pour lire l'avenir, mais une rune différente était gravée sur chaque petite pierre, contrairement à celles-ci.

Pouvaient-elles servir de paiement pour le royaume de l'Au-delà ?

Maintenant que leur *roi* était un homme de *foi*, ils

avaient abandonné la pratique de placer des pierres sur les yeux des morts. Jadis, elles servaient à payer Sluag, la déesse de l'Au-delà. Pour ceux encore dans le monde des vivants, on les utilisait pour canaliser les forces de l'Au-delà pour guérir les malades. Et pour le très petit nombre se trouvant entre les deux mondes, on disait que ces pierres étaient des intermédiaires.

Certaines pierres étaient plus grosses et servaient de *keek stanes*. Mais celles d'Uhtreda étaient plus petites, de la taille de petits cailloux, chacune portant une marque unique : deux lunes et un éclair entre elles.

Elles pouvaient peut-être être utilisées pour les guérisons ?

En tout cas, elles lui appartenaient maintenant et Lianae refusait de s'en défaire. Heureusement, personne ne semblait s'intéresser aux pierres – ni même à elle, à vrai dire. Une fois les Scots en place sur leurs couches pour la nuit, elle s'attendait à moitié à ce que Keane l'appelle sur la sienne, mais il ne le fit pas. Fidèle à sa parole, il la laissa libre d'aller et venir. Mais Lianae n'avait aucune envie de s'aventurer seule, malgré le sentiment que ses frères étaient proches.

Peut-être demain.

En poussant un soupir, elle se leva et regarda de nouveau autour d'elle à la recherche de ses pierres. Le lendemain matin, quand ils y verraient un peu plus clair, Keane avait promis de l'aider à trouver le reste. En attendant, elle regardait sa couche avec envie.

ELLE CHERCHAIT EN VAIN.

Malgré l'étrange lueur qui les entourait, il n'y avait pas assez de lumière pour une recherche efficace, surtout maintenant qu'il neigeait.

C'était complètement par hasard que Keane avait découvert la pierre, parfaitement ronde et lisse, sous sa botte. Après avoir vu celle coincée dans les plis du petit sac, il avait compris ce qu'elle cherchait. Le lendemain matin, les autres pierres seraient enfouies sous au moins soixante centimètres de neige et personne ne pourrait les retrouver avant le printemps.

Il avait néanmoins promis de l'aider et il tiendrait sa promesse. En attendant, il désirait vivement qu'elle vienne le rejoindre sous les couvertures.

De là où il était couché, Keane pouvait voir qu'elle tremblait sous son manteau luxueux, malgré son *breacan* par-dessus. Et malgré ses menaces de partir, elle était restée. Il ne doutait plus à présent qu'elle craignait davantage ce qui l'attendait que Keane et ses hommes.

Comme elle était têtue !

Il aurait aimé qu'elle cède. Mais s'il y avait une chose qu'il avait apprise avec ses sœurs, c'était que l'autorité d'un homme avait ses limites. Il les avait franchies quelques fois seulement avant que ses sœurs ne le remettent brusquement à sa place.

À cet égard, Lianae lui rappelait surtout Lael, même si elle possédait une certaine douceur dont sa sœur était dépourvue. Elle ressemblait davantage à l'épouse de son frère. Irritable, mais douce dans ses manières. Elle avait tout à fait l'air d'une dame dans sa parure anglaise, et pourtant elle était courageuse, un trait de caractère qui correspondait parfaitement aux femmes dún Scoti. Après des années passées dans la Mounth à se débrouiller toutes seules, ces femmes étaient bien moins sophistiquées, mais elles n'étaient pas moins capables de conduire les hommes par le bout du nez. Les femmes fortes étaient appréciées dans son clan. En fait, la lignée de la royauté se perpétuait jadis non par leurs pères, mais par leurs mères.

Lianae lui faisait penser à une reine. Comme un aimant, elle attirait son regard.

Elle était assise sur un muret en ruine, se réchauffant les mains en soufflant dessus. Mais son regard restait fixé sur le feu de camp. De temps en temps, elle regardait par-dessus son épaule vers la sombre forêt, puis de nouveau vers les flammes, avec insistance.

Comme elle est têtue, se redit-il.

Orgueilleuse et trop obstinée pour son bien, elle préférait mourir de froid que de rejoindre les hommes près du feu. Il savait qu'elle ne s'en irait pas. Et il avait clairement enjoint à ses hommes de la laisser tranquille. Une fois qu'elle aurait assez froid, elle chercherait son lit, il n'en doutait pas. Elle ne lui semblait ni sotte ni folle, et par des nuits comme celles-ci, les hommes et les bêtes se gardaient bien de dormir seuls. Même les chevaux étaient tous blottis les uns contre les autres sous une bâche et les hommes étaient entassés sous une autre, leurs couches les unes près des autres pour mieux se tenir chaud. Keane pouvait garantir qu'aucun ne se plaindrait de bras et de pieds trop proches d'eux sous les couvertures cette nuit. En fait, il était sûr que l'endroit le plus convoité pour leurs orteils était sous les fesses d'un autre, même si personnellement il ne souhaitait personne près des siennes.

Mais ce n'était pas pour cela qu'il avait placé sa couche si loin des autres. Il avait deux raisons : maintenant qu'il allait occuper le rôle de chef, il était important de s'assurer que tous ses hommes connaissent leurs places. Auparavant, lui et Cameron avaient constitué un front fort, uni, qui les soutenait quand ils étaient troublés. Mais la seconde raison, et celle qui prévalait, était simplement qu'il serait beaucoup plus facile de s'approcher de lui s'il était séparé de ses hommes. Pour cette raison, il avait choisi un endroit à moitié caché du reste des couches, sous un avant-toit brisé qui leur procurerait un minimum d'intimité. Même si elles se croyaient leurs égales, ses trois sœurs n'avaient jamais été très désireuses de dormir près des hommes. Pas même Lael qui, loin de se considérer l'égale de Keane, se croyait au-dessus de la plupart des hommes. Elle-même ne baisserait jamais assez sa garde pour dormir confortablement au milieu des hommes. Seul Kellen avait mérité une place sur sa couche, essentiellement parce qu'Aidan avait refusé de partager son lit avec un enfant de cinq ans. Et Kellen avait préféré Lael à toutes ses sœurs quand il était arrivé à Dubhtolargg. Le plus souvent, Lael s'installait dans un coin à part.

Se retournant sur le dos, Keane plaça une main sous sa tête pour regarder la nuit sans étoiles. Il pensa au fils de Lìli. Il devait maintenant avoir seize ans, mais il ne l'avait pas vu depuis cinq ans, depuis le jour où Keane avait quitté la vallée. De tous, c'était surtout sa sœur Cailin qui lui manquait. Ils avaient été inséparables.

La nuit était calme, mais quelque chose dans l'air promettait des températures encore plus basses. La neige lui tombait sur les cils, mais il ne s'en souciait pas. Quand il habitait dans la vallée, il avait passé beaucoup de nuits comme celles-là et il se demandait ce que sa sœur Cailin dirait si elle le voyait maintenant, couché au milieu de ruines pour le seul plaisir de dire qu'il avait dormi une nuit dans le berceau de leur clan.

Puis il pensa à Meara, la jeune fille qu'il croyait avoir aimée un jour. Il essaya en vain de se représenter son visage. Il lui échappait maintenant, après tant d'années. Elle était morte de la fièvre à quatorze ans après avoir bu de l'eau d'un puits contaminé. Elle était partie si vite, en un clin d'œil : un jour, elle riait et l'espionnait à la mare de Caoineag, et le lendemain, elle était allongée sur un bûcher funéraire.

— Puis-je ? demanda une voix douce et féminine, interrompant sa rêverie.

Keane cligna des yeux. Il tourna la tête et au lieu de

Meara, il aperçut Lianae debout, à quelques mètres de lui. Elles n'avaient rien en commun. Meara avait eu de jolis cheveux foncés et des yeux verts brillants, tandis que Lianae lui faisait penser à une idole aux reflets dorés. Les bras croisés et frissonnant terriblement, elle le fixait des yeux avec envie, ou plutôt sa couverture.

Toutes ses pensées envers Meara disparurent aussitôt.

Souriant, Keane souleva la couverture en signe de bienvenue.

CHAPITRE 7

Le matin venu, le monde était tout blanc, avec un soleil délavé jouant à cache-cache à travers d'épais nuages. Les ruines étaient à moitié enfouies sous une couche de neige si épaisse qu'il était difficile de déterminer la limite entre elles et le paysage alentour.

Les arbres environnants étaient peints de givre, les branches des arbres à feuilles persistantes ployant sous leur lourd fardeau. À chaque coup de vent, de gros morceaux de glace se détachaient des arbres. Le temps instable changeait de nouveau. S'ils se mettaient en route maintenant, par cette tempête, ils auraient très probablement les roupettes gelées avant midi, chose que Keane n'était pas enclin à risquer, surtout maintenant qu'elles étaient si bien calées au chaud. Dans la cour, au milieu des murs à moitié éboulés, ses hommes restaient assis à l'abri du vent. Enfoui sous ses couvertures, un corps chaud à côté du sien, il avait dormi comme un chien paresseux. Pour l'instant, la plupart de ses hommes étaient toujours allongés, hésitant clairement à sortir de leurs couches.

Indifférent aux bourrasques incessantes, un écureuil vint creuser près de lui, sa queue rousse s'agitant tandis que l'animal cherchait des pignons sous la neige. La bête lui fit penser à Lianae et à ses pierres. L'écureuil détala quand Keane rajusta les couvertures. Dommage. L'estomac vide, Keane s'était représenté la petite bête rôtie pour son petit-déjeuner. Hélas. Mais il était trop content pour quitter sa couche et trop conscient de la femme qui dormait à son côté.

Lianae.

C'était un bon nom, joli et fort, comme elle.

Il n'aurait jamais soupçonné que, sous sa façade intrépide, elle avait caché les marques des mauvais traitements qu'elle avait reçus.

Quel genre d'homme faisait du mal à une femme ?

Si Keane se retrouvait un jour face au monstre, il lui donnerait des raisons de regretter ses actions. Il était impossible de savoir s'il l'avait prise contre sa volonté, mais des marques comme celles-ci ne signifiaient en général qu'une seule chose... le vaurien avait tout au moins essayé.

Quant à lui, Keane avait l'intention de récompenser la confiance de la jeune fille en lui prouvant que tous les hommes n'étaient pas des bêtes en rut...

Il essayait du moins.

Son désir était difficile à nier, quand son sexe était dressé sous les couvertures. Malgré ses meilleures intentions, son érection matinale était incontrôlable.

L'odeur des cheveux de Lianae était comme un philtre, une potion d'amour qui parlait à son corps dans un langage que ce dernier comprenait clairement. Cela faisait longtemps qu'il n'avait pas eu si désespérément envie de le mettre à meilleur profit...

Inconsciente du fait que Keane luttait pour se maîtriser, Lianae se tortilla sous les couvertures et se rapprocha un peu plus de la chaleur de son corps. Keane résista à l'envie de la serrer contre lui. Il se rendit compte qu'elle n'avait aucune idée de ce qu'elle faisait, et la réveiller était la dernière chose qu'il voulait faire. Mais si elle se rapprochait davantage encore, elle découvrirait rapidement que toutes ses épées n'étaient pas rangées en toute sécurité dans leur fourreau.

Il se recula de nouveau, pour la énième fois, et se demanda s'il ne serait finalement pas plus sage de se lever tôt, au moins pour parler à Cameron en privé.

Jusqu'à présent, seul Cameron était debout. Il s'occupait du feu. Plus précisément, il le préparait pour leur départ. Il recouvrait de neige les braises mourantes, sans prendre la peine de secouer les flocons qui tombaient sur ses épaules. Il travaillait en silence en faisant la tête.

Ils ne s'étaient pas encore parlé de ce qui s'était passé, mais Keane n'était pas vraiment inquiet. Ils étaient amis de longue date. Et si Cameron voulait la main de Cailin, il n'oserait jamais défier Keane, surtout du fait que tout ce qu'il voulait, il le voulait pour une seule raison : gagner la faveur de Cailin. Et il avait encore une chance de l'obtenir, s'il se rendait compte qu'il avait déjà tout ce dont il avait besoin pour cela. Sa sœur ne se souciait pas des richesses. Ni de savoir si un homme portait un titre ou non. Comme toutes les sœurs de Keane, ses exigences étaient plus simples. Elle recherchait un homme fort et loyal qui s'occuperait d'elle, rien de plus. Tant que Cameron ne réaliserait pas cela, Cailin ne l'accepterait jamais, quoi qu'en pense Aidan. Ce ne serait pas son frère et laird qui prendrait cette décision pour Cailin. Mais ce n'était pas quelque chose que Keane pouvait facilement expliquer à un homme qui n'avait pas l'habitude de faire passer les femmes avant lui, surtout tant que Cailin restait indécise : la réticence d'Aidan à accepter Cameron était pour ce dernier la seule chose qui semblait sauver sa fierté. Cameron était convaincu que c'était l'unique raison pour laquelle Cailin n'était pas encore tombée dans ses bras. Mais il avait tort. Personne ne disait à ses sœurs quoi faire, ou qui épouser. Si tel avait été le cas, Lael et Cat n'auraient jamais quitté leur vallée pour se marier.

Cameron avait encore beaucoup à apprendre.

En vérité, Keane était bien plus réticent à contredire l'autorité d'Aidan que ses sœurs, car il avait jadis été l'héritier de son frère.

Plus maintenant.

Maintenant, il avait... quoi ? À vrai dire, pas même un but dans la vie. À part écouter les aspirations et les visions de grandeur de Cameron, la maison qu'il aimerait construire pour Cailin, les enfants qu'ils élèveraient ensemble, il était blasé. La vie l'ennuyait. Dans la vallée, il dépérissait dans le rôle qu'on lui avait confié. Même cette mission s'était avérée abrutissante, car malgré les craintes de David – qu'avec Henri d'Angleterre préoccupé en France, les fils d'Oengus complotaient pour rétablir le Mormaerdom –, tout était calme dans les territoires du Nord.

Essayant de ne pas penser à la femme blottie sous ses fourrures, il examina les alentours. Dans la froide lumière matinale, Lilidbrugh était un endroit désolé. Pas étonnant que ses hommes soient si impatients de partir. Ils préféreraient de beaucoup être chez eux avec leurs familles, où le feu crépitait dans l'âtre et la soupe bouillonnait dans le chaudron. Comme Keane, leurs cœurs n'étaient pas à l'ouvrage, quelles que soient les promesses de David. Elles ne leur remplissaient pas le ventre pour l'instant, ni ne leur réchauffaient les os. Quant à lui, Keane se demandait ce qu'il faisait à servir un roi auquel il ne faisait pas confiance. La jeune fille couchée à son côté lui avait procuré le seul frisson d'excitation qu'il ait connu depuis qu'il était entré au service de la Couronne.

Dix ans auparavant, David mac Mhaoil Chaluim

avait arraché sa sœur Catrìona de son lit au milieu de la nuit. Il l'avait emportée vers le sud avec l'intention de l'offrir en récompense aux Anglais pour l'élever à leur cour. Ce n'était pas un homme qui inspirait la confiance. Pourtant, ces dernières années, il n'avait pas trouvé l'homme intentionnellement cruel. Il prenait ses décisions, prétendait-il, avec le bien du royaume en vue. C'était quelque chose que Keane pouvait facilement croire, même s'il n'était pas d'accord avec ses méthodes. Comme dans une partie d'échecs, il déplaçait des pions. Et pour chacune de ses décisions, de bonnes gens payaient le prix, comme son frère.

Le mariage d'Aidan avec Lìleas MacLaren aurait facilement pu mal tourner. Sous peine de perdre son premier-né, Lìli avait été envoyée assassiner Aidan dans son lit. Si elle n'était pas tombée amoureuse d'Aidan et n'avait pas eu l'intégrité et le courage de révéler le plan, tout aurait pu se passer différemment... Et Keane serait devenu le laird de leur clan.

Heureusement, il ne l'était pas.

Mais il y avait une autre facette à la personnalité du roi de Scotia : David aurait pu exiger que justice soit rendue après la prise de Keppenach, mais il avait au lieu fait preuve d'une infinie miséricorde envers Lael et Broc Ceannfhionn, et plus encore. Au lieu de les faire pendre – ce qui avait bien failli arriver avant que Jaime Steorling ne les libère –, il avait offert un siège à Broc à Dunloppe et Lael avait reçu l'ordre d'épouser le *Boucher*, le commandant le plus digne de confiance du roi David. Sa sœur Lael semblait avoir échangé ses couteaux pour des enfants. Elle les poursuivait pendant que son époux le laird continuait de conseiller son roi. Mais Keane n'avait pas sa place dans cet arrangement. Il n'était rien d'autre qu'un garde-frontière. Il craignait maintenant désirer quelque chose de plus...

Lianae bougea à côté de lui. Keane essaya de ne pas

penser à ses fesses. Il en connaissait maintenant la forme, malgré sa robe et malgré le fait qu'il se reculait de plus en plus, car elle revenait sans cesse se blottir contre lui dans son sommeil. Il n'avait pas besoin de la toucher pour imaginer le contour de son corps contre ses cuisses. Elle remua et Keane jura une fois de plus entre ses dents. Par les péchés de Sluag, il n'était qu'un homme.

Il s'était éloigné d'elle dès qu'il avait senti son sexe remuer, et il continuait à reculer chaque fois qu'elle cherchait à se rapprocher de ses cuisses.

Avec le vent qui sifflait, Lianae craignait de sortir des couvertures. Elle se blottit plus profondément sous elles. Installée confortablement et bien au chaud, elle s'imaginait sans peine qu'elle était toujours chez elle avec son père et sa mère, et que ses frères aînés n'étaient jamais partis en guerre. Elle avait rêvé de Lulach à dix ans, quand elle en avait neuf. Ils riaient ensemble près des silos, regardant les chatons chasser les poules pour manger leur grain. Cette innocence avait fait partie de leurs vies si longtemps auparavant.

Oh, Lulach...

Son cœur saignait.

Pourquoi ?

Plutôt que de faire payer le Comte pour ce qu'il avait fait à Elspeth, il avait condamné Lianae au même sort ! Son père serait tellement honteux. Et sa mère ? Ne pouvait-il pas se rappeler ce qu'ils lui avaient fait ? Elle était morte de chagrin, en vérité, mais *ils* l'y avaient poussée, la narguant en évoquant les têtes de ses fils pourrissant dans un champ de cadavres. Ils avaient prétendu que celles-ci étaient empalées sur des piques et laissées sur place pour désigner l'endroit où les héritiers meurtriers de MacBeth avaient finalement été vaincus.

Lulach ne se souvenait-il pas ?

Pourquoi ne pouvait-il pas se souvenir ?

Lianae avait bien sûr refusé de croire à leurs mensonges. S'ils avaient rapporté le corps de son père sur un traîneau, pourquoi n'auraient-ils pas rapporté ceux de ses frères ? C'était pour elle la preuve que Graeme et Ewen devaient être encore en vie. Mais en réalité, tout ceci était un cauchemar et elle ne voulait pas se réveiller pour l'heure, car les vrais démons vivaient au grand jour. Ravalant son chagrin, Lianae s'enfouit sous les couvertures. Elle sentit soudain une main chaude se poser sur sa cuisse, la poussant doucement mais fermement.

— Arrêtez, dit une voix masculine.

Son souffle était doux et chaud sur sa nuque.

Keane.

À moitié endormie, il lui fallut un moment pour réaliser exactement où elle était couchée. La seule chose qui la retint de bondir était le froid glacial. Il lui cingla le visage quand elle sortit sa tête hors des couvertures. Et dès qu'elle se rappela qui était à côté d'elle, elle fut certaine de devoir rester où elle se trouvait.

Il faisait si froid maintenant qu'elle pourrait geler sur place. Frissonnant, Lianae recacha sa tête sous les couvertures et pria pour du soleil. Si la température avait été aussi basse quand elle s'était enfuie du château de Kinneddar, elle ne serait peut-être jamais partie. Ou elle serait morte de froid peu après son évasion. Au diable les convenances ! Les hommes de Keane étaient toujours allongés, mais Lianae n'avait aucun doute qu'ils l'avaient déjà repérée sous les couvertures de leur chef. Ils pouvaient bien dire ce qu'ils voulaient. Elle était venue à lui de son plein gré et le fait qu'il la repoussait maintenant la laissait perplexe.

Ne la trouvait-il pas plaisante ?

Ce n'était pas un secret qu'une femme devait s'attendre à donner de sa personne en échange de la protection d'un homme. Lianae aurait été disposée à le faire si nécessaire. *Peut-être.* Elle avait tellement froid ! Le fait qu'elle ne se soit jamais trouvée dans une telle situation montrait à quel point son père commandait le respect, même depuis sa tombe... Mais cet étranger n'avait aucune idée de qui elle était. Pourtant, il la repoussait, comme si elle lui répugnait. Cela n'avait aucun sens, vu la façon dont il s'était occupé d'elle la veille au soir.

Lianae se retourna pour faire face à son ravisseur potentiel. Elle se rappela soudain qu'il ne s'était aucunement offensé de sa plaisanterie sur les mordeurs d'oreiller.

— N'aimez-vous donc pas les femmes ? demanda-t-elle, embarrassée.

À SA QUESTION, Keane faillit s'étouffer.

Diable ! Il se sentait tellement sous l'emprise de son odeur qu'il n'osait pas lui permettre de se rapprocher de lui. Pour leur bien à tous deux, il gardait une distance entre eux.

Clignant innocemment des yeux, elle le regarda fixement, attendant sa réponse, ou plutôt l'exigeant. Keane s'étonna qu'elle puisse poser une telle question avec la preuve qui se trouvait entre eux.

Mais, bien sûr, comment pourrait-elle savoir ?

Elle fronça les sourcils. Il ne lut aucune méchanceté sur son joli visage et son regard semblait tout à fait sincère. Elle voulait simplement savoir s'il préférait les hommes. Il avait envie de se pencher sur elle et de l'embrasser comme un fou pour toute réponse. Mais l'innocence de ses yeux prouvait qu'elle n'était pas effrontée.

Déglutissant avec difficulté, conscient que son camp était en train de se lever et que ses hommes jetaient tous des regards curieux dans leur direction, Keane regarda les yeux couleur d'*uisge* de la jeune fille sans pouvoir rien faire.

Dorés, avec des reflets verts, c'étaient les yeux les plus charmants que Keane ait jamais vus. Elle était ravissante. Contrairement à Lilidbrugh, à la lumière matinale, elle était deux fois plus jolie que la veille. Ses sourcils roux foncés aux reflets dorés étaient parfaitement arqués au-dessus de ses yeux en forme d'amande. Sa peau lisse et impeccable lui faisait penser à des pétales de rose. Quant à ses lèvres boudeuses, elles avaient la couleur des baies de sorbier mûres à l'automne, quoique légèrement gercées par le froid. Il désirait vivement les apaiser de sa langue. Mais cette blessure sur sa joue était maintenant plus sombre. Sa vue réussit à refroidir son ardeur.

Elle attendait toujours, le regard perplexe. Sans en avoir l'intention, Keane le comprit, elle se pencha sur la main qu'il avait posée entre eux sous les couvertures, mettant sa barrière incertaine à l'épreuve.

— Ah ! jeune fille, j'aime beaucoup les femmes, la rassura Keane. Maintenant, s'il vous plaît, sortez de ma couche, ajouta-t-il, bien conscient que c'était la chose la plus difficile qu'il ait jamais eu à dire.

Il savait que ce n'était pas simplement la chaleur qui allait lui manquer.

Surprise, la jeune fille cligna des yeux. Si la confusion n'était pas déjà évidente dans son regard, elle était maintenant décuplée.

— Vous voulez que je sorte de dessous les couvertures ?

Embarrassé, Keane acquiesça, tout en secouant un peu maladroitement la tête, Lianae toujours appuyée contre sa main posée entre eux. La courbe de son ventre le tourmentait impitoyablement. Il ne désirait rien de plus que de glisser sa main vers lui, puis d'explorer la fente exquise entre ses cuisses, et plus profondément, les doux plis de chair qu'il voulait goûter aussi avidement que ses lèvres.

Non, il ne *voulait* pas qu'elle sorte des couvertures, mais il était grand temps de se lever et d'offrir du repos à son *vieux compagnon*. Il sentit son sang bouillir dans ses veines, sapant sa résolution.

— Maintenant ? demanda-t-elle.

Keane gémit intérieurement. À n'importe quel autre moment… sans une compagnie de soldats en train de les épier, si elle n'avait pas semblé aussi innocente, ou si elle ne le regardait pas avec ce doux regard de gratitude, comme si elle voulait lui rendre la pareille pour sa bienveillance...

Et pourtant, malgré toutes ses réserves, il la laissa se rapprocher de son espace, désirant sentir son corps doux et chaud pressé contre le sien.

Oh, comme il voulait l'embrasser !

Plus que tout...

Les lèvres de la fille semblaient mendier la preuve de son désir. Parbleu, il la voulait plus que n'importe quelle jeune fille, même plus que Meara ce premier jour. Par la pierre de Scone, il pourrait réchauffer un village entier avec la chaleur émanant de ses reins.

Elle se rapprocha encore et pencha son visage contre le sien. Keane jura entre ses dents, sentant sa résolution faiblir. Il essaya de se forcer à lui parler, de l'avertir de se lever, maintenant, avant qu'il ne perde la tête. Mais elle fit une petite moue avec sa jolie bouche et il émit un râle profond.

Juste un baiser ?

Il y avait peu de chances qu'il s'empare d'elle ici et maintenant, entouré du regard avide de tous ses hommes. En même temps, si elle voulait un baiser, qui était-il pour le lui refuser ?

Keane tendit la main pour lui toucher la joue.

Cette fois, Lianae ne le repoussa pas.

À CET INSTANT PRÉCIS, Lianae comprit ce qu'elle devait faire.

La réponse à toutes ses prières lui vint en regardant fixement les yeux verts et audacieux de Keane. Non qu'elle veuille le piéger et le forcer à l'épouser. Le roi ne le permettrait jamais, car cet homme au beau visage et au tempérament bienveillant n'était qu'un humble garde-frontière. Et pourtant, il ressemblait beaucoup plus à l'homme avec lequel elle avait imaginé perdre sa virginité. Rien à voir avec le Comte. Et plus elle y pensait, plus elle réalisait que c'était la meilleure chose à faire...

Elle n'était pas tout à fait ignorante des mœurs du monde. La virginité n'était un avantage que si l'on souhaitait épouser un roi. Et même dans ce cas, ce n'était pas toujours ce qu'on en disait. Sa mère ne s'était certainement jamais plainte un seul jour de sa vie.

Embrasser cet homme, le serrer contre elle, ne serait pas le pire qui puisse lui arriver, de loin ! Car si on finissait par l'attraper, elle pourrait dire au vieux comte débauché qu'elle était déflorée, qu'un autre homme l'avait prise bien avant lui. Sa fierté anglaise ne lui permettrait jamais d'accepter le reliquat d'un autre homme, et il la répudierait devant les siens, très certainement devant son roi. Elle serait peut-être alors libre de n'épouser personne.

Il voulait l'embrasser.

Elle reconnut le désir dans ses yeux.

Et soudain, elle voulait aussi l'embrasser, et pas uniquement par ruse...

Mais elle n'avait jamais embrassé d'homme auparavant.

Le bruit des hommes se levant ne pouvait plus la dissuader maintenant, car elle aurait alors tous les témoins nécessaires pour prouver qu'elle disait la vérité.

Et de toute façon, ils étaient plus ou moins à l'abri des regards indiscrets, à moitié cachés derrière un monticule de neige où se trouvait un mur en ruine la veille. Comme Lianae ne voyait personne, elle supposait qu'ils ne pouvaient probablement pas la voir non plus, ou pas complètement.

Pliant ses orteils, elle s'approcha de lui et pressa hardiment ses lèvres contre la bouche de Keane, inhalant l'odeur forte de sa peau masculine. Une odeur d'homme, de cheval et de *quelque chose d'autre*... Quelque chose qu'elle n'avait jamais senti auparavant. Serrés l'un contre l'autre comme ils l'étaient sous les couvertures, il sentait bizarrement le pollen, cet arôme doux et grisant qui dilatait ses narines à chaque printemps. Mais cette odeur émanait de *lui*, un arôme attirant qui accéléra son pouls et fit battre son cœur contre ses côtes comme un prisonnier malheureux.

— Ah, jeune fille, protesta-t-il avant de pousser un faible gémissement confus.

Encouragée par sa réaction, et par sa volonté de se libérer du Comte, Lianae s'arqua dans ses bras et repoussa sa main posée entre eux. Elle voulait sentir son corps massif et rempli d'ardeur se pencher sur elle. Elle n'avait jamais eu l'occasion de demander à sa sœur quel effet cela faisait, mais c'était ainsi qu'elle l'avait toujours imaginé.

C'était tout l'encouragement dont il avait besoin. Il la prit dans ses bras et Lianae se serra davantage contre lui, émerveillée de ce qu'elle découvrait. L'homme tenait en fait *beaucoup* aux femmes, et apparemment particulièrement à elle. Jugeant les mots incapables de traduire ce qu'elle ressentait, elle décida de garder le silence. Au lieu, elle se rapprocha encore plus de lui et pressa son corps contre Keane.

En émettant un son guttural, il passa la main le long du corps de Lianae, s'arrêtant pour caresser la courbe de ses fesses et la tirant avidement contre son corps excité. Lianae poussa un petit cri, frémissant dans ses parties secrètes. Les lèvres de Keane s'adoucirent et sa langue trouva celle de Lianae. Surprise et enivrée par le goût de cet homme, Lianae s'immobilisa un instant. Il relâcha son étreinte, comme s'il avait l'intention de s'arrêter. Avant qu'il ait le temps de se séparer d'elle, elle enfonça sa langue entre ses lèvres, imitant ses actions et gémissant doucement quand il la laissa explorer.

— Ah, non, jeune fille, dit-il, mais il ne l'arrêta pas.

Ses mains continuèrent à explorer les courbes de Lianae, dansant sur sa cuisse. Trop envoûtée par l'instant pour s'inquiéter de ce qui se passait, Lianae se délectait de la sensation des mains fortes de Keane explorant son corps. Même si elle était vierge, elle savait très bien qu'elle ne se comportait pas comme telle. Pour le moment, elle ne s'en souciait pas trop. C'était pour une bonne cause, se rassura-t-elle, et le simple fait qu'elle y prenne autant de plaisir représentait une merveilleuse surprise.

Il déplaça son poids pour s'allonger sur elle sous les couvertures. Leurs regards se croisèrent et le cœur de Lianae se mit à battre plus vite. Avec un petit sourire entendu, elle lui donna un petit coup de coude sur les reins, l'encourageant à continuer.

— Vous êtes une petite sirène, murmura-t-il. Sûrement une kelpie…

Des fées de toute beauté qui séduisaient les hommes avant de les enfoncer dans la mer déchaînée.

— N'arrêtez pas, murmura Lianae contre sa bouche. N'arrêtez pas.

Il l'enlaça de nouveau et Lianae s'émerveilla de sa force et de la sensation de son corps dur. Contrairement à cette fois avec le Comte, elle ne priait pas pour que quelqu'un vienne la sauver. Mais c'est pourtant ce qui arriva. Au moment où il se pencha pour l'embrasser de nouveau, quelqu'un jura vertement, brisant complètement le charme.

— Ah, je suis vraiment désolé, jeune fille, dit-il, en enfonçant ses longs doigts dans les cheveux derrière sa tête pour la repousser doucement.

Il la maintint au sol pour qu'elle ne puisse pas le suivre.

Et c'était fini. En un clin d'œil, il était debout et hors des couvertures.

Son sauveur potentiel était parti.

CHAPITRE 8

Une corne de berger annonça leur approche.

Se redressant sur sa selle, Kellen dún Scoti chevauchait au côté de sa nouvelle épouse, lui sur une jument blanche comme la neige, elle sur un Barbe noir.

Devant eux, avec son capitaine, le père de Kellen accéléra, impatient de rentrer chez lui. Kellen avait aussi hâte de revoir les siens, bien qu'il soit très inquiet de ce que sa mère allait dire de la jolie femme qui l'accompagnait.

Ces dernières semaines s'étaient avérées être une merveilleuse aventure et c'était un homme nouveau qui rentrait à la maison. Il jeta néanmoins un coup d'œil nerveux à sa ravissante épouse et se sentit beaucoup moins adulte qu'il l'aurait souhaité.

Sa mère allait-elle accueillir Constance à bras ouverts ? Serait-elle en colère contre les circonstances ? Reconnaîtrait-elle qu'à seize ans, il était adulte et lui permettrait-elle d'établir son propre foyer ?

Ou l'embarrasserait-elle devant son épouse MacKinnon ?

Quoi qu'il en soit, Kellen savait que sa mère allait certainement être déçue, au moins pour ne pas avoir été présente à ses noces. Mais en fin de compte, il espérait qu'elle considèrerait son alliance comme une aubaine, car par son mariage avec Constance, ils étaient désormais liés par le sang au laird des MacKinnon, un homme respecté dans tout le Nord. C'était une période troublée et il leur incombait de s'unir.

Blanc sous un grand ciel bleu, le flanc de la colline descendait en serpentant vers une vallée bordée sur trois côtés de *corries* et d'un lac ravissant sur le quatrième. En contrebas de la vallée, protégées par les *corries* et encerclées de sorbiers aux branches nues, étaient alignées des rangées de maisons en pierre. L'une d'elles serait bientôt la sienne. Aujourd'hui, la vallée était pratiquement la même que lorsqu'il l'avait vue pour la première fois, à l'âge de cinq ans. Mais en été, ces mêmes arbres fleuriraient tous et à l'automne, ils foisonneraient de baies rouges brillantes qui tiendraient jusqu'au premier gel. Encore maintenant, les derniers fruits tenaces étaient recouverts d'une couche de gel et brillaient comme des joyaux sous le soleil levant.

Kellen sourit, car le regard sur le visage de sa femme avait valu la peine d'attendre. Elle arbora un large sourire tandis que leur petit cortège approchait du village. Un à un, les gens sortaient de leurs maisons pour les accueillir.

Sur le lac se dressait une énorme structure au toit en forme de cône. C'était le *crannóg* dont il avait parlé à son épouse, là où les siens passaient la nuit. À Chreagach Mhor, elle avait été fascinée par les histoires de Kellen. Il était impatient de lui montrer le *crannóg* en vrai, bien que son père lui ait déjà promis une maisonnette rien qu'à lui. Après tout, il n'était pas convenable qu'un homme couche avec son épouse sous le toit d'un autre homme – d'après son père en tout cas. Il serait bien plus convenable que Kellen ait son propre foyer, à condition que sa mère soit d'accord.

— C'est aussi charmant que tu me l'as décrit, reconnut Constance.

Le doux son de sa voix remplit Kellen de joie.

— Pas aussi charmant que toi, dit-il.

Comme il avait changé depuis Keppenach !

À Keppenach, il n'était qu'un petit garçon, seul, sans amis, sans frères ni sœurs. Sa chambre avait été froide et son lit dur comme la pierre. S'ils y étaient restés plus longtemps, il aurait peut-être trouvé la mort aux mains de son oncle. Ni lui ni sa douce mère n'avaient jamais reçu aucune affection de Rogan MacLaren, mais Kellen pensait désormais rarement à cet homme odieux. Son vrai père était mort quand il n'était qu'un bambin, et Aidan était le seul père que Kellen ait jamais connu. Bien que Stuart MacLaren ait été bon envers lui, Kellen était bien plus un dún Scoti qu'un MacLaren, même s'il ne partageait pas le même sang que son beau-père. Au cours des années, il avait fini par comprendre que les liens familiaux n'étaient pas forgés par le sang, mais par le respect mutuel et l'amour.

— Tu vas aimer ma sœur et mes tantes, dit-il à Constance pour la rassurer.

— Si elles ressemblent à Cat, je sais que oui, convint-elle joyeusement. Et tu auras peut-être aussi bientôt une autre sœur, suggéra-t-elle en faisant référence au bébé à naître. Qu'en penses-tu, mon époux ? lui demanda-t-elle en souriant.

Comme un jeune arbre au soleil, Kellen se redressa sur sa selle en entendant ses paroles affectueuses.

— J'espère que ce sera un garçon, avoua-t-il.

Ce serait bon d'avoir un petit pour le remplacer auprès de son père. Malgré tout l'amour que lui portait son beau-père, Kellen savait qu'Aidan était miné par l'absence d'un héritier de son sang. Après tout, ils avaient un patrimoine à préserver et le sang des gardiens ne coulait pas dans les veines de Kellen. Il ne dit rien pendant un moment, essayant de se représenter sa mère avec un bébé. Cela lui paraissait étrange, surtout si lui et Constance devaient engendrer à leur tour. Mais il supposait que sa mère n'était pas aussi vieille qu'elle aimait à le croire.

Comment cela allait-il marcher ? se demanda-t-il. Son fils ou sa fille serait le neveu ou la nièce de sa petite sœur. C'était compliqué, quoique pas plus que de savoir que sa tante Sorcha était à la fois la demi-sœur d'Aidan et celle de Lìli, fait connu de quelques rares personnes seulement. Puisque Kellen n'était en principe pas de leur sang, sa mère lui avait promptement révélé cette vérité pour éviter qu'il ne s'attache à Sorcha de façon inappropriée. Jusqu'à présent, Sorcha n'était pas au courant et Kellen était tenu au secret. Mais Dubhtolargg était rempli de secrets. L'un d'entre eux, et non des moindres, était la pierre volée à Scone et maintenant cachée sous leur colline.

— Et ta tante Lael a épousé le Boucher du diable ?

Kellen se retourna brusquement sur sa selle pour regarder par-dessus son épaule qui d'autre avait pu l'entendre.

Il baissa la voix et fit signe à son épouse de se taire en posant un doigt sur ses lèvres.

— Chut, fit-il, je n'utiliserais pas ce nom par ici. Lael n'apprécierait guère.

— Oh ! reprit Constance. Elle est là aussi ?

— Non, répondit Kellen, bien qu'il eût préféré le contraire.

L'aînée de ses tantes était de loin sa favorite. Elle avait été la première à l'accueillir, risquant sa vie pour le protéger la nuit où il était arrivé dans la vallée, en plein hiver. En fait, il regrettait vivement d'avoir parlé à Constance du Boucher, car sa mère et son père l'avaient maintes fois averti de ne pas révéler les histoires de leur vallée. Pour cette raison, Kellen ne lui avait toujours rien dit sur la pierre de Scone. Il avait vécu là de nombreuses années avant d'en entendre parler lui-même. Pas avant d'être assez grand pour en comprendre la valeur. Et c'était la première chose dont son père l'avait averti en privé, avant même qu'il ait prononcé ses vœux.

Les secrets de la vallée doivent rester dans la vallée, avait-il dit d'une voix ferme.

— Il s'appelle Jaime, la corrigea-t-il.

L'air obéissant, Constance acquiesça de la tête, mais ses paroles n'étaient pas aussi soumises :

— Ne t'inquiète pas, mon époux. Je ne prononcerai plus le nom du Boucher.

Mon époux, avait-elle répété.

Kellen sentit à nouveau la fièvre du conteur monter en lui.

— Très bien, reprit-il en gonflant la poitrine. Il a sauvé ma tante de la potence, l'informa-t-il. C'est comme ça qu'ils se sont rencontrés. Il a coupé la corde à laquelle elle était pendue, il l'a regardé dans les yeux et il est tombé amoureux. Du moins, c'est ce que prétend mon oncle.

Constance cligna des yeux, ses longs cheveux blonds doucement agités par la brise fraîche. Kellen pouvait à peine croire sa chance.

— Un peu comme toi et moi, expliqua-t-il. J'ai su que je t'aimais dès que j'ai regardé dans tes beaux yeux bleus.

Constance rougit et sourit.

— Tu as vraiment un don avec les mots et tu as tellement d'histoires passionnantes à raconter ! Il ne se passe jamais rien à Chreagach Mhor.

— Et FitzSimon ? lui demanda Kellen en soulevant un sourcil.

Il faisait référence au calvaire qu'ils venaient juste de laisser derrière eux. Malcom, le cousin de Constance, avait sauvé sa belle-mère d'une mort certaine aux mains d'un frère dont elle ignorait l'existence. Ce faisant, Malcom avait tué son propre grand-père. Kellen avait ensuite entendu dire que Malcom pourrait hériter d'un château en Northumbrie trois fois plus grand que Keppenach. La décision en reviendrait aux rois. Quant à lui, Kellen était content de son sort. Sa petite maison à Dubhtolargg valait mille châteaux partout ailleurs et il avait hâte de s'installer avec sa ravissante épouse. Mais il pouvait voir que Constance était inquiète. Elle se mordillait le pouce, l'air pensif. Une habitude qui lui rappelait sa tante Sorcha.

— Crois-tu que je vais plaire à ta mère, Kellen ?

Kellen voulait tellement lui dire oui. Sa sœur et ses tantes l'adopteraient facilement. Mais sa mère... C'était tout autre chose. Même si elle avait rarement de l'aversion pour quelqu'un, elle avait longtemps exprimé ses propres idées sur la vie de Kellen. Elle n'accepterait peut-être pas d'être contrariée, et elle pourrait très bien blâmer Constance pour la façon dont la situation avait évolué.

Mais en vérité, Kellen n'avait jamais touché Constance de façon inconvenante, pas avant leur mariage. Ils avaient juste cherché un peu d'intimité dans les écuries pour s'embrasser. Il n'avait jamais glissé sa main sous sa jupe ni sur sa poitrine. Pas avant leur nuit de noces. En fait, la seule pensée lui faisait encore monter le feu aux joues, et il détestait cela, car il était supposé être un homme.

Ils étaient si proches maintenant qu'il aperçut sa mère sortir du *crannóg*. Il la reconnut à son ventre et à sa façon de marcher. Elle le salua de la main et se précipita vers la longue jetée pour les accueillir. Son cœur se serra.

— Ne t'inquiète pas, Constance. Elle t'aimera comme je t'aime, dit-il, priant pour qu'il en soit ainsi.

D'une façon ou d'une autre, ils allaient très bientôt le savoir, car le moment de vérité était arrivé.

❧

Les rations avaient disparu.

En apprenant la nouvelle, Keane, jusque-là optimiste, devint sinistre, un peu à l'image du temps. Au cours de la matinée, le soupçon de soleil qui les avait fait espérer disparut complètement, comme le contenu de leurs sacs. Les falaises environnantes ne les protégeaient plus du vent glacial. Les arbres s'agitaient en signe de protestation et laissaient tomber la neige accumulée sur leurs branches. S'il y avait eu des empreintes dans la neige après le vol, elles étaient maintenant effacées. Le vent se leva et déplaça les congères. Il était impossible de dire si quelqu'un était entré ou sorti de leur camp.

C'est opportun, se dit Keane.

Donal et Wee Alick se levèrent, grattant leurs grosses têtes. Des glaçons étaient suspendus aux poils de leurs narines. Le reste de ses hommes étaient toujours en train de discuter âprement, produisant tellement de chaleur corporelle qu'aucun glaçon ne se formait sur eux.

— T'étais le dernier à t'occuper des rations, Brude. Et c'est *toi* qui t'es levé le premier !

— Non ! C'était Cameron. Je suis juste venu avaler un morceau. Il nous restait beaucoup de nourriture après deux dîners de tétras, expliqua Brude. Mon estomac avait envie d'un petit gâteau après toute cette graisse.

— Oui, et si tu buvais pas comme un trou, peut-être que ton estomac ne serait pas dérangé.

— Voyons ce qui sort de son cul ce matin, alors on

connaîtra la taille de son morceau. Moi aussi j'ai mal au ventre, et tu me vois pas voler de la nourriture.

— Espèce de rapporteur !

— C'était ce fichu tétras. Ce paresseux d'Alick l'avait probablement trouvé mort.

— Non ! C'est pas vrai !

Brude se mit à les accuser :

— Vauriens, comment est-ce que vous pourriez savoir ce que je faisais ? Vous étiez sûrement assis à épier chacun de mes gestes, comme des faucons avec leur proie ! Avec l'intention de vous servir aussi !

— Ce sont les fées qui ont fait ça, interrompit le vieux Teasag, l'air anxieux.

L'homme rappelait à Keane le vieux Fergus, dans sa vallée.

— Une pénitence pour avoir braconné sur leurs terres, c'est pour ça que vous avez mal au ventre. Je me sens pas bien non plus.

— Quelle pénitence ? C'est pas la Sainte Église, idiot. On n'est pas des Sassenachs !

— Oui, c'est comme l'Église ! reprit Teasag. Ce lieu, ajouta-t-il en désignant Lilidbrugh d'un geste de la main, ne fait pas partie du royaume des hommes.

Murdock fit une grimace.

— Imbécile ! Qu'est-ce qu'une fée voudrait faire avec un tas de pierres fracassées ? Ferme-la avant que je te brise les os !

— Oui, on est fatigués de t'écouter, *Tisane*.

Cameron avait gardé le silence, occupé à replier la petite bâche dont ils s'étaient servis pour abriter les chevaux et à préparer leur départ imminent.

— Fermez-la ! leur ordonna enfin Keane, avant que l'un d'entre eux ne brandisse un couteau.

La neige était mouillée. Pas besoin de la teindre en rouge, même si Keane comprenait certainement leur frustration. À l'instant, il avait le derrière gelé et était en colère d'entendre ces idiots se disputer comme des vieilles mégères.

Ils avaient commencé leur campagne avec assez de rations pour dix jours. Après six jours passés en selle et quelques victuailles supplémentaires, ils auraient dû avoir largement de quoi tenir une semaine. Avec un peu de chance, Keane aurait pu s'assurer qu'ils aient le ventre plein pendant dix jours ou plus. Mais maintenant, *tout* avait disparu, comme si une fée avait en effet touché leurs sacs de sa baguette magique pour faire disparaître toute leur nourriture.

Avec quatorze hommes et une femme, sans biscuits, ni porc salé, ni fromage, ni liquides, hormis quelques flasques de bière, il allait de soi que rester là à explorer Lilidbrugh était absolument hors de question.

Ramener la jeune fille à celui qu'elle avait fui ne figurait pas non plus sur la liste de destinations de Keane. Quand bien même elle viendrait de chez des alliés qui les accueilleraient avec une fête et des seaux de bière. Non, à moins de vouloir déclencher une guerre.

— Videz vos flasques et remplissez-les de neige, ordonna-t-il à ses hommes.

C'était meilleur que l'eau du ruisseau, compte tenu de leurs maux de ventre et de ce qu'il savait sur les dangers de boire de l'eau contaminée.

— Ah, Keane ! La bière est la seule chose qui empêche mes fesses de geler par ce temps glacial, se plaignit Teasag.

— Vide tes flasques, répéta Keane.

Son ton pouvait sembler trop incisif, mais il connaissait mieux que quiconque la rapidité avec laquelle la maladie pouvait les emporter.

Son ordre fut suivi d'une profusion d'injures, mais il ne s'attarda pas pour voir s'ils allaient lui obéir. Il s'attendait simplement à ce qu'ils le fassent. Peu importe s'ils avalaient toute leur bière d'un coup. Cela les réchaufferait au moins pour un moment et l'ivresse était improbable par ce temps de chien. La plupart des gens buvaient peu d'eau par choix, mais la bière les déshydraterait plus vite et il voulait qu'ils aient de l'eau potable à portée de la main, peu importe leurs protestations.

Ils devraient tous être heureux de se remettre en route, mais le changement de plans ne lui plaisait pas beaucoup. Il avait compté sur une matinée tranquille pour parler à Cameron, s'orienter, puis aider Lianae à retrouver ses pierres et décider quoi faire d'elle. Tout était confus maintenant.

Une seule chose était claire : il allait tuer le vaurien qui avait osé poser la main sur elle, et pas simplement parce qu'il était de mauvaise humeur. Et pas à cause de ce qui s'était passé entre eux ce matin. Keane se sentait férocement protecteur envers elle. Elle lui avait adressé un tel regard de gratitude et d'estime à son réveil. Si Donal ne l'avait pas distrait, il se serait complètement perdu dans ses bras. Il réalisait seulement maintenant, l'esprit un peu plus clair, ce qu'elle essayait de faire : elle voulait le remercier d'être venu à son aide.

L'idée même le rendait malade. Il ne prendrait *jamais* une femme de cette façon.

Malgré le nombre de jeunes filles qui s'étaient assises sur ses genoux, la dernière femme avec qui il avait couché était Meara. Il ne se joignait pas à ses hommes quand ils allaient visiter des prostituées. Il préférait de loin un moment de plaisir solitaire, trop conscient des conséquences auxquelles il serait confronté s'il engrossait une fille qu'il ne voulait pas épouser. Jusqu'à ce jour, Meara était la seule qu'il ait jamais envisagé de prendre pour épouse. Les dieux avaient jugé bon de l'en empêcher.

Quelqu'un les avait sabotés.

Qui ?

Personne n'avait été très heureux à l'idée de dresser le camp à Lilidbrugh, mais aucun d'entre eux, à l'exception de Cameron, n'avait ouvert la bouche pour se plaindre. Par ailleurs, personne ne se doutait qu'il aurait voulu rester là. Précipiter leur départ ne pouvait donc pas être la raison derrière le vol. Keane était tenté de vider toutes les sacoches, juste pour s'assurer que le voleur n'était pas l'un d'entre eux. Mais s'il faisait cela sans preuve, il ne pourrait pas revenir sur une telle accusation. Il pousserait leur bande de Scots, à moitié batailleurs, au-delà de leurs limites. Ils étaient déjà énervés et prêts à se disperser, en partie parce que jusqu'à présent, il n'y avait pas eu clairement de chef. Or, c'était quelque chose que Keane avait l'intention de changer.

Puis il pensa à Cameron, qui semblait avoir passé toute la nuit à ruminer, à en croire son air fatigué. Keane était cependant plus que certain que Cameron ne ferait jamais une telle chose. Même sans l'amitié qui les liait, Keane savait précisément ce qui l'empêcherait de les saboter : Cailin.

Il ne restait donc que trois possibilités. Aucune ne lui plaisait.

Le coupable pouvait être un autre de ses hommes, espérant les détourner de leur destination. Mais si c'était le cas, cet homme souffrirait avec eux avant de pouvoir se remplir de nouveau le ventre. Et ce serait assez facile de repérer celui qui s'éloignerait à maintes reprises pour aller pisser et manger quelque chose.

Les voleurs pouvaient aussi être ceux qui recherchaient Lianae. Mais pourquoi ne se seraient-ils pas fait connaître ? Pourquoi pénétrer dans leur camp pour simplement voler de la nourriture et repartir sans la personne qu'ils avaient espéré trouver ?

À moins qu'ils n'aient pas réalisé que Lianae était là et qu'ils aient tout simplement eu besoin de provisions ? Mais s'ils avaient suivi sa trace jusque-là, pourquoi abandonner le camp qu'ils avaient découvert sans essayer d'apprendre quelque chose de plus que ce qu'ils savaient déjà ?

Il était aussi possible qu'ils sachent qu'elle était là, mais qu'ils ne soient pas assez nombreux et veuillent donc réduire le nombre de soldats accompagnant Keane. Mais dans ce cas, pourquoi ne pas s'emparer également des chevaux ?

Aucun de ces scénarios n'avait de sens, et les possibilités étaient infinies.

L'explication la plus raisonnable était qu'il s'agissait des hommes qu'ils avaient suivis avant de découvrir les ruines. Dans ce cas, ce n'était peut-être pas une intrusion dans leur camp. Au lieu, l'un d'entre eux avait pu les voler puis s'enfuir du camp. Mais comme toutes les têtes étaient comptées, cela voulait peut-être dire qu'ils avaient bel et bien un espion parmi eux, quelqu'un qui avait furtivement disparu au milieu de la nuit pour aller retrouver les éclaireurs, puis était revenu se coucher, espérant que personne ne l'avait vu. Mais pourquoi prendre les rations ? Pour les donner aux éclaireurs ?

Une chose était certaine : le contenu de leurs sacoches n'avait pas disparu par *magik*, quoi qu'en dise Teasag.

Quelle que soit la raison de cette disparition, ils ne pouvaient plus s'attarder. Ils devaient partir maintenant et profiter des quelques heures de jour qui leur restaient. Ce qui voulait aussi dire qu'ils ne pouvaient pas se permettre de creuser dans la neige pour retrouver les pierres fétiches. Keane répugnait à décevoir la jeune fille, mais il ne pouvait rien y faire. Il la laissa fouiller autant que possible, rassemblant ses hommes et préparant les chevaux, sans lui dire qu'il avait l'intention de l'interrompre dans sa tâche. Mais elle le savait déjà.

À genoux, elle déblayait la neige autour d'elle. Il jura dans sa barbe en repensant à ce qu'elle avait mangé la veille, et à son propre ventre vide, et se demanda combien de temps elle pourrait rester en selle. Son ventre grondait déjà et avec la tempête, essayer de chasser était une perte de temps. Même l'écureuil qu'il avait aperçu ce matin avait eu la sagesse de trouver un refuge. Ils pourraient peut-être aller à la recherche d'un vrai repas le lendemain, pas avant. Il prit Cameron à part et lui donna ses ordres en privé, pour ne pas compliquer davantage les choses entre eux. Loyal ou pas, Cameron avait sa fierté.

— Quand tu en auras l'occasion, vérifie les sacoches de Murdock et de Brude. L'un d'entre eux, ou peut-être les deux, a quelque chose à perdre en se rendant à Dunràth.

Les deux étaient soupçonnés de trahison, mais sans preuve pour le moment.

— Est-ce qu'on doit reprendre la route ?

— Dunràth n'est qu'à une journée d'ici, maximum. L'idée était de nous attarder en chemin, pour démasquer l'espion, alors non. Je pense à Dunloppe, où nous pourrons nous réapprovisionner.

— Les hommes vont soupçonner quelque chose, car ils ne savent rien de notre mission. Pourquoi pas Ailgin ou Nairn, ou même Keppenach ? Ils sont tous plus proches et Jaime pourvoirait à nos besoins sans discuter.

Broc aussi, mais Cameron ne souhaitait clairement pas impliquer son cousin. Dunloppe appartenait à Broc Ceannfhionn, qui dirigeait la forteresse au nom des MacEanraig. Il était lié à David par serment, non par le sang. Si Keane ressentait le besoin de défier David au sujet de la jeune fille, il voulait être en terrain neutre. Réfléchissant à ce fait, Keane jeta un coup d'œil à Lianae par-dessus son épaule. Elle était toujours à quatre pattes, à fouiller dans la neige, indifférente à celle qui lui tombait sur la tête. Sa robe était maintenant humide et ses cheveux lui fouettaient le visage.

Il n'osait pas aller à Keppenach. Pas encore.

Jaime Steorling était bien plus fidèle à David, et Keane ne voulait pas placer sa sœur dans une position qui l'obligerait à défier son époux.

— Dunloppe est le meilleur choix, maintint-il.

La mâchoire tendue, Cameron acquiesça de la tête. Keane savait que Cameron comprenait instinctivement pourquoi il avait choisi Dunloppe. Il sembla vouloir protester un instant, mais il secoua la tête et s'éloigna.

Keane comprenait la position dans laquelle il placerait Broc, mais tant qu'il ne serait pas certain de ce que Lianae fuyait, il n'avait pas l'intention de la mettre en danger. Il ne pouvait pas s'en empêcher. Il ne souhaitait pas non plus la livrer à David. Hélas, le dernier endroit où il pouvait l'emmener était le plus sûr qui soit : dans sa vallée. Même si son frère ne lui avait jamais rien refusé, Keane savait très bien qu'Aidan n'accepterait pas *cela*. Même s'il ne savait pas tout à fait ce que *cela* signifiait. En fin de compte, tout ce qui importerait pour Aidan serait que Keane avait apporté une source de conflit dans sa précieuse vallée.

Keane laissa Lianae chercher ses pierres jusqu'à la dernière minute, puis il alla la chercher.

— Il est temps de partir, dit-il.

Avec le vent, il était presque impossible de savoir si elle l'avait entendu ou non, mais elle resta à genoux, creusant désespérément dans la neige.

— Lianae, répéta-t-il, plus fort cette fois. La neige est beaucoup trop épaisse, vous ne trouverez jamais vos pierres.

Comme elle poursuivait sa recherche sans le regarder, Keane tendit la main pour lui toucher le bras. Elle le repoussa. Refusant d'être ignoré, Keane la saisit par le bras, l'aidant doucement à se relever.

— Il est temps de partir, dit-il de nouveau, sur un ton plus ferme.

— Vous avez promis ! rétorqua-t-elle, les yeux remplis de larmes.

— Oui, je le sais, jeune fille, et j'avais la ferme intention de vous aider, mais c'est maintenant l'heure de partir.

— Non ! cria-t-elle en le repoussant. Partez, je n'ai pas besoin d'aller avec vous !

Seule une folle pourrait envisager de rester là par un temps pareil, sans nourriture ni abri. Cailleach elle-même ne voudrait rien avoir à faire avec ce lieu. La meilleure chose était maintenant de reprendre la route et de trouver un abri ailleurs. Il ferait encore plus froid à la nuit tombée. Keane lui adressa un regard sympathique et tendit la main pour caresser sa joue meurtrie.

— Voulez-vous vraiment rester ici ? Je ne voudrais pas que quelque chose vous arrive, Lianae.

Il ne pouvait pas l'obliger à partir, sans avoir recours à la force, mais il n'était pas tout à fait certain de pouvoir s'en aller sans elle. Si elle le forçait à prendre une décision, il enverrait ses hommes, au lieu de la contraindre à aller où elle ne voulait pas. Ce qui créerait de nouveaux problèmes pour tous. Heureusement, sa colère sembla fondre au toucher de Keane. Elle leva sa main vers la sienne.

— Vous ne savez pas, reprit-elle, le suppliant du regard. J'ai *absolument* besoin de ces pierres.

— Pourquoi ?

— Parce que !

Elle gardait ses mystères aussi bien que Dubhtolargg, mais les secrets n'étaient pas étrangers à Keane. Il pouvait les lire dans ses yeux, aussi indéchiffrables soient-ils.

— Sont-elles plus importantes que votre vie, Lianae ? Et les hommes qui vous poursuivent ? S'ils vous trouvaient ici, *toute seule* ?

Plus que tout, Keane voulait l'aider à retrouver ses fichues pierres. En termes d'or, elles valaient plus que son cheval, mais ce n'était pas le moment. La tempête s'intensifiait. Ils avaient une bouche de plus à nourrir et aucune ration. Dans ces conditions, Dunloppe était à deux jours de là.

— Nous reviendrons, dit-il sincèrement. Je le jure.

— *Nous ?*

— Nous, confirma-t-il avec un hochement de tête. Vous avez ma parole, Lianae.

Et avec cette promesse, elle acquiesça et lui donna la main.

CHAPITRE 9

Nous.

La manière dont il avait prononcé ce mot semblait étrange aux oreilles de Lianae.

Quand son père et sa mère étaient encore en vie, elle avait connu un *nous*, quoique très différent. Son père avait été un meneur, un *rí* de rang inférieur, un petit roi, et sa mère, une femme qui s'occupait de ses héritiers. Ce *nous* n'avait jamais été la somme des deux.

Elle réfléchit à cela, en selle derrière Keane. Son corps la protégeait presque entièrement de la tempête. En restant dans les bois, ils évitaient le vent, mais ils étaient également privés du peu de soleil qu'il y avait. Trempée et frissonnante, Lianae s'appuya contre son dos pour se réchauffer.

Mais elle n'était pas dupe.

Quelle que soit leur destination, Lianae était à deux doigts d'être renvoyée au Comte, comme du bétail. Sa famille comptait peu de survivants, et encore moins seraient prêts à risquer la colère du roi scot. Cependant, rester à Lilidbrugh n'était pas non plus dans son meilleur intérêt, que Keane tienne sa promesse de rechercher ses pierres ou non.

Après avoir commencé en douceur, l'hiver était furieux, chaque minute plus froide que la précédente. Les quelques flocons qui tournoyaient gracieusement dans le ciel la veille au soir s'étaient transformés en rideaux de glace qui leur tombaient dessus d'un ciel noir et les transperçaient. Ils décampèrent le plus vite possible et reprirent la route sur leurs chevaux.

Ce faisant, Lianae aurait tout aussi bien pu être un spectre. Elle semblait invisible aux yeux de tous, sauf à ceux de Keane. Aucun des autres n'osait la regarder, encore moins lui parler ou la maltraiter. Elle pensait savoir pourquoi.

Keane.

Ils le craignaient.

Il était impossible de voir plus loin que leur main, mais elle savait qu'ils étaient quatorze au total. Elle n'en vit que six, celui qui s'appelait Cameron et qui la regardait de temps en temps du coin de l'œil, et cinq autres. Cette poignée d'hommes restait près de Keane, comme une meute. Les autres restaient en arrière, formant un autre groupe. Même sous les arbres, la tempête était si furieuse que Lianae n'avait guère d'autre choix que de passer ses bras autour de Keane et de coincer son manteau sous ses bras pour l'empêcher de claquer au vent.

L'étreinte de ce matin avait été entièrement différente et son souvenir suffisait à réchauffer ses joues. Fort heureusement, si elle l'avait déçu en raison des libertés qu'elle avait prises, il ne le lui avait pas dit. Il ne se comportait pas non plus comme si elle l'avait offensé. Il semblait même encore plus aux petits soins envers elle, se retournant de temps en temps pour la stabiliser sur la selle et rapprocher ses jambes. Lianae ne prit pas la peine d'essayer de lui parler, pas même de le remercier. De toute façon, malgré leur proximité, il ne l'aurait pas entendue. Elle n'entendait que le vent hurler dans les arbres comme une banshee en colère.

Le vent froid se précipita sous ses jupes. Elle les réajustait de temps en temps pour les maintenir enroulées autour de ses jambes, autant pour cacher ses blessures des regards indiscrets que pour conserver la chaleur. Mais chaque fois, sa jupe se gonflait et claquait au vent avec fureur. Et plus ils s'éloignaient, plus elle ressentait douloureusement la perte de ses pierres. Elle avait plus d'une fois voulu vérifier que les pierres retrouvées étaient toujours en sécurité dans l'ourlet de sa jupe, mais elle ne pouvait rien faire d'autre que rester au chaud et en selle. Heureusement, Keane lui avait permis de garder son épais *breacan* en laine. Son plus grand réconfort était qu'elle avait sa laine épaisse encore enroulée autour de ses pieds. Sauvage ou non, l'homme était après tout un cadeau du ciel.

En début d'après-midi, le vent commença enfin à se calmer et le ciel livide retrouva quelques couleurs. Un faible rayon de soleil finit par percer les nuages sombres et par briller à travers les pins. Après un moment, un petit lièvre gris traversa devant eux en courant. L'estomac de Lianae se mit à gronder.

— On va bientôt s'arrêter, dit l'homme en lui tapotant la jambe.

Lianae rougit, réalisant qu'il avait très probablement entendu les grondements de son estomac.

— Merci, dit-elle, reconnaissante de sa sollicitude.

Il avait déjà fait plus pour elle que ne l'auraient fait la plupart des hommes dans les mêmes circonstances. Il lui avait demandé une seule fois ce qu'elle faisait si loin de chez elle. Et en vérité, elle regrettait de ne l'avoir récompensé pour sa bonté par rien d'autre que de la grossièreté quand il l'avait questionnée sur sa robe.

— Si vous voulez tout savoir, j'étais sur le point d'être donnée en mariage, finit-elle par avouer.

L'homme garda le silence un instant. Lianae attendit, prête à lui raconter tout ce qu'il voulait savoir, sans lui révéler toutefois qui elle était. C'était le moins qu'elle puisse faire pour compenser sa grossièreté et le remercier de sa gentillesse.

— Je ne vous imagine pas vraiment en épouse dévouée.

Lianae sourit, car elle sentait qu'il ne s'agissait pas d'une insulte. Il semblait en fait y avoir une note d'admiration dans sa voix.

— Vous me flattez.

En vérité, elle ne s'était jamais imaginée mariée à un seigneur ventripotent. Elspeth avait toujours été celle qui était destinée à dépenser sa dot. Lianae avait été plus que satisfaite de s'occuper de la ferme de son père. Oengus aussi semblait parfaitement heureux de lui permettre de rester. Sa mère, quant à elle, avait eu d'autres idées, car elle souhaitait une armée de petits-enfants. Ses fils ne semblant pas trop enclins à les lui donner, elle avait espéré qu'Elspeth et Lianae se marieraient rapidement.

— C'est pour ça que vous avez fui ? Parce que vous ne voulez pas vous marier ?

— Non.

Lianae l'aurait fait simplement pour plaire à sa mère. Mais jusqu'à il y a quelques jours, elle n'avait jamais réalisé combien les hommes pouvaient être cruels. Heureusement, sa mère était morte avant de voir les yeux sans vie d'Elspeth, son cou brisé et ses lèvres bleues.

Keane ne la questionna pas davantage et Lianae ne lui donna pas d'autres explications. Elle en avait assez dit pour le moment. Elle était soulagée de savoir qu'il ne voulait pas être indiscret. Elle posa sa joue contre son dos, profitant de sa chaleur et laissant le rythme régulier de son cœur l'endormir.

Quand elle se réveilla un peu plus tard, elle ne savait pas au juste combien de temps elle avait dormi ou avait chevauché, seulement que son estomac grondait encore plus fort et que ses cils étaient recouverts de glace. Mais le vent était tombé et elle pouvait entendre le crissement incessant des sabots dans la neige. Cela l'amusa, car dans les histoires de jadis que sa grand-mère lui avait souvent racontées, on parlait des maraudeurs vikings qui s'enfuyaient en silence dans la neige. D'après sa propre expérience, il n'y avait rien de vraiment silencieux dans la neige. Le son ressemblait plutôt à de forts craquements, et à cet instant, avec quatorze chevaux et cinquante-six jambes, le vacarme était constant. Hélas, son estomac grondait encore plus fort.

— Vous êtes réveillée ? lui demanda-t-il en la tapotant de nouveau sur la cuisse.

Lianae acquiesça de la tête, à moitié endormie.

— Oui, mais je préférerais ne pas l'être.

— Pourquoi, jeune fille ?

Déglutissant avec difficulté, et fatiguée par le manque de nourriture et de sommeil, Lianae s'accrocha au manteau de l'homme pour ne pas tomber de cheval. Elle avait des crampes d'estomac. Tous les autres semblaient souffrir autant qu'elle, mis à part Keane.

— À cause de mon ventre, répondit-elle, même si elle soupçonnait que la faim était le moindre des problèmes de ses hommes.

— Je suis désolé, jeune fille, reprit-il. C'est à cause du tétras, je suppose. On va trouver quelque chose de mieux pour nous remplir l'estomac, je vous le promets.

Lianae sourit. Elle croyait entendre sa mère, même s'il ressemblait à un sauvage et à un meurtrier. Ses propres frères n'avaient jamais été si attentionnés. Elle se surprit à regretter que ses hommes les aient interrompus au matin. Elle pouvait toujours sentir le goût de ses lèvres et se rappelait sans peine son odeur enivrante. Il lui suffisait d'inspirer.

À quoi ressemblerait sa vie avec un homme comme Keane ?

Ce serait bien mieux qu'avec le Comte, c'était certain. Lianae avait le sentiment que Keane s'empresserait de protéger les gens et les choses qu'il estimait le plus, sans craindre de s'opposer à des hommes comme William FitzDuncan. *Pas comme son frère Lulach.* Et en plus, il était beau, même sans aucune parure, habillé de vêtements rudimentaires, comme un guerrier de jadis.

En fait, il lui rappelait un peu les guerriers vikings dont lui avait tant parlé sa grand-mère. Sauf qu'il avait le teint plus sombre et que ses cheveux n'étaient pas blonds. Il ressemblait plutôt aux Pictes qui avaient autrefois habité dans ces Highlands. Ils avaient disparu. Pourtant, Lianae avait le sentiment qu'ils étaient toujours là, comme les hommes et les femmes de Moray, cachés à la vue de tous.

Bien sûr, il valait mieux que les habitants de Moray se cachent. Ils n'étaient plus assez nombreux pour résister aux usurpateurs. Mais du jour au lendemain, ils auraient tous disparu. Si certains restaient, comme Lulach, ils porteraient des vêtements sophistiqués, fréquenteraient des chapelles farfelues et élèveraient leurs fils et leurs filles de sorte qu'ils deviennent de bons petits Sassenachs. C'était le destin qu'elle envisageait... à moins qu'elle puisse retrouver Ewen et Graeme afin qu'ils restaurent le Royaume de Moray. Elle aimait se les imaginer à la tête de centaines d'hommes, attendant l'occasion de se soulever et de reprendre ce qui appartenait à son peuple.

Dès que Lianae en aurait la possibilité, elle irait récupérer ses pierres fétiches et trouverait un moyen de rejoindre ses frères. Il lui resterait peut-être assez d'argent pour contribuer à leur cause.

— Combien en avez-vous récupéré ? demanda Keane, comme s'il avait lu dans ses pensées.

— Cinq, répondit Lianae.

— Et combien en aviez-vous auparavant ?

— Douze.

Elle le sentit plus qu'elle ne le vit acquiescer de la tête, puis posa son menton contre son dos.

— Vous savez ce que c'est ?

— Oui, avoua-t-il.

— Vous en aviez déjà vu ?

— Oui.

— Pouvez-vous dire plus de deux mots à la fois ?

— Oui, répéta-t-il.

Et de nouveau, elle le sentit plutôt qu'elle ne le vit sourire. Dans le ton de sa voix. Et les muscles de sa poitrine semblaient se détendre sous ses mains.

Lianae rit doucement, se demandant pourquoi il avait été si réticent à prendre ce qu'elle lui avait offert ce matin. Avait-il déjà une épouse ? Cette possibilité lui plaisait et la frustrait à la fois. Elle n'avait jamais rencontré d'homme aussi loyal envers sa femme. Ce devait être une bonne chose, excepté que maintenant qu'elle avait pour but de rechercher la protection de Keane, il fallait que son cœur soit libre.

— Alors... si vous aimez tant les femmes, vous devez être marié ?

KEANE PLISSA les lèvres à l'arrogance et à la curiosité que révélait le ton de sa question. C'était plus une affirmation, comme s'il ne pouvait pas avoir d'autre raison de la chasser de son lit. Car il savait au fond que sa question était en lien avec *ce baiser*.

— Je ne le suis pas, répondit-il.

Il la sentit pousser un long soupir, à son haleine chaude contre son dos. Elle traversa les épaisseurs de son habit.

— Ah, cette fois, ce sont cinq mots ! s'exclama-t-elle.

Keane ne put se retenir, et ses épaules se secouèrent de rire.

— Non, jeune fille, je ne suis pas marié, précisa-t-il.

C'était peut-être son imagination, mais il lui sembla qu'elle se serra un peu plus contre lui après son aveu. Malgré le radoucissement du temps, ce fait lui plaisait plus qu'il ne pouvait le dire.

— Et vous êtes également certain de ne pas mordre votre oreiller ?

Une fois de plus, Keane s'esclaffa, puis s'éclaircit la gorge avant de répondre :

— Absolument certain.

— Nous revoilà à deux mots. Êtes-vous fâché que je vous le demande ?

— Pourquoi le serais-je ? Si vous vous posez la question, comment le sauriez-vous si vous ne me le demandez pas ?

Elle soupira de nouveau et appuya sa douce joue contre son dos. Keane respira profondément. Il aimait la sentir contre lui.

— C'est exactement ce que j'avais l'habitude de dire à mon père, quand il se plaignait que je posais trop de questions.

— Vous aviez l'habitude ? demanda Keane en regardant par-dessus son épaule et en apercevant ses boucles blondes.

— Oui.

— Il n'est plus ?

— Non.

— Et votre mère ?

— Morte.

— Ah, Lianae ! Pouvez-vous dire plus d'un mot à la fois ?

Elle rit aussitôt, et le son était comme de la musique aux oreilles de Keane.

— Avez-vous encore de la famille ?

Elle serra un peu plus ses bras maigres contre sa poitrine, un peu comme une étreinte. La sensation émut profondément Keane. Il avait deviné la réponse, et cela le remplit de tristesse.

Que ressent-on lorsqu'on est vraiment seul ?

Il s'était souvent pensé seul, mais en vérité, il avait une famille qui l'aimait et qui le recevrait à bras ouverts s'il rentrait chez lui, quelles que soient les circonstances.

— Non, répondit-elle après un long moment.

— Ni frères ni sœurs ?

— J'avais trois frères et une sœur.

Elle ne lui fournit pas d'autres détails. Keane finit par résister à l'envie d'essayer d'en savoir plus.

— On m'a dit que mes frères et mon père sont tous tombés à Stracathro, dans l'Angus, et ma mère... est morte il y a trois ans.

— Et votre sœur ?

— Assassinée.

Keane ne s'était pas attendu à cette réponse. Sentant qu'ils s'aventuraient en territoire douloureux, il s'abstint de plaisanter sur son retour aux réponses faites d'un mot. Pourtant, elle semblait d'humeur à parler. Il se hasarda donc à lui poser la seule question qui l'intéressait :

— Dites-moi, jeune fille... qui fuyiez-vous ?

Il sentit tout son corps frissonner. Elle desserra son étreinte et retira ses bras, sans répondre. Keane fronça les sourcils.

— Si vous ne me le dites pas, vous ne me laissez pas d'autre choix que de vous livrer au Roi.

— C'est ce que vous faites de toutes les étrangères que vous rencontrez ? rétorqua-t-elle sur un ton maintenant désinvolte.

— Non, bien sûr.

— Pourquoi donc me livrer à *votre* roi ?

Il n'y avait rien de simple en elle, conclut Keane. C'était peut-être même la femme la plus compliquée qu'il ait jamais rencontrée, ses sœurs y comprises. Quant à sa pique, même si cela n'avait pas été son intention, il la prit comme une offense en l'entendant parler de *son* roi. David mac Mhaoil Chaluim n'était pas son roi.

Il y avait des gens qui n'acceptaient pas encore l'autorité de David, en particulier à Moray, même s'ils avaient de moins en moins le choix. David mac Mhaoil Chaluim s'était attaché Northampton et Huntingdon, ainsi que la plupart des basses terres. Maintenant, après la victoire de Stracathro, il gouvernait Moray ainsi que la plus grande partie des Highlands. Après toutes ces années, il pouvait à juste titre se prétendre Roi suprême des Scots et Chef des Chefs. Qu'elle en ait eu l'intention ou non, Lianae lui avait révélé beaucoup de choses par sa simple question. Il était encore plus heureux maintenant d'avoir choisi Dunloppe pour destination immédiate. Il insista :

— *Mon* roi ?

— C'est bien votre roi, n'est-ce pas ?

Il perçut du ressentiment dans sa voix.

— David mac Mhaoil Chaluim est le roi légitime de la Scotia, lui dit-il.

C'était vrai, qu'ils le veuillent ou non.

— Il est aussi *votre* roi, reprit-il et attendit de voir si elle s'en offusquait.

Mais elle ne dit rien. Elle ne reposa pas non plus sa tête sur son dos et Keane souffrit de cette distance entre eux. C'était un sentiment étrange, étant donné que la veille, il ne connaissait pas la jeune fille. Mais maintenant sa curiosité était piquée : qui était-elle pour ne pas accepter David mac Mhaoil Chaluim comme son roi légitime ?

Elle était habillée comme une Anglaise, ou du moins comme une Scot sous la bannière du roi de Scotia. Mais elle avait prétendu être une servante à Moray...

pas une *de Moray,* à la mode normande, désormais de rigueur. À première vue, la petite distinction pouvait ne pas signifier grand-chose, car seule une noble se désignerait intentionnellement comme une *de Moray*. En tant que roturière, elle pouvait aisément dire qu'elle était servante à Moray, mais si elle était de sang noble, le choix de ne pas utiliser la particule normande était révélateur. Avec la mort d'Oengus de Moray, William FitzDuncan avait essayé d'adopter le titre de Mormaer. Mais le peuple s'était révolté, bien que William soit un Moray par le sang. Son père était le roi, déposé par MacBeth. D'après la loi, il aurait pu s'emparer du trône de Scotia. Au lieu, il s'était allié à David, une décision qui l'avait rendu extrêmement impopulaire dans le Nord et avait conduit à une révolte, il y avait cinq années de cela. Keane avait refusé de prendre part à ce conflit, car il se considérait bien plus apparenté aux hommes de Moray qu'à toute autre tribu de Scotia.

Keane était peu bavard, comme ses hommes pouvaient l'attester, mais il était aussi très conscient que le silence en disait long. Ils chevauchaient maintenant en silence et il réfléchissait à la subtilité des mots qu'elle avait prononcés et de ceux qu'elle n'avait pas dits.

CHAPITRE 10

Aidan n'avait pas l'habitude de se jeter sur l'*uisge*, mais Lìli comprenait pourquoi il le faisait aujourd'hui. Elle en avait très envie elle-même.

Il n'était pas content.

Elle n'était pas contente.

— Ce n'est qu'une enfant, argumenta Lìli.

— Lìli, elle s'appelle Constance, et ils ont presque le même âge.

L'humeur de Lìli s'aigrit davantage. Son époux prononçait rarement son nom, surtout pas sur ce ton horrible. Elle était d'habitude sa *douce,* jamais Lìli, prononcé avec tant d'impatience.

Ils étaient revenus de Chreagach Mhor avec une surprise de taille. Son époux et son fils étaient à la maison en un seul morceau, Dieu merci, mais son fils Kellen avait ramené une femme avec lui.

Une femme !

Selon Lìli, c'était pousser la charité un peu trop loin. Ils étaient simplement allés délivrer des provisions à un clan allié, et elle avait été favorable à cette rare manifestation de solidarité chez son époux, mais ce n'était pas ce qu'elle avait prévu quand elle avait accepté qu'il quitte la vallée si peu de temps avant la naissance de leur petit dernier.

— Ce n'est pas le problème, rétorqua Lìli, tandis qu'Aidan se versait de l'*uisge*.

Son fils avait déjà été privé de son droit d'aînesse depuis que le fief de Keppenach avait été confié à Jaime Steorling. Elle ne lui gardait pourtant pas rancune d'avoir reçu ce donjon. Son fils aurait dû attendre de nombreuses années avant de pouvoir accepter son patrimoine, et en attendant, le domaine serait resté sans protection ou serait tombé en ruine. Mais elle avait eu de modestes espoirs pour l'avenir de Kellen, et ils étaient maintenant tous brisés. Son propre père mourrait un jour, et Padruig n'avait toujours pas d'héritiers. Dieu semblait l'avoir maudit pour ses mauvais actes en le rendant stérile comme un caillou. C'est pourquoi Kellen aurait dû faire un bon mariage pour pouvoir hériter de ce que Lìli ne pouvait pas. Son père pouvait bien la détester et même la compter parmi ses pires ennemis pour ce qu'il avait considéré être une trahison, elle était toujours une enfant de son sang. Une Caimbeul, que cela plaise à son père ou non.

Elle était heureuse ici à Dubhtolargg. Là n'était pas la question. C'était simplement qu'un homme sans domaine était voué à servir les autres toute sa vie, et même là où il n'y avait ni cupidité ni ambition, cela minait les relations. Même si elle répugnait à l'admettre, elle voyait bien comment cela avait créé de la distance entre Aidan et Keane, des frères autrefois inséparables. Un garçon ne pouvait pas devenir un homme à moins de quitter la maison de son père. Kellen devrait un jour suivre son propre chemin, qu'Aidan l'accepte ou non.

En outre, Dubhtolargg n'était plus le refuge qu'il était jadis. Lentement mais sûrement, le monde les envahissait, encore davantage que quelques semaines auparavant, car il y avait désormais une bouche de plus à nourrir.

Mais une jeune épouse ?

Aidan voulait-il vraiment leur offrir la maison de Lael ? En dehors de la protection du *crannóg* ? Cailin avait déjà insisté pour avoir sa propre maison. Ce serait bientôt le tour de Ria, puis du bébé, et elle et Aidan se retrouveraient seuls dans le *crannóg*. Il était trop vaste pour deux personnes !

Aidan porta sa chope à ses lèvres et avala son *uisge* d'un seul trait, le corps tendu. Lìli ressentit aussi la tension, dans son ventre, là où elle ne devrait rien ressentir pour le moment. Ils se disputaient rarement. Cela la contrariait plus qu'il ne pouvait l'imaginer de devoir saluer son époux avec des mots durs, surtout quand elle était si reconnaissante de le revoir.

Assis dans la grande salle, son fils roucoulait au côté de sa tendre nouvelle épouse. Elle était jolie, c'était vrai, mais penser que Kellen puisse engendrer des enfants… c'était encore un gamin !

— Pourquoi n'as-tu pas refusé, Aidan ?

De ses grands yeux verts, il la suppliait de comprendre.

— La preuve était incontestable, Lìli, d'autant plus que Kellen a reconnu lui-même avoir accompli l'acte. Aurais-tu voulu que je déclenche une querelle avec les MacKinnon ?

— Non, admit Lìli. Mais tu aurais dû…

— J'aurais dû quoi ? Quel choix avais-je, ma chérie ?

Une fois de plus, son regard la supplia de comprendre. Découragée, Lìli vouta le dos. Les larmes lui piquaient les yeux. Elle recula et s'assit sur le lit, sentant ses genoux faiblir tandis qu'elle essayait de comprendre tout ce qu'elle avait entendu. On avait trouvé son fils dans les bras d'une fille. Ils étaient enlacés dans un grenier dans l'étable de MacKinnon. Les cheveux en désordre, les vêtements pleins de foin. On les avait laissés seuls pour se caresser, et qui savait quoi d'autre !

Mais qui les avait surveillés pendant ce temps ? Personne, c'était clair ! Et pourtant, en vérité, ce n'était plus un petit enfant qu'on devait constamment couver. Elle devait au moins reconnaître cela.

— Et si elle attendait déjà un enfant ? demanda Lìli sur un ton inquiet.

Son époux lui lança un regard bienveillant, faisant appel à son sens de la justice.

— Eh bien, nous aurons un petit-fils sous peu, répondit-il, ses lèvres charnues s'étirant d'un côté de sa bouche, comme pour lui arracher un sourire.

Se sentant irascible, Lìli porta la main à son ventre.

— Ah, Aidan ! On va avoir un enfant et un petit-enfant presque du même âge.

Aidan haussa les épaules.

— On ne sera sûrement pas les premiers.

Vaincue par le bon sens de son époux et par la douceur de ses paroles, Lìli s'allongea sur le lit, une main sur le ventre, s'inclinant devant les faits.

— Mais il n'est pas prêt à être père, gémit-elle.

— Kellen est un bon garçon, répondit Aidan sur un ton calme et rassurant. Il sera un bon époux et un très bon père. Il a deux ans de plus que moi quand je suis devenu laird de ce clan, lui rappela-t-il.

Lìli considéra ce fait. Le jour où son père avait trahi le clan des dún Scoti, Aidan, âgé de quatorze ans seulement, avait manié son épée au côté de son père. Puis, à la mort de ce dernier, il était devenu chef. Il avait alors en effet deux ans de moins que Kellen. C'était une sombre histoire, pour laquelle son époux aurait pu ne jamais la pardonner, mais il l'avait pourtant fait.

Lìli revit soudain son père penché sur le corps du père d'Aidan, sa longue barbe grise éclaboussée de sang. Padruig Caimbeul était allé à Dubhtolargg sous couvert d'amitié. Il avait mangé à leur table et partagé leur bière. Puis lui et ses guerriers s'étaient levés au milieu des festivités et avaient égorgé la moitié des hommes du clan dún Scoti, alors ivres. C'était la plus grave des transgressions parmi les Highlanders : être invité sous le toit d'autrui et y verser du sang innocent. Pour cela, son père pourrirait en enfer.

Et son père avait commis cet acte sans même être au courant de la pierre cachée ici dans la vallée. Ils étaient juste venus assouvir leur orgueil monstrueux, pour pouvoir dire qu'ils avaient mis l'héritier de Dubhtolargg à genoux. Ils avaient souillé la mère d'Aidan et l'avaient laissée avec un bébé dans le ventre. Et ce bébé était Sorcha, bien que celle-ci n'ait pas encore réalisé la vérité sur ses origines. Lìli, comme le reste du clan, avait juré de garder le secret, jusqu'au jour où Aidan jugerait bon de le révéler. Hélas, dans le domaine des transgressions, Lìli ne pouvait guère être la première à jeter la pierre.

Devinant ses pensées, son époux vint s'asseoir à côté d'elle sur le lit, lui caressant la cuisse.

Lìli sourit, malgré sa querelle avec lui. Elle le connaissait si bien. Quand il touchait son ventre, c'était qu'il était heureux d'être père. Mais quand il évitait cette bosse ronde immanquable qu'était son ventre, c'était qu'il était d'humeur à autre chose...

Il continua à lui caresser la cuisse.

— Vas-tu me pardonner ? demanda-t-il. Tu m'as tellement manqué, ma douce.

Lìli inspira. Elle n'était pas âgée, et malgré le fait qu'elle ait deux enfants et un autre en route, elle refusait de se comporter comme une vieille femme. En réponse à ses douces paroles, elle écarta un peu les jambes, comme une invitation qu'il pouvait accepter. Elle était encore trop fâchée pour l'avouer, mais elle accueillerait l'offrande de paix d'Aidan.

Il se mit à rire.

— J'en conclus que tu es contente de me voir, malgré les indiscrétions de notre fils ?

Bien sûr qu'elle était contente de le voir ! Si contente que ses mamelons se durcirent sous sa robe, désireux d'être libérés. Faisant toujours la moue, elle tourna la tête vers lui.

— Je suis contente, dit-elle, avant d'écarter un peu plus les jambes. Je suppose que c'est un homme, après tout, et que les hommes font ce qu'ils sont destinés à faire.

La lueur maligne dans les yeux verts brillants de son époux faillit lui couper le souffle.

— Et que sont-ils destinés à faire ?

— Des choses qu'ils ne devraient pas faire, répondit-elle timidement.

— Comme ça ? demanda-t-il en glissant la main sous sa robe.

Lìli haleta. Il lui taquina la cuisse.

— Ne devrais-je pas faire ça ?

Pour toute réponse, Lìli écarta davantage les jambes et remonta lentement sa robe, avec un air coquin, jouissant de la douceur de la laine contre sa peau.

Aidan poussa un rire grave. Il se leva et la regarda, allongée sur leur lit.

Pleine d'énergie, Lìli avait nettoyé tout ce qui était en vue. La chambre était confortable, avec un feu qu'elle entretenait maintenant depuis des jours. Même après toutes ces années, sa poitrine frémissait à la vue de son époux se déshabillant si délibérément devant elle. Il n'était pas du genre à se dérober aux plaisirs de la chair.

À trente-six ans, Aidan était encore beau, avec ses cheveux aussi noirs que les ailes d'un corbeau. Ses yeux verts l'inspectaient avec audace, dévorant son corps sans même la toucher. Elle sentait autant le poids de son regard que celui de ses grandes et fortes mains.

Tout en fixant ses yeux sur elle, il saisit son propre sexe comme pour exciter Lìli.

— C'est ça que tu veux, Lìli ?

Il était maintenant entièrement nu, son corps teinté de reflets cuivrés produits par les flammes dans la cheminée. Il commença à se caresser, souriant malicieusement en passant son pouce sur le bout brillant.

Lìli en eut la chair de poule. Elle passa sa langue sur ses lèvres sèches. Elle savait mieux que dans sa jeunesse comment le satisfaire. Elle lui rendit son sourire et fit oui de la tête.

Il n'en fallut pas davantage.

Son époux se mit sur un genou, avec l'intention de l'embrasser jusqu'à ce qu'elle soit mouillée. Il aimait son goût, c'est du moins ce qu'il lui avait dit. Mais ne voyait-il pas qu'elle était déjà mouillée ? C'était arrivé dès qu'elle avait aperçu un sourire malicieux sur ses lèvres familières. S'arcboutant sous la douceur de sa bouche, elle se délectait de la chaleur de sa langue.

Une belle façon de mettre fin à une dispute et d'accueillir le retour de son époux. Et même si elle n'avait pas souhaité le recevoir profondément en elle – ce qui n'était pas le cas –, elle l'aurait laissé la prendre pour la simple raison qu'elle voulait accélérer la venue de son bébé.

Maintenant.

— Fais-moi l'amour, mon époux, le pria-t-elle.

Consciencieux et toujours prêt à obéir, Aidan passa ses bras sous ses genoux et la tira vers le bord du lit. Il ne perdit pas de temps avant de lui offrir sa chair chaude et épaisse. Lìli le sentit glisser en elle et elle s'étendit sur le lit.

Je suis sa maîtresse et il est maître de moi.

C'était ainsi, comme il se devait.

CHAPITRE 11

Dunloppe était encore à deux jours de route vers le sud-ouest, près de la frontière.

Mais si Cameron était en colère contre la destination et la tournure des événements, il ne le disait pas ni ne donnait l'impression de remettre en question l'autorité de Keane. Il restait inébranlable, plus silencieux que d'habitude, mais sans autre changement notable. Keane étant en lutte contre le mauvais temps, il était reconnaissant de ne pas avoir à se disputer avec son ami ou ses hommes.

Vers la fin de l'après-midi, la troupe était fatiguée et prête à dresser le camp. Keane reconnut les signes de leur épuisement à leurs épaules affaissées. Et même s'ils étaient aussi silencieux que Cameron et ne se plaignaient pas, ils durent faire quelques arrêts imprévus le long du chemin. Ce fait était toujours révélateur : quelle qu'ait été leur propension à protester, elle était complètement réprimée. Keane n'était pas sûr que ce soit vraiment un bon signe, mais au moins ils n'essayaient plus de mettre son autorité à l'épreuve. Il lui revenait néanmoins de pourvoir à leurs besoins. S'il y avait une chose qu'il avait apprise, c'était que les mécontents étaient toujours prêts à partir. Même si s'arrêter trop tôt n'était guère idéal, poursuivre la route ce soir n'apporterait rien de bon.

Comme les hommes, Lianae endurait tout sans se plaindre. Elle chevauchait derrière lui amicalement, d'humeur beaucoup moins querelleuse que la veille.

Ils trouvèrent un endroit près d'un bosquet d'alisiers blancs. Avec l'hiver doux, ils avaient eu une floraison tardive et des grappes de fruits rouge vif étaient toujours accrochées à leurs branches. On récoltait généralement leurs baies, comme celles des sorbiers, après la première gelée, une fois qu'elles étaient assez mûres. Il pensait qu'elles seraient désormais bonnes et douces, et peut-être même sucrées. Très mûres, elles permettraient de leur concocter une tisane apaisante contre les maux de ventre. Mais Keane se demandait pourquoi ils étaient tous malades et pas lui. Si leurs provisions n'avaient pas été dérobées, il ne serait peut-être pas si prompt à penser à un acte criminel, mais les circonstances lui donnaient des raisons de le soupçonner. Quelqu'un aurait-il eu l'intention de les empoisonner ? À moins que ce ne soit simplement la faute du tétras. Ayant offert sa part à Lianae, il n'en avait pas mangé. Son ventre grondait maintenant plus fort que Taranis, le dieu de l'orage. Une tache rouge traversa rapidement devant eux dans la neige et se précipita dans un fourré voisin. Un renard roux en quête de nourriture, comme Keane. S'il attendait trop longtemps, il serait prêt à dévorer ses propres membres. Il fit signe aux hommes et trouva un bon endroit où attacher les montures. Puis il aida Lianae à descendre de cheval avant de prendre Cameron à part :

— J'ai envie de quelque chose d'autre que du tétras, lui dit-il.

Cameron tourna automatiquement son regard vers Lianae, se trompant sur le sens de ses paroles.

— À manger, précisa Keane sur un ton sec.

Cameron réagit avec un sourire narquois. Peu amusé par la direction des pensées de son ami, il lui ordonna :

— Prends Murdoch et Brude avec toi, et vois ce que vous pouvez trouver.

Cameron jeta un coup d'œil vers Brude par-dessus son épaule.

— Pourquoi eux ?

— Parce que ce sont de meilleurs archers que toi, et parce qu'il vaut mieux pour nous ne pas les perdre de vue, expliqua Keane. Je vais de mon côté avec la jeune fille. On verra qui reviendra avec le meilleur festin, ajouta-t-il en lui lançant un sourire amical en signe de défi.

— Trois hommes contre un ? demanda Cameron en soulevant les sourcils. Ta maman ne t'a donc jamais appris la modestie, mon ami ?

Même s'ils se connaissaient depuis longtemps, Cameron ne se rendait probablement pas compte que la mère de Keane était morte avant ses deux ans et son père avant son premier anniversaire. Hormis son frère, très occupé avec la direction du clan, et Una, qui parlait la plupart du temps avec la crosse de son bâton, personne ne lui avait jamais rien dit. Keane saisit son arc et une flèche et hissa le carquois sur son dos, ignorant la pique de Cameron, tout en lui en envoyant une à son tour :

— Tu crois que tu peux rapporter autre chose qu'un tétras ? À en juger par le nombre d'arrêts aujourd'hui, le dernier a failli nous tuer.

— À part toi.

— Oui, parce que j'ai offert ma part à la jeune fille.

Il jeta un coup d'œil vers Lianae. Elle était en train de caresser Beithir et cela créa une douce sensation dans sa poitrine.

— Elle me semble en bonne forme.

— Je ne lui en ai pas donné beaucoup.

Keane se posa néanmoins des questions...

Il jeta un autre coup d'œil à Murdoch, qui semblait maintenant parfaitement rétabli. Contrairement aux autres, il était le seul, mis à part Keane et Lianae, à ne pas avoir eu besoin de s'arrêter pour ses besoins, même s'il s'était plaint de douleurs au ventre. Il comprenait que Lianae n'ait pas eu d'ennuis, car elle avait très peu mangé, mais c'était Murdoch qui était allé chasser pour leur souper de la veille, et il avait préparé la nourriture avec Alick. Il se serait donc servi en premier. Et c'était lui qu'on avait pris en flagrant délit en train de fouiller dans les réserves ce matin, comme s'il avait encore faim. Mais s'il avait volé leurs provisions, il aurait également su qu'il n'en restait plus. Les deux événements n'étaient peut-être pas liés ?

— Quel prix remportera le gagnant ?

Keane sourit. Ce ne serait pas le commandement des hommes. Ce prix avait déjà été remporté, et il y avait maintenant beaucoup trop de choses en jeu.

— Le perdant donnera la moitié de ses rations aux gagnants. Je pourrais manger une vache ce soir, je le jure, dit-il.

Cameron souleva un sourcil.

— Est-ce que cela inclut la part de la fille ?

— Non, répondit catégoriquement Keane.

Se rappelant la manière dont Lianae avait dévoré son repas la veille, il était sûr qu'elle avait besoin de toute la nourriture qu'elle pouvait obtenir. Au besoin, il lui donnerait de nouveau sa propre part, bien qu'il ait peu de doutes sur le résultat de son pari, même si les chances étaient contre lui. Pas un de ces hommes, pas même Cameron, n'était aussi doué que lui à l'arc. Pour la plupart, ils étaient tous plus habiles avec leur épée.

Cameron l'évalua du regard. Keane se souciait peu de ses conclusions. Il avait l'intention de veiller sur Lianae, quoi qu'il arrive, car c'était uniquement pour elle qu'il s'était attelé à cette tâche en premier lieu.

— Très bien, capitula Cameron. Marché conclu.

Il sourit en se dirigeant vers Brude, puis vers Murdoch, les ralliant à sa cause.

Keane les regarda tous les trois disparaître dans les bois en riant. Puis il alla vers Teasag.

— Veille sur les chevaux et prépare le feu. Envoie le petit Alick ramasser du bois et dis à Donal que je lui demande de faire bouillir un peu d'eau.

Les baies d'alisier blanc pouvaient être amères, mais ils le remercieraient chaleureusement une fois la tisane prête. Il était très reconnaissant pour le savoir que sa belle-sœur lui avait transmis au sujet des herbes. Lìli lui avait beaucoup appris ces dix dernières années.

Après avoir donné ses ordres aux hommes, il alla trouver Lianae. Elle était assise sur un rocher, les jambes croisées, les pieds hors de la neige. Il ne pouvait guère la blâmer. La laine de Glenna était une bonne protection contre le froid, mais ce n'était pas du cuir et elle n'était pas vraiment destinée à remplacer des chaussures.

— Comment vont vos pieds ? demanda-t-il.

— Mieux, répondit-elle doucement, le regardant de ses grands yeux dorés aux pupilles sombres.

— Assez bien pour marcher ?

Elle fit oui de la tête et Keane la prit par la main.

— Où allons-nous ?

— À la chasse pour le souper.

Elle était ravissante sous cette lumière hivernale. Ses boucles rousses en bataille et sa robe bleu pâle donnaient à son visage un joli teint éthéré, comme celui d'une fée à la peau d'albâtre.

— Que chasserons-nous ? demanda-t-elle en boitillant à côté de lui.

— Le sanglier, si on a de la chance.

— Et sinon ?

— Le tétras, répondit-il avec un sourire en biais.

Elle lui sourit en retour.

— C'est bon le tétras, reprit-elle.

Il supposait que pour l'instant, tout semblait bon pour elle, mais ils allaient probablement essayer d'éviter le tétras.

Keane étant peu habitué à marcher en compagnie de femmes, en particulier une qui était blessée, ses pas étaient trop grands et trop rapides. Il lâcha donc sa main et s'arrêta pour lui donner l'occasion de faire une pause, faisant semblant d'inspecter la corde de son arc. Il regarda les pieds de Lianae, et le chiffon qui se défaisait, et fronça les sourcils. Passant son arc sur son épaule, il la souleva dans ses bras.

— Nous devons d'abord nous occuper d'autre chose.

Poussant un petit cri de surprise, Lianae passa ses mains autour du cou de Keane. Ce geste lui fit également froncer les sourcils, non qu'il n'apprécie la sensation de ses doigts doux et chauds sur sa nuque.

Ses sœurs étaient entièrement autonomes. Il n'avait pas l'habitude de penser au manque de confort des autres, et il se demandait combien de choses il avait déjà manqué de remarquer. Lianae n'avait manifestement pas été gâtée, mais il devait s'efforcer d'anticiper ses besoins, même s'il ne savait pas exactement pourquoi il devrait se sentir enclin à prendre soin d'une femme qu'il connaissait à peine et qu'il ne reverrait probablement jamais une fois qu'il lui aurait trouvé un refuge sûr. Depuis hier, c'était un besoin croissant et un désir auquel il était entièrement inaccoutumé.

À la vue des alisiers blancs, remplis de fruits rouges

brillants recouverts de minuscules capuchons blancs, elle s'émerveilla à haute voix :

— Oh, comme c'est joli !

Keane marmonna son accord et la déposa sous une branche recouverte de neige, le temps de repérer où ils se trouvaient et de chercher le ruisseau. Elle ne lui avait toujours pas parlé de ce qu'elle avait enduré, mais il soupçonnait qu'elle avait dû traverser une rude épreuve. Et elle s'émerveillait pourtant à la vue de simples baies.

Inspectant une branche basse, elle posa gentiment la main sous le fruit rouge vif et l'observa, émerveillée.

— J'en conclus que vous êtes déjà venu ici ?

— Une seule fois.

— Quand ?

— En route vers le nord.

— Ah ! fit-elle en détachant les baies gelées de la branche.

Puis elle les inspecta, en écrasa une entre ses doigts et porta un doigt à sa jolie bouche pour goûter le jus. Le petit geste fit tressaillir le sexe de Keane, ce qui l'agaça terriblement.

Se rappelant comment rejoindre le ruisseau, il la souleva de nouveau dans ses bras sans l'avertir et l'emporta vers l'eau. Il l'installa près d'un gros rocher, puis déposa son arc à côté d'elle.

— Je ne suis *pas* invalide, dit-elle sur un ton de reproche.

Troublé par ses propres actions, Keane ne lui répondit pas immédiatement.

En effet, elle ne l'était pas. Elle avait parcouru des kilomètres toute seule sans chaussures, se coupant les pieds en chemin. Pas surprenant qu'elle ne se soit pas encore plainte. Mais il n'arrivait pas à s'empêcher de penser à autre chose qu'au goût de ses lèvres.

Elle l'avait embrassé de façon si inattendue ce matin, éveillant sa faim. Il lui avait fallu un long moment avant de réaliser ce qu'elle s'apprêtait à faire, puis quelque chose s'était déclenché en lui. Il voulait goûter son corps avec une férocité qu'il n'avait jamais connue, comparable à l'envie de Lianae de goûter à ces baies. Mais toutes les baies des alisiers blancs n'étaient pas douces. Une partie de lui mourait d'envie de savoir ce qu'il trouverait chez Lianae.

Serait-elle amère ?

Son envie serait-elle récompensée par un refus ?

Keane n'était pas du genre à répandre sa semence avec désinvolture. Il voulait certes coucher avec elle, mais il souhaitait aussi la garder. Ce n'était pas raisonnable. Elle n'était pas un chien à tenir en laisse. De plus, il n'avait même pas de maison à lui offrir.

Ce qui l'amenait à se demander pourquoi diable il la conduisait à Dunloppe. Qu'est-ce que Broc était supposé faire d'elle ? Espérait-il que plus ils voyageaient ensemble, plus cela lui donnerait le temps de comprendre tout cela ? Pensait-il pouvoir arriver à la convaincre de rester avec lui, même s'il était sans le sou ? Elle avait les moyens, il en était certain. Lui n'était qu'un garde-frontière, ne dirigeant que quelques hommes. Plus il réfléchissait, moins il avait les idées claires. Mieux valait donc ne pas y penser du tout.

En se penchant pour tester la température de l'eau, Keane regarda Lianae et déglutit péniblement. Le regard innocent qu'elle lui lança le vainquit plus vite que tout acte de séduction. Ayant du mal à parler, il désigna de la main le rocher où il avait déposé son arc.

— Asseyez-vous, lui ordonna-t-il, sur un ton plus dur qu'il n'en avait eu l'intention.

Il crut qu'elle allait protester, mais elle souleva un sourcil blond et boitilla vers le rocher sans un mot. Elle s'assit.

— *Tha thu a' dèanamh cus odharmanachaidh*, dit-elle sans beaucoup d'enthousiasme et avec un petit sourire narquois.

Keane tendit la main et saisit son pied droit, sans se soucier de lui en demander la permission, irrité par son propre manque d'esprit.

— Vous parlez l'ancienne langue.

— Bien sûr, et vous aussi sans doute.

— Oui.

— Alors, qu'est-ce que j'ai dit ? demanda-t-elle, l'air timide.

Keane continua à défaire la laine qui entourait son pied.

— Vous avez dit que j'étais autoritaire.

— Et vous l'êtes, reprit-elle en riant.

Keane haussa les épaules, malgré un petit sourire sur ses lèvres. Jusqu'à ce qu'il découvre la plante de son pied au grand jour. Il n'était pas encore infecté, mais très sale, et les plaies étaient pleines de débris. Il était étonné qu'elle ne se soit jamais plainte, pas même du froid glacial. Ses propres pieds, plus secs que les siens dans ses bottes de cuir, étaient déjà à moitié engourdis.

Il secoua son pied un peu plus brutalement que voulu, furieux contre lui-même de ne pas lui avoir demandé plus tôt comment elle se sentait. Il lava le mieux possible son pied à l'eau froide, le massant soigneusement pour assurer une bonne circulation. Il travaillait vite, retirant les minuscules cailloux qu'il trouvait. Puis il secoua la laine et en enveloppa de nouveau son pied. Il fit de même avec son pied gauche, se promettant de mieux les envelopper une fois de retour au camp. La laine de Glenna était tissée de façon serrée, une protection chaude contre le froid, mais elle était perméable. Et il ne pouvait pas déchirer complètement son *breacan* qui devait tenir au chaud le reste de son corps. Il pourrait simplement sécher les bandages près du feu et envelopper de nouveau ses pieds une fois que le tissu serait sec et chaud. Il lui trouverait une paire de chaussures plus tard. Il se fichait de ce que ses hommes penseraient à le voir prendre soin d'elle. Ils pouvaient bien dire ce qu'ils voulaient.

Il ne lui vint pas à l'esprit de se demander pourquoi il pensait qu'elle serait assez longtemps avec lui pour lui fournir des chaussures. Il se sentait lié à elle d'une façon tout à fait nouvelle pour lui. En fait, en y réfléchissant bien, c'était la première fois qu'il se sentait responsable de quelqu'un d'autre que lui – au point qu'il avait le sentiment qu'il était celui qui devait s'occuper d'elle, avant tous les autres, et même avant sa propre personne.

Il lui fallut un long moment avant de réaliser que le bosquet était devenu silencieux, outre le gazouillement du ruisseau. La jeune fille avait posé sa main sur le rocher et tenait à peine la branche de baies gelées ; si elle bougeait les doigts, la branche tomberait dans la neige. Keane la regarda, avec un désir si grand qu'il pouvait difficilement y résister.

Des larmes brillèrent dans les yeux de Lianae et elle déglutit avant d'essayer de parler :

— Il y a trop longtemps que personne ne s'était occupé de moi de cette façon, Keane. Je vous remercie.

Keane ne savait que répondre. La gorge soudain nouée, il ne pouvait pas parler. Il avait pensé faire ce qui était juste et naturel, mais en l'entendant, il sentit qu'il avait dépassé ses limites… ou assumé une responsabilité qui ne lui revenait pas.

— J'aurais fait pareil pour n'importe quelle jeune fille, la rassura-t-il.

— Je vois, répondit-elle, et ses larmes disparurent.

Elle leva les baies et les examina de plus près, une marque de déception dans ses yeux ambrés.

Ils entendaient les hommes bavarder un peu plus loin, mais là, le silence était à couper au couteau.

— Ce sont des alisiers blancs.

— Oui, je sais, rétorqua-t-elle d'un ton froid.

Keane l'accepta volontiers, car il savait beaucoup mieux comment réagir à sa colère qu'à sa gratitude.

EN FAIT, Lianae l'ignorait.

Elle n'avait jamais vu de baies si rouges, si charnues et mûres en hiver. Elle connaissait beaucoup de baies, mais pas celles-là.

Ce n'était pas son air de tout savoir qui la gênait chez Keane, ni son ton autoritaire. C'était plutôt l'idée qu'il ne se sentait pas particulièrement attiré par elle. Alors qu'elle l'était par lui.

Lianae n'avait pas connu de main si douce depuis que sa famille lui avait été arrachée de façon si rude. À vrai dire, quelque chose chez Keane lui faisait aspirer à des choses qu'elle ne devrait pas désirer. Et elle le connaissait à peine.

C'était trop facile à oublier.

— On en fait une bonne tisane contre les maux de ventre, dit-il de façon très détachée, relâchant son pied bandé, comme si elle était une enfant qui avait besoin d'aide pour s'habiller.

Lianae était adulte, mais il ne semblait pas le remarquer, et cela l'agaçait énormément. Elle n'était pas aussi ravissante qu'Elspeth, mais elle n'était pas non plus affreuse. Des hommes la trouvaient jolie et certains le disaient même.

Gruaidh ne pourra peut-être pas vous donner d'enfants, et elle n'est pas aussi... agréable.

Ni votre sœur, une fois qu'elle ouvre la bouche.

Lianae fronça les sourcils, se rappelant les paroles de William FitzDuncan.

— Vous me trouvez laide ? demanda-t-elle avant de pouvoir se retenir.

Elle n'avait jamais appris à tenir sa langue, même quand c'était clairement à son avantage de ne rien dire. Elle aurait dû tirer la leçon de ses relations avec le Comte. Mais elle *devait* absolument savoir ce qu'il pensait d'elle.

Keane souleva brusquement les sourcils et il faillit loucher. Cela aurait paru comique, si Lianae n'avait pas attendu impatiemment sa réponse.

— Non, dit-il après un moment, retrouvant son calme. Comment vont vos pieds ?

— Très bien, répondit-elle. *Pas aussi meurtris que son ego.*

Courroucée, Lianae écrasa une baie entre ses pouces, puis la jeta d'un geste irrité, se prenant pour une idiote d'entretenir de tels *sentiments,* alors qu'hier seulement elle avait échappé à un sort pire que la mort.

Elle arracha une autre baie et la porta à sa bouche pour la goûter.

— Sont-elles amères ? demanda-t-elle sur un ton lui-même amer.

Keane se releva.

— Parfois.

— Celle-ci est sucrée, dit-elle en poussant la baie sur sa langue.

— Vraiment ?

— Oui.

Il la saisit doucement par le poignet et l'aida à se relever.

— Il y a une bien meilleure façon de les manger, dit-il.

Lianae osa le regarder dans les yeux. Ils étaient si verts, de la couleur d'une feuille nouvelle au printemps. Le noir de ses pupilles était excessivement grand, profond et foncé comme le puits de Lilidbrugh. Si elle se penchait juste un peu, elle pourrait s'y enfoncer et serait irrémédiablement perdue.

Retirant la grappe de sa main, Keane pinça un petit morceau de fruit et y mordit timidement, comme pour y goûter lui-même, sans détourner son regard du sien.

— Sucrée, en effet.

Puis un léger sourire se dessina sur ses lèvres.

Quelque chose dans ses yeux la fit sursauter. Le cœur de Lianae se mit à battre plus vite tandis qu'il se penchait vers elle, lentement, la regardant intensément dans les yeux, comme si elle était un lapin et lui un loup, faisant tout pour qu'elle reste et devienne sa proie.

Elle le ferait, se rendit-elle compte.

Il n'avait qu'à demander.

Il la serra ensuite contre lui et lui offrit la baie avec sa bouche. Elle entrouvrit ses lèvres pour recevoir le fruit. Il poussa alors le jus et la baie dans sa bouche.

Pendant un long moment, Lianae oublia de respirer.

Sa langue douce et chaude explorait les profondeurs de sa bouche avec une avidité à peine contenue. Il effleura doucement ses lèvres tremblantes, puis ses dents. La sensation la fit frémir. Elle ressentit de la chaleur dans sa poitrine et... *plus bas.*

Jamais de sa vie elle n'avait ressenti une chaleur si ardente et lumineuse. Elle envahit ses parties les plus intimes comme du miel chaud. La baie fondit dans sa bouche. Il desserra son étreinte et la regarda droit dans les yeux.

— Lianae, murmura-t-il.

— Oui ?

— Est-ce que cela vous donne à penser que cet homme vous trouve laide ?

Pendant un long moment, le monde se fit silencieux.

Elle ne percevait que le bruit de son sang dans ses oreilles. Son cœur battait à tout rompre.

À peu de distance, elle entendit des rires en provenance de leur camp. Il lui lança un clin d'œil taquin.

— Maintenant, allons trouver notre dîner, suggéra-t-il.

CHAPITRE 12

Keane rapporta la plus grosse prise : deux lièvres, un tétras, et pour être sûr que personne ne doute de l'identité du vainqueur, il ajouta un écureuil à la pile de viande à préparer.

Il n'avait pas pu éviter le tétras, car il semblait danser devant lui, comme pour le narguer. Même quand il tourna le dos à la créature, elle se dandina autour de lui, agitant ses ailes et sapant sa résolution, non sans lui rappeler Lianae.

Il fit de son mieux pour ignorer la promesse de ses lèvres, le goût de sa bouche, mais finit par se rendre compte de sa faiblesse. Son estomac gronda, lui rappelant qu'il était vide. Il banda son arc et décocha une flèche. Le tétras était à lui, embroché. Pourtant, malgré sa faim de vraie nourriture, il n'arrivait pas à penser à autre chose qu'au goût de la bouche de Lianae.

C'était définitivement une distraction.

Il lui avait demandé de cueillir des baies. Pendant que le jeune Alick et Donal dépouillaient et préparaient le butin de leur chasse, Keane fit infuser une tisane.

Comme les baies du sorbier, celles de l'alisier blanc pouvaient avoir un effet indésirable si on les consommait fraîches en trop grande quantité, mais une fois qu'elles étaient égrenées et bouillies, leur amertume calmait rapidement l'estomac. Une petite quantité suffisait, et après une bonne nuit, ils seraient tous reposés et prêts à voyager au petit matin.

Pendant que Keane préparait la tisane, son regard revenait sur Lianae plus souvent que nécessaire. Ils avaient fait une belle équipe. Elle ne ressemblait pas du tout à sa sœur Cailin, qui rivalisait avec lui à chaque chasse. Non, Lianae l'avait bien aidé de ses yeux et de ses oreilles.

— Regardez ! avait-elle dit. Un lièvre !

Puis elle avait observé Keane repérer l'animal et applaudi avec enthousiasme une fois la bête vaincue. Il devait bien avouer qu'il avait aimé l'avoir à son côté. Il se sentait de plus en plus poussé à veiller à sa sécurité. Mais parbleu ! le second baiser avait été une grave erreur, car il ne pouvait guère penser à autre chose maintenant. Une seule gorgée de tisane avait suffi à l'exciter. Elle était maintenant assise à côté de lui et riait doucement aux chansons grivoises des hommes qui se passaient entre eux une flasque de tisane amère. Tour à tour, ils s'emparaient avidement du flacon chaud.

La lune était haute ce soir, on voyait beaucoup d'étoiles dans le ciel presque entièrement dépourvu de nuages. Avec un peu de chance, d'autres intempéries leur seraient épargnées et ils arriveraient à Dunloppe le lendemain. Keane saurait alors mieux quoi faire de la jeune fille.

— Et vous dites que l'alisier blanc est bon pour quoi ? demanda Brude.

— Pour boucher ton cul, répondit Murdoch en éclatant de rire.

Tous les hommes s'esclaffèrent et Keane rit sous cape, jetant un œil à Lianae. Elle rougissait.

Elle se pencha vers lui :

— J'ai besoin d'être seule un instant...

Même au clair de lune, Keane pouvait voir que ses joues étaient rouge vif, comme les baies. Il comprit aussitôt ce qu'elle voulait dire. Il se retint pour ne pas la suivre, malgré son désir de ne pas la perdre de vue.

— N'allez pas loin, l'avertit-il.

— Je peux me débrouiller toute seule, rétorqua-t-elle en se levant et en lissant sa robe.

Elle lança à Keane un sourire dévastateur, puis s'éloigna, sa démarche nettement améliorée.

RASSASIÉE ET AYANT BU ASSEZ de tisane, Lianae se leva de la place qu'elle occupait près de Keane. Elle serra ses vêtements contre elle, d'abord le *breacan* qu'il lui avait donné et n'avait pas repris, puis son propre manteau. Elle quitta la compagnie des hommes qui conversaient de façon amicale et détendue.

S'éloignant rapidement de la lueur du feu de camp, elle sentit que la tête lui tournait. Elle n'avait pourtant pas bu d'alcool. Au fond d'elle-même, elle réalisa que ce devait être l'effet du *baiser,* ce moment spectaculaire près du ruisseau, quand Keane avait approché ses lèvres des siennes. Quelque chose chez lui la faisait fondre dans ses bras. Même maintenant, à la recherche d'un endroit isolé pour répondre à ses besoins naturels, elle flageolait sur ses jambes.

En vérité, quand elle repensait au lieu où elle était la veille seulement, elle se savait bénie des dieux. De tous les hommes qu'elle aurait pu rencontrer lors de sa fuite, c'était *lui* qu'elle avait trouvé. Keane était un homme bon, conclut-elle. Et juste. Fort, capable et prêt à faire son devoir. Assez humble, juste assez. Certes, personne ne pourrait l'accuser de manquer de confiance. Elle émanait de tous ses pores. Il était cependant peu arrogant. Il était né pour diriger, et elle s'émerveillait à chacun de ses gestes. Il ne criait pas après ses hommes, ni ne les menaçait. Il parlait d'un ton ferme et leur donnait ses ordres sans se retourner pour voir s'ils lui obéissaient. Il leur manifestait en même temps de la bonté, s'occupant d'eux comme une mère l'aurait fait. Lianae croyait comprendre pourquoi : ses hommes se sentaient ainsi appréciés. Elle-même avait l'impression de lui appartenir, comme si elle le connaissait depuis des années, comme s'il était son ange gardien.

C'était un sentiment étrange.

Même si elle se rendait compte qu'elle ne devait pas trop penser à lui, elle avait du mal à faire autrement quand la première chose qu'il avait faite en retournant au camp, avant même de préparer la nourriture ou de faire bouillir l'eau pour la tisane, avait été de défaire les bandes qui entouraient son pied pour les faire sécher près du feu.

La laine était assez étanche, mais elle devenait humide quand Lianae marchait trop longtemps. Keane avait promis de lui trouver une bonne paire de chaussures dès que possible. Une fois les bandes sèches, Lianae avait insisté pour envelopper ses pieds elle-même. Même sa mère ne l'avait jamais autant dorlotée !

Malgré tout ce qu'elle ressentait envers lui, elle avait commencé à se dire qu'elle devrait peut-être s'échapper à la première occasion, mais elle n'en avait pas le désir. Par ce froid et sans nourriture, il semblait soudain ne pas y avoir de lieu plus sûr que la compagnie de Keane. Mais cela n'avait aucun sens. Elle ne connaissait pas cet homme.

La traiterait-il avec tant de gentillesse s'il découvrait son identité ?

Aucun de ses hommes ne semblait curieux de savoir quoi que ce soit sur elle. Soit ils avaient décidé que la présence d'une femme parmi eux avait peu d'importance, soit ils ne se souciaient vraiment pas de sa provenance. Hélas, elle penchait pour la première raison. Ils la prenaient probablement pour une fugitive, rien de plus, rien de moins. À en juger par la robe qu'elle portait, ils auraient facilement pu la confondre avec une sympathisante des Anglais, comme le roi David et tous ses laquais.

Elle se mit à considérer ses options. C'était bien beau de faire semblant pour un temps, mais viendrait un moment où elle devrait partir, même si elle se sentait totalement *en sécurité* en compagnie de Keane. Elle *devait* retrouver ses frères, et même si c'était la dernière chose qu'elle pouvait faire, elle allait faire payer William FitzDuncan pour la façon dont il avait traité Elspeth. Maintenant que Lianae n'était plus à portée de main de FitzDuncan, sa vengeance serait douce. Même si elle appréciait énormément la compagnie de Keane, ce n'était pas quelque chose qu'il accepterait de faire pour elle, elle le savait avec certitude. Aussi gentil soit-il, il restait fidèle à David mac Mhaoil Chaluim. Et David était le roi de William. Keane était donc son ennemi, que cette vérité lui plaise ou non.

On ne pouvait pas désirer les baisers de son ennemi.

Et pourtant elle les désirait.

Et plus que ses baisers.

En fait, si Lianae ne partait pas bientôt, elle commencerait à penser avec son cœur, pas avec sa tête. Pour l'amour de Cailleach ! Elle pensait déjà avec son cœur ! Mais une fois qu'elle retrouverait ses frères, Ewen et Graeme, ils sauraient exactement quoi faire. Elle avait tellement de choses à leur raconter, sur leur sœur et sur la trahison de Lulach.

Quant à Keane, elle ne lui devait rien, se rappela-t-elle. Rien de plus que de la gentillesse. Même si elle avait envie de lui dire la vérité, ou du moins une partie de la vérité, dans la mesure où cela ne mettait pas sa cause en danger, elle ne pouvait pas du tout se permettre de lui parler.

Elle pourrait peut-être au moins lui dire qu'elle cherchait ses frères, sans révéler leur identité. Elle devait aussi apprendre où il se rendait, afin de saisir l'occasion de partir quand elle se présenterait. Pourtant, malgré le fait que Keane ne ferait pas partie de son avenir – elle n'osait pas entretenir cette idée –, il y avait tellement de choses qu'elle souhaitait apprendre sur lui et tant qu'elle désirait partager avec lui.

Mais pas *cela* !

Sa besogne achevée – Dieu soit loué –, elle entendit quelqu'un approcher à travers les buissons. Elle se dépêcha de se rhabiller, pensant que ce devait être Keane.

— Tout va bien ! cria-t-elle.

— Eh, qu'est-ce qu'on a là ? demanda une voix masculine.

Ce n'était pas Keane.

Surprise, Lianae fixa son regard sur une silhouette sombre qui continuait de s'approcher d'elle en avançant bruyamment dans la neige. Ce n'était pas seulement un homme, mais trois, leurs silhouettes sombres contre un ciel pâle, éclairé par la lune.

— Regardez ! s'écria le premier homme. C'est une jeune fille.

— Mais est-ce qu'elle peut pisser et manier un poignard tout en brossant ses jolis cheveux ?

Elle entendit des rires étouffés en réaction à la question impertinente.

Le cœur de Lianae sembla s'arrêter. Aucune des voix ne lui était familière. La gorge nouée de peur, elle considéra les trois hommes qui se tenaient maintenant entre elle et sa destination.

— Elle a quelque chose de bien plus mortel qu'un poignard.

Keane !

Lianae n'avait jamais été aussi reconnaissante d'entendre la voix d'un homme. Elle se précipita vers celui qui l'avait déjà sauvée deux fois, profondément soulagée qu'aucun des étrangers n'ait essayé de lui faire obstacle.

— Ah oui ? demanda le nouveau venu, apparemment guère soucieux de l'arrivée de Keane. Et qu'est-ce que ça peut bien être ? Un joli sourire ?

L'un de ses hommes ricana.

— Moi, dit Keane, sur un ton manifestement menaçant.

— Vraiment ?

— Oui, dit Keane, se plaçant devant Lianae.

Pour la première fois de sa vie d'adulte, Lianae était cachée derrière un homme. Elle se rendit alors compte que ces hommes portaient aussi la livrée du roi.

— Ne faites pas attention à ces bons à rien, dit le plus jeune des trois. Nous venons en amis, et nous avons des nouvelles, précisa-t-il en s'approchant et en révélant son visage.

CHAPITRE 13

Le roi Henri d'Angleterre avait succombé, non à un coup d'épée, mais à un morceau d'anguille. Les rumeurs circulaient qu'il avait été empoisonné. Il n'avait laissé aucun héritier apparent.

À un moment donné, Henri avait soutenu sa fille, l'Emperesse, mais depuis, Mathilde avait soulevé des rebelles contre lui. Dès l'annonce de sa mort, Étienne de Blois, son neveu, s'était précipité en Angleterre pour s'emparer du trône tandis que Mathilde était restée en Anjou à soutenir les rebelles contre son père défunt. Ce n'étaient pas là des actions dignes d'une fille bien-aimée et le peuple d'Angleterre l'appréciait peu. Malheureusement pour la nièce du roi David, les Anglais réservèrent à Étienne l'accueil d'un roi, l'acceptant comme leur nouveau souverain. Il fut couronné le vingt-deux décembre. La question était réglée. Enfin, pas tout à fait...

Les trois messagers avaient été envoyés par David mac Mhaoil Chaluim. Ils s'installèrent devant le feu et prirent part au repas du soir. Un fait dont personne ne daigna se plaindre, car avec leurs nouvelles, ils avaient également apporté un peu de pain et de bière. Du pain rassis et de la bière trouble, mais par une nuit froide comme celle-ci, même une mauvaise bière était bien meilleure que de la tisane. Après avoir entendu les nouvelles, même Keane avait envie d'une chope ce soir.

Le plus jeune des trois messagers avait fait l'annonce. Keane le reconnut, il servait Jaime à Keppenach. Les deux autres servaient directement le roi. Regardant Lianae et se demandant comment cela allait changer ses plans, il taillait une flèche tout en écoutant le rapport. Lianae était assise à côté de lui, appuyée contre son épaule. Cela aurait pu plaire à Keane, si la discussion n'avait pas été empreinte d'effroi. Un loup hurla au loin, un son triste et prophétique.

— Mathilde affirme qu'elle ne s'agenouillera jamais devant Étienne, dit Luc, tandis que le messager plus âgé s'empiffrait de viande et de pain rassis.

— À votre avis, qu'est-ce que cela veut dire pour la Scotia ? demanda Murdoch.

— C'est l'oncle de Mathilde, vous savez, dit le vieil homme en parlant de David. Il est en train de rassembler ses hommes.

En vertu de son mariage, David mac Mhaoil Chaluim revendiquerait sans doute toute la Northumbrie, même si Étienne de Blois s'opposerait sûrement à lui. Keane passa le pouce sur la lame tranchante de son couteau et adressa sa question à Luc :

— Où est-il maintenant ?

— À Keppenach pour le moment. Il attend la réponse de MacKinnon à l'appel aux armes.

— MacKinnon ? interrompit Cameron, en lançant un coup d'œil à Keane.

Le messager acquiesça de la tête.

— Ils lui ont envoyé des charrettes de blé et assez d'hommes pour reconstruire Chreagach Mhor, je les ai vus partir de mes propres yeux. Tout ce qu'il demande en retour, c'est l'alliance de MacKinnon une fois le temps venu.

Quelques semaines auparavant, Chreagach Mhor avait entièrement brûlé. Les entrepôts, les silos, les provisions, tout était perdu. Keane l'avait appris indirectement, car Aidan ne s'était jamais donné la peine de l'informer. Pour le moment, son frère n'était pas son plus grand admirateur.

— MacKinnon prend rarement parti, lança Cameron, les yeux baissés.

Il ne révéla pas sa parenté, ce qui intrigua Keane.

La bouche pleine, le messager, jusque-là silencieux, prit enfin la parole :

— Selon la rumeur... il le fera maintenant... sa femme est l'héritière d'Aldergh, dans les territoires contestés... son père est mort.

Les territoires contestés représentaient essentiellement toute la Northumbrie, région en grande partie inféodée à David, bien que sous la seigneurie d'Henri. Cet arrangement convenait aux deux rois qui s'entendaient comme deux larrons en foire. Ce n'était pas le cas avec Étienne de Blois, et David ne perdrait pas de temps avant de renforcer ses positions. Tant que MacKinnon jurait fidélité à David, lui donner Aldergh devrait également arranger David. Mais si Iain choisissait de le faire, il prendrait clairement le parti de Mathilde. C'était un risque, car personne ne pouvait dire si Étienne resterait sur le trône d'Angleterre.

Cameron lui jeta un regard en biais et demanda :

— Vous dites que FitzSimon est mort ?

Le même messager, les lèvres brillantes de graisse, acquiesça de la tête.

— C'est ce que dit Broc Ceannfhionn. J'ai entendu dire qu'il a été tué par le gamin de MacKinnon, ce garçon détenu par FitzSimon pendant plusieurs années.

— Malcom ?

— Oui, c'est lui, dit le messager en s'essuyant la bouche de sa manche sale. J'imagine que c'est plus un gosse.

Les flammes donnaient une lueur fébrile aux visages des hommes assis autour du feu. En dehors de leur cercle, la nuit était tombée depuis longtemps.

— Imaginez, dit le plus vieux des messagers, le gamin enfonce trente pouces d'acier dans le ventre de son grand-père et il peut garder le butin. Je dirais que c'est une belle vengeance.

Le camp garda le silence un moment, chacun réfléchissant au fait. La justice semblait aussi inconstante que le temps dans les Highlands. Puis Cameron demanda :

— Alors... est-ce que David prévoit d'approuver la revendication d'Aldergh ?

— Quelque chose comme ça, répondit Luc.

Les deux autres messagers fixaient Keane des yeux, assis de l'autre côté du feu. Ils dévoraient leur repas tout en dévisageant aussi Lianae.

— Willie, dit l'aîné en désignant son compagnon silencieux de la main, a entendu dire qu'il avait l'intention d'envoyer des troupes à Carlisle cette semaine.

— On va entrer en guerre, dit Cameron.

— Oui, ça va être la guerre.

— Ça finit toujours comme ça.

Chaque homme hocha de la tête à cette vérité, le regard solennel et rempli d'incertitude. Entre eux, le feu brûlait et crépitait.

Maintenant de mauvaise humeur, Keane se remit à tailler sa flèche.

Lianae posa la main sur son bras et le serra doucement. Si seulement il savait exactement quoi lui dire pour apaiser ses craintes... La pensée de la Scotia de nouveau en guerre, une bataille sans fin, ne pouvait guère tranquilliser un homme ou une femme. Ils avaient rangé leurs armes moins de cinq ans auparavant.

Et pourtant... Si David se préoccupait de la Northumbrie, il aurait peu à dire sur le sort de la femme assise à côté de lui. Avec un peu de chance, et un peu plus de temps, il pourrait peut-être s'occuper d'elle lui-même...

Il pourrait alors la remmener à Lilidbrugh pour qu'elle récupère ses pierres, puis l'aider à décider où se rendre. Pas chez son *mari*, cela au moins était certain. Dans sa vallée peut-être, comme dans ses rêves.

En attendant, David s'attendrait à ce qu'ils retournent à Keppenach, pas à Dunloppe. Et Keane avait désormais des choses plus importantes à considérer : comment la guerre de Scotia affecterait-elle la vallée ? David forcerait-il Aidan à prendre enfin parti ? Si oui, que ferait son frère ?

Keane connaissait assez Aidan pour prédire qu'il n'accepterait jamais de se battre pour faire avancer la cause de David. Surtout pas dans les régions frontalières. Il défierait le roi de Scotia une fois de plus, et comment les choses tourneraient-elles ? Pour Aidan ? Pour Lael ?

Chacun serait forcé de choisir son camp.

Y compris Keane.

Quant à Lianae... pas pour la première fois, Keane se surprit à se demander qui était son peuple et où ils se situaient dans cette bataille que David prévoyait de déclencher. Il n'était manifestement pas le seul à se poser ces questions...

— Et vous, jeune fille ? Quelle est votre triste histoire ? demanda le vieux messager en fixant Lianae des yeux.

Arrachant la peau autour de ses ongles, Lianae lança un regard nerveux à Keane.

— Je n'ai pas d'histoire, répondit-elle.

— PAS D'HISTOIRE ? rétorqua l'homme avec une grimace. *Tout le monde* a une histoire.

Lianae fit non de la tête.

Le soldat du roi David examina Lianae un long moment de ses yeux bleus, avant de balayer de son regard le reste des hommes, comme pour les jauger aussi. Tout le monde la regardait maintenant fixement. Les sourcils froncés, il se tourna pour s'adresser de nouveau à elle :

— Alors, pourquoi vous trouvez-vous avec ces… misérables ?

— Moi ? fit Lianae en clignant des yeux.

— Oui, jeune fille, reprit-il sur un ton légèrement impatient et plus condescendant. Je sais comment ces idiots sont venus ici, expliqua-t-il en les désignant d'un geste de la main. Ils ont été envoyés sur décret du roi. C'est pour ça qu'on les a cherchés, après tout. Mais vous ?

— Je…

Lianae les observait tour à tour, ne sachant comment poursuivre. La peur paralysait sa langue. La seule chose qu'elle savait pour sûr était qu'elle ne pouvait aucunement leur dire d'où elle venait. Pour le moment, cela leur suffisait de détester les Anglais, mais si elle révélait qui elle était, elle était certaine qu'ils se remettraient aussitôt à haïr son peuple. Elle regarda vers Keane pour qu'il vienne à son secours, priant silencieusement pour qu'il intervienne et mette fin à leur conversation une fois pour toutes. Mais il ne dit rien. Il semblait lui aussi attendre une explication, comme les autres. Lianae prit une profonde inspiration en tremblant et décida de satisfaire leur curiosité en leur donnant seulement une partie de la vérité.

— Je... recherche mes frères.

Le vieux messager souleva les sourcils.

— Vos frères ?

Lianae acquiesça de la tête et détourna presque aussitôt son regard. Son cœur se mit à battre plus vite.

— Et vous êtes tombée sur ces bons à rien... où ?

— À Lilidbrugh, répondit Lianae en déglutissant.

Personne n'avait de vraie raison de se trouver près de Lilidbrugh, à moins de vouloir y abandonner un bébé aux fées... *ou de se cacher.*

Un sourcil levé, Luc observa Keane.

— Dans ce tas de pierres ?

Puis il reposa ses yeux sur Lianae. Mal à l'aise, elle fit oui de la tête et détourna son regard une fois de plus. Un lourd silence suivit sa déclaration. Lianae pouvait sentir la tension monter.

— Où peuvent-ils bien être, vos frères ? insista le vieux messager. Sont-ils amis avec les fées ?

Les hommes poussèrent des rires gênés.

— Je crois qu'on ne voit personne d'autre dans ces parages.

La plupart des hommes se turent aussitôt pour voir ce que Lianae allait répondre.

Keane la regarda aussi. Une lueur de clair de lune se reflétait dans ses yeux verts.

On n'entendait que leurs chevaux, hennissant doucement loin de la chaleur du feu.

— Je ne sais pas, admit Lianae. Je ne les ai pas vus depuis… un moment.

— Vraiment ? demanda le vieil homme. Et vous dites que vous en avez deux ?

— Deux frères ?

— Je ne parle pas des fées, jeune fille.

Les hommes ricanèrent de nouveau.

— Et ils s'appellent comment ?

La gorge nouée, Lianae mit du temps avant de pouvoir répondre. Elle scruta tous leurs visages, se rassurant sur le fait que si elle ne connaissait pas ces hommes, ils ne pouvaient pas la connaître non plus. Et combien d'hommes portaient le même nom ?

— Graeme et Ewen, répondit-elle enfin.

L'aîné des trois messagers hocha lentement la tête.

— Et donc, Keane ici présent, avança-t-il en désignant Keane d'un geste du menton, a accepté de vous aider à retrouver vos frères ?

Lianae fit timidement oui de la tête puis regarda Keane. Il souleva un sourcil, sans toutefois la contredire. Son ami Cameron les observa en plissant les yeux.

— Je vois, fit l'homme.

Après un moment péniblement long, il hocha de la tête et se remit à mâcher son morceau de pain.

Lianae n'avait rien à ajouter. Elle se concentra sur ses ongles, comme s'ils étaient sales. Après la chasse, elle s'était minutieusement lavé les mains dans le ruisseau et elles étaient parfaitement propres. Mais elle ne savait pas quoi faire d'autre, avec tant de paires d'yeux fixés sur elle.

Le camp resta silencieux après cela. L'histoire de Lianae, trop courte et dépourvue d'imagination, ne semblait pas intéresser les hommes. Elle n'avait certes rien de comparable à la mort d'un roi et aux intrigues politiques liées à l'événement.

Après un certain temps, le feu commença à baisser. Cameron fut le premier à se lever. Il s'excusa, prétendant devoir aller chercher plus de bois pour entretenir le feu durant la nuit.

Murdoch se leva aussi.

— Je viens avec toi, dit-il en se plaignant de nouveau de maux de ventre. Les deux s'éloignèrent en chuchotant, puis Murdoch se dirigea soudain au pas de course vers un fourré.

— Eh bien, cette fête était une agréable surprise, dit le vieux messager en regardant les deux hommes disparaître. On n'avait aucune idée que vous étiez si près. On pensait que vous étiez maintenant arrivés à Dunràth.

— Vous avez eu de la chance, remarqua Keane sans en dire plus.

Il continua à tailler sa flèche. Après un long moment, l'étranger se leva et brossa ses vêtements. Les autres comprirent qu'il était temps de préparer leurs paillasses pour la nuit et de s'occuper des chevaux. Seuls Lianae et Keane restèrent assis près du feu.

Keane avait déjà autour de lui une petite pile de plumes de tétras qu'il avait soit-disant l'intention d'utiliser. Lianae chercha quelque chose à dire. Elle était désormais prête à lui en dire plus sur ses frères et sur le Comte, s'il lui posait des questions. Elle réalisait qu'elle avait cruellement besoin d'un allié, mais elle avait toujours peur. Après tout, il servait le roi David.

Il la regarda du coin de l'œil.

— Mes frères se servaient toujours de plumes de faucon, remarqua-t-elle, gênée par le silence.

— Elles marchent assez bien si vous avez l'intention de garder vos flèches sur une étagère.

Lianae perçut quelque chose dans son ton, une note de mépris peut-être, et elle s'en offusqua.

— Mon frère disait que la plupart des plumes s'usent trop vite.

— Lequel de vos frères ?

— Graeme.

Keane lui offrit un sourire tendu et fit oui de la tête.

— Un archer doit se servir de ce qu'il a, sinon c'est juste un amateur.

Lianae fronça les sourcils, prête à prendre ombrage et à défendre ses frères. Il ne les connaissait pas et ne savait pas du tout de quoi il parlait. Ils n'étaient pas de gros riches qui maniaient l'arc pour s'amuser. C'étaient de braves hommes de Moray, prêts à servir leur peuple.

— Mon père non plus ne s'est *jamais* servi de plumes de tétras, insista Lianae, même si elle ne savait pas si c'était vrai.

Mais son père aurait su ce qui convenait, car c'était un grand homme. Hélas, elle ne pouvait pas révéler cela. Elle tint sa langue, malgré son vif désir de lui dire que ses hommes n'étaient pas des mauviettes, contrairement à un roi lèche-bottes des Anglais.

— Mais, jeune fille... vous ne saviez même pas ce qu'était un tétras hier.

Lianae serra les dents et les poings. Là n'était pas la question ! Son ton interrogateur l'agaçait. Pourtant, elle percevait quelque chose d'autre sous ses piques. Il voulait qu'elle lui en dise plus.

Eh bien, qu'il furète autant qu'il le souhaite ! Elle n'était pas prête à révéler plus de choses. Elle avait manifestement eu tort de commencer à se confier à lui.

L'affection qu'elle avait ressentie pour lui avait maintenant complètement disparu. Elle se leva et jeta un coup d'œil vers sa paillasse. Il l'avait installée sous la branche basse d'un frêne, au cas où il recommencerait à neiger. Hélas, malgré le fait qu'il l'ait mise en colère, elle réalisait que son lit était toujours l'endroit le plus sûr pour dormir.

— Eh bien, bonne nuit, dit-elle.

— Je vous suivrai bientôt, répondit-il, un léger sourire énigmatique aux lèvres. Faites de beaux rêves, *servante de Moray*.

Vous aussi, faites de beaux rêves, avait-elle envie de lui dire, quoique soupçonnant qu'aucun des hommes ne fermerait l'œil, avec toute la tisane qu'ils avaient bue. Sans prendre la peine de lui dire où elle allait, Lianae se dirigea vers le ruisseau, se reprochant de s'attendrir pour un homme appartenant à David. Keane était son ennemi et l'avait toujours été. Qu'il ne le sache pas encore ne prouvait pas le contraire.

KEANE LA REGARDA S'ÉLOIGNER, sachant instinctivement où elle allait. Il n'appréciait pas trop cela, mais il ne pouvait pas non plus la suivre à chaque fois qu'elle allait faire ses besoins et ne pouvait pas l'empêcher d'y aller. Il voulait juste s'assurer que personne ne la suive. Il se résigna donc à attendre son retour, en observant les allées et venues de ses hommes.

Lianae ne lui donnait pas l'impression d'être une menteuse, mais elle ne disait pas la vérité, du moins pas toute la vérité. Son histoire était bien plus compliquée qu'elle ne le laissait entendre. Comme il l'avait deviné, depuis longtemps. La question était de savoir ce qu'elle cachait. Qu'est-ce qui était plus dommageable que des pierres fétiches volées, que d'ailleurs elle s'était résignée à abandonner, à contrecœur ?

Il lui restait peu de temps pour découvrir ce que c'était, car Keppenach n'était plus qu'à une demi-journée de route. En fait, ils auraient pu y arriver ce soir s'ils n'avaient pas dû s'arrêter. À vrai dire, il n'avait pas eu l'intention de se rendre là-bas du tout. Mais maintenant, avec ou sans lui, ces étrangers retourneraient à Keppenach pour rendre compte au roi, et si Keane n'arrivait pas avec eux, il allait encourir les mauvaises grâces de David, voire pire.

Réfléchissant aux secrets de la jeune fille, il attendit qu'elle resurgisse du fourré. Il fut soulagé d'apercevoir enfin ses cheveux blonds sous le clair de lune. Puis il rassembla et rangea son matériel pour ses flèches. Il la regarda s'installer dans son lit. Il se réjouit profondément à cette vue. Il passa une nouvelle fois ses hommes en revue avant de rejoindre sa paillasse. Lianae était déjà endormie. Allongé à côté d'elle, il osa la prendre dans ses bras, d'un geste protecteur.

— Qui êtes-vous, servante de Moray ? murmura-t-il dans son dos.

Elle ne répondit pas. Keane se surprit à presser ses lèvres contre le derrière de sa tête. Il lui donna un chaste baiser. Pour toute réponse, il entendit sa respiration paisible et régulière.

CHAPITRE 14

La question de Keane serra le cœur de Lianae.

Mais pas plus que son baiser.

À chaque fois qu'il lui offrait ses lèvres, il touchait quelque chose de différent en elle. Cette fois, c'était son cœur. Il ouvrit les bras et l'attira fermement contre sa poitrine. Puis il baissa son bras et entoura sa taille. Elle retint son souffle, craignant de révéler qu'elle était bien éveillée. Pendant un long moment, son cœur refusa de se calmer. Elle craignit que ses battements ne la trahissent. Il enfouit ensuite son visage dans ses cheveux. Il inhala profondément son parfum, puis exhala avec un soupir guttural qui lui donna la chair de poule. C'était l'étreinte d'un amant, tellement différente de tout ce que Lianae avait connu jusque-là.

Aucun homme ne l'avait jamais tenue avec tant de tendresse.

Elle avait le plus grand désir de se retourner et de l'embrasser une fois de plus... Mais la peur la paralysait. Un peu plus tard, elle entendit la respiration tranquille de Keane et comprit qu'il s'était endormi.

Il était temps de partir !

À quoi avait-elle donc pensé en les suivant ? Les hommes comme Keane avaient peu à donner, et elle n'était pas en mesure de le recevoir. Elle n'avait ni maison ni pays et il avait juré fidélité au roi.

Son roi est ton ennemi, essayait-elle de se convaincre, mais cela ne sonnait pas juste. Pourtant, son projet de le séduire semblait d'autant plus absurde. Ils reprendraient bientôt la route de Keppenach et Lianae ne pouvait pas se joindre à eux : Keppenach était le dernier endroit où elle devait aller, surtout avec le roi en résidence. Jamais de sa vie ne s'était-elle sentie aussi confuse.

Qu'elle reste ou qu'elle parte, elle était perdue de toute façon.

Et que savait-elle de Keane au fond ?

Il était encore plus mystérieux qu'elle. Il portait la livrée du roi, mais elle avait l'impression que les manigances politiques de ce dernier ne l'intéressaient pas. Il la mettait à l'épreuve à chaque occasion, puis il était gentil avec elle. À son ton, elle percevait qu'il la prenait pour une menteuse, pour ensuite l'embrasser tendrement. Qui était cet homme, déguisé en loup, mais apparemment doux comme un mouton ?

Frissonnant de froid, elle s'enfouit plus profondément sous les couvertures, reconnaissant que Keane n'avait pas vraiment l'apparence d'un mouton doux et laineux. Qui sait s'il ne deviendrait pas en fait son bourreau ! Elle devait trouver un moyen de partir, avant qu'il ne soit trop tard…

Cette nuit.

Très attentive aux allées et venues des hommes, tous souffrant des mêmes maux, Lianae se tournait et se retournait, attendant le moment opportun pour s'enfuir. Elle n'était pas aussi malade qu'eux et n'avait aucune idée de ce qui leur était arrivé, mais elle avait utilisé leur excuse pour s'éloigner à plusieurs reprises, suivant son instinct qui la poussait à partir.

Maintenant, plus que jamais, elle devait trouver ses frères.

❧

AUX PREMIÈRES LUEURS DU JOUR, Keane se rendit immédiatement compte de deux choses : d'une, qu'il neigeait de nouveau, et de deux, que Lianae avait disparu. Il se dit d'abord qu'elle était descendue au ruisseau, comme elle l'avait fait une ou deux fois au cours de la nuit.

Il avait dormi d'un sommeil profond, plus qu'il ne s'y était attendu. Il releva la tête et se passa une main dans les cheveux, plissant les yeux face à la brume. Il n'y avait pas de vent ce matin, mais la neige tombait si dru qu'il avait du mal à voir plus loin que sa paillasse. Sans la branche de frêne qui le surplombait, il aurait pu être enseveli sous la neige. Son lourd manteau gisait sur les couvertures, abandonné.

Habitué aux hivers dans la Mounth, Keane était accoutumé à dormir dans la neige. Dans sa vallée, il avait monté la garde sur la colline au moins une fois par saison. Ils le faisaient tous à tour de rôle, même Aidan de temps en temps, bien que moins souvent maintenant qu'il avait Lìli dans son lit.

Se levant de sa paillasse, Keane fit la ronde. Il réveilla quelques-uns de ses hommes, en attendant le retour de Lianae, pour préparer leur départ. Puis il se rendit compte que les messagers du roi aussi étaient partis, chacun d'entre eux. Keane regarda autour de lui.

Cameron et Murdoch n'étaient pas sur leurs paillasses.

Depuis combien de temps Lianae était-elle partie ?

Le cœur soudain serré de peur, il se précipita vers le ruisseau.

❧

Pour le bien de son cousin Broc, Cameron avait l'intention de délivrer Lianae à David lui-même.

Il l'attendit près du ruisseau.

Il avait trop souvent pris la mauvaise décision dans sa vie. Il ne mettrait plus jamais les siens en danger, pas même pour Keane, qui était pourtant de loin son meilleur ami. Ni pour Cailin, dont les affections étaient aussi instables que le temps. Un jour, elle l'embrassait frénétiquement et le lendemain, elle supportait à peine de le regarder.

Belle et exaspérante.

Il espérait l'épouser un jour.

Mais pas aujourd'hui.

Aujourd'hui, il suivait trois hommes dont les intentions devenaient parfaitement claires.

Ils avaient pris Lianae en embuscade près du ruisseau. Comme Cameron avait lui-même eu l'intention de le faire, ils la suivirent et s'emparèrent d'elle de force. De là, il était facile de s'enfuir sans réveiller le camp. Ils lui avaient couvert la bouche et lié les bras, comme une prisonnière de guerre.

Et elle en était peut-être bel et bien une.

Cameron ne pouvait rien faire sans trahir sa présence. Ces hommes n'étaient pas des brigands. Ils avaient juré allégeance au roi David, tout comme Cameron. S'il levait la main contre eux et que Lianae s'avérait être une espionne, ils apparaîtraient tous comme des traîtres, surtout maintenant que Keane avait publiquement admis l'aider à retrouver ses frères.

À quoi diable avait-il pensé ?

Keane n'avait jamais été cupide, et Cameron n'avait jamais pensé qu'il puisse désirer plus que ce qu'il possédait. Il avait donc fait une faveur à Keane en supposant qu'il s'écarterait et lui permettrait de prendre le commandement de leurs hommes. Les dún Scoti vivaient simplement, voyageaient avec peu et ne semblaient pas s'intéresser aux choses de valeur, d'après ce que Cameron pouvait en juger. Avec le soutien de Jaime, la sœur de Keane avait tenté de lui donner une place plus haute, mais Keane aimerait mieux étriper un ours pour s'habiller de sa peau que se revêtir de l'or des Sassenachs.

Et voilà qu'il voulait soudain les commander ?

À cause d'elle.

Mais bien que cela l'exaspère, Cameron comprenait bien son penchant : il souffrait de la même maladie du cœur, et Keane avait autant le droit de diriger que Cameron.

Malgré ses propres plans contrecarrés de remettre Lianae au roi, Cameron était fidèle à Keane. Ils étaient amis depuis trop longtemps pour qu'il se joue de lui. Il voulait juste ne pas mettre son cousin en danger en permettant à Keane de cacher la jeune fille à Dunloppe. Il pensait que Keane n'avait pas clairement réfléchi aux conséquences. Il voulait le protéger contre lui-même.

Partagé, Cameron persévéra malgré le temps qui se détériorait et suivit les messagers vers le sud.

De cette façon au moins, il ne serait pas forcé de prendre une décision difficile.

La neige tombait si dru maintenant que les empreintes de leurs montures seraient vite effacées sous une épaisse couche. Plus ils descendaient vers le sud, plus il se rendait compte qu'il ne pourrait pas rebrousser chemin, malgré son désir d'avertir son ami.

Confiant que Keane se rendrait directement à Keppenach, il continua à suivre les hommes. Quelles qu'aient été ses intentions initiales, Dunloppe n'était plus une option, même s'il détestait penser à ce que Keane allait ressentir à son réveil quand il se rendrait compte que Lianae avait disparu. Pire, il découvrirait peu après que Cameron aussi était parti. Il craignait que Keane pense à une trahison. Il regrettait vivement maintenant de ne pas l'avoir pris à part pour lui dire ce qu'il savait...

Lianae de Moray était une fille d'Oengus.

Il l'avait deviné dès Lilidbrugh, sans en être parfaitement sûr avant qu'elle prononce les noms de ses frères à haute voix. Il les avait reconnus du seul fait que c'était ainsi que Murdoch avait nommé les rebelles détenus à Dunràth, fait dissimulé à Cameron et à Keane. On leur avait seulement dit ce que David voulait qu'ils sachent, que des hommes étaient détenus et que quelqu'un dans leur groupe était soupçonné d'espionnage. L'espion, c'était Murdoch, car il avait su précisément qui les attendait à Dunràth.

Pour aggraver les choses, Cameron avait aussi découvert un petit flacon de belladone dans la sacoche de Murdoch. Ce qui pouvait expliquer leurs maux de ventre. Jadis, les soldats de MacBeth s'étaient servis de ce poison pour décimer toute une armée. Suite à la mort du roi Henri, ce pouvait être un complot de grande envergure pour éliminer ceux qui s'opposeraient au règne d'Étienne. Cameron n'avait aucune preuve, bien sûr, mais il savait dans son for intérieur que Murdoch préparait un mauvais coup. Il savait reconnaître les mouchards, pour en avoir été un lui-même. Pour tester sa théorie, il avait partagé un peu de son repas avec Murdoch. Quelques instants plus tard, l'homme était parti en courant dans les bois. La seule question qui restait était : pourquoi la belladone ?

Avait-il voulu empoisonner tout leur groupe ? S'il arrivait à tous les assassiner et s'il avait des hommes prêts à mettre les vêtements des victimes, il pourrait facilement s'introduire à Dunràth sous la bannière du roi pour libérer les fils d'Oengus.

Lianae était-elle aussi une espionne ?

Ou Keane ?

Dans son cœur, Cameron priait qu'il n'en soit pas ainsi, bien que dans ce cas, c'était une fâcheuse coïncidence que Lianae soit arrivée à Lilidbrugh à ce moment-là et que Keane ait tant voulu venir voir ce fichu tas de pierres. Et Keane avait vite sympathisé avec la jeune fille. En somme, toute l'affaire lui donnait un mauvais pressentiment qu'il préférait ne pas analyser. Il espérait seulement que Keane s'avère innocent. Il découvrirait bientôt la vérité...

Les murs de Keppenach se dressèrent devant lui comme un immense spectre gris surgissant de la neige. Il y avait peu de vent et les bannières royales du Lion rampant flottaient mollement au-dessus des murailles, leurs couleurs or et rouge vif à peine visibles dans l'épaisse bourrasque blanche.

Devant lui, l'un des messagers appela le guetteur sur la muraille. Au bout d'un moment, la lourde herse se releva. Les portes gémirent en s'ouvrant. Assis sur son cheval, Cameron se demandait quoi faire maintenant.

Suivre les hommes à l'intérieur ?

Ou retourner avertir Keane ?

Il ne lui restait que quelques secondes pour se décider.

S'il entrait, il pourrait plaider leur cause auprès du roi, mais en faisant cela... Keane se retrouverait sans le savoir au cœur d'une affaire de trahison. Et si Keane était coupable ? Où cela mènerait-il Cameron ?

D'une façon ou d'une autre, ils étaient à la merci du roi.

Grinçant et gémissant, les chaînes commencèrent à se tendre...

❧

Le dún Scoti n'avait jamais aimé chevaucher vers le sud.

Traversant d'épais bancs de neige, Keane était toujours de mauvaise humeur. Ses hommes ne disaient pas un mot, mais ils l'accompagnaient tous, sauf Murdoch. Pour autant qu'il sache, Murdoch pourrait bien être avec Cameron.

Sale bâtard !

Malgré le désaccord évident de Cameron, c'était la dernière chose à laquelle Keane s'était attendu. Un coup de poing dans la mâchoire peut-être, ou une bagarre dans la neige, mais kidnapper Lianae ? Il se rendit compte que les hommes du roi l'avaient soupçonnée et il pouvait les comprendre. Dans une position différente, Keane aurait pu faire exactement la même chose. Mais ce qui le mettait le plus en colère et d'une humeur plus noire que jamais, c'était le simple fait que Cameron l'avait abandonné. Une partie de lui comprenait pourquoi, mais cela l'exaspérait tout de même.

Il avait brièvement envisagé d'aller vers le nord. Il ne croyait pas que Lianae retournerait par là. Dans son for intérieur, il savait qu'elle s'était enfuie, au lieu de chercher ses frères comme elle l'avait prétendu. On ne pouvait pas se tromper sur la nature de ses bleus au visage et aux jambes. Elle était en fuite, sinon elle ne serait jamais partie si peu préparée. Et si elle avait voulu retourner d'où elle venait, elle l'aurait fait pendant qu'ils étaient à Lilidbrugh. Elle connaissait manifestement le chemin pour rentrer chez elle.

La seule note joyeuse dans l'affaire était que ses hommes le suivaient sans renâcler, même s'ils devaient aussi sentir ce qui allait arriver.

Ils arrivèrent bientôt à destination.

Le portail de Keppenach s'ouvrit aussitôt. Keane hésita brièvement avant de faire entrer sa monture. Dès qu'ils pénétrèrent dans la cour, les portes se refermèrent sur eux. Bien que son beau-frère soit le laird de ce donjon, les hommes d'armes du roi envahirent la cour et avancèrent vers Keane et ses hommes. Il aperçut sa sœur à une fenêtre de la tour et sut que la situation était désastreuse. Même à cette distance, il pouvait lire l'inquiétude sur son visage.

On les encercla.

— Descendez de cheval ! commanda-t-il à ses hommes, car malgré leur livrée, tous n'avaient pas juré allégeance à David.

Il le savait aussi bien que tout le monde. Les mains en l'air, Keane glissa de sa selle et ses hommes l'imitèrent.

Le laird de Keppenach apparut sur le seuil, les bras croisés et l'air appréhensif. David mac Mhaoil Chaluim le suivait.

— Keane dún Scoti ! annonça le maréchal, au moment même où Keane toucha terre. Par ordre de David mac Mhaoil Chaluim, prince des Cumbriens, comte de Northampton et Huntingdon, *Ard rí*, Roi suprême des Scots et Chef des Chefs, ancêtre de Kenneth MacAlpin, nous devons vous arrêter. Baissez les bras !

Les yeux de Keane rencontrèrent ceux de Jaime qui lui fit un petit signe de tête. Keane sortit l'épée de son fourreau et la jeta à terre. Il retira aussi la *dirk* de sa botte, puis le couteau de sa ceinture. Il jeta toutes ses armes devant lui. Le bruit résonna dans la cour de pierre.

— Je suis désarmé, annonça-t-il.

Les hommes du roi se précipitèrent aussitôt sur lui. Ils lui lièrent les bras derrière le dos et le tirèrent hors de la cour.

CHAPITRE 15

Lael se précipita dans la geôle comme un vent coléreux, ses longues jupes bleu pâle balayant le sol de terre battue.

— Keane ! Qu'est-ce que tu as fait ?

Il ne l'avait pas vue depuis plus d'un an, mais son visage était inchangé. À trente-deux ans, après avoir donné naissance à quatre enfants (l'aîné avait maintenant neuf ans, le second huit et les deux plus jeunes moins de quatre ans), Lael ressemblait toujours à une jeune fille. À leur dernière rencontre, elle était enceinte de son petit dernier, qu'il n'avait toujours pas vu.

Il s'adossa au mur de la prison.

— J'étais certain qu'à mon retour à Keppenach, je trouverais le confort de ton nouveau donjon, avec un brasier brûlant à mon chevet. Au lieu, tu me jettes dans ton cachot.

Il sourit ironiquement. Sa sœur ne semblait pas du tout amusée.

Elle se cramponna aux barreaux de la cellule.

— Si seulement tu n'avais jamais posé les yeux sur ces pièces scabreuses de mon domaine ! se lamenta-t-elle. Ah, Keane ! Ces geôles, je les ai en horreur !

Keane haussa les épaules, ne sachant que répondre.

— Au moins, tu n'es pas enchaîné, dit sa sœur en montrant du doigt le mur à côté de lui, où une paire de vieilles menottes rouillées et tranchantes était clouée au mur de pierre. À en juger par leur apparence, elles pourraient faire pourrir le bras d'un détenu.

— Broc a jadis été prisonnier ici.

Peu de personnes n'avaient pas entendu cette histoire. Les troubadours la chantaient encore. Dix ans plus tôt, sa sœur Lael avait quitté Dubhtolargg aux côtés de Broc Ceannfhionn, dans l'intention de s'emparer de Keppenach. Au lieu, ils s'étaient retrouvés la tête dans un nœud coulant. Au dernier moment, le Boucher du diable avait franchi les portes de Keppenach, comme un démon vêtu de noir. Jaime avait coupé la corde qui la retenait au gibet, puis l'avait promptement épousée. Malheureusement, le cousin de Cameron n'avait pas eu droit au même accueil, malgré sa bonne fortune à la fin.

— Ici, dans cette cellule ?

Lael fit oui de la tête.

— Oui, dit-elle, avant de se tourner vers lui, ses yeux verts brillant de larmes. Dis-moi ce qui s'est passé, Keane.

— Ils ne l'ont pas déjà dit ?

Malgré ses larmes, Lael lui lança un regard impatient, avec la même impertinence qu'il lui connaissait et qu'il aimait tant chez elle.

— Franchement, est-ce que je serais là à te le demander si je le savais ? Non, Keane. Ils se sont enfermés dans le solarium de Jaime pour discuter de l'affaire, loin des oreilles indiscrètes.

— Y compris des tiennes ?

— Tu es mon frère, après tout.

Keane essaya de rire, mais le son parut amer.

— Une grande influence qui m'a valu un bon accueil à tes portes.

Le visage de Lael s'assombrit. Elle saisit les barreaux des deux mains.

— Ne prends pas ça à la légère, Keane. C'est une affaire *sérieuse* et le roi n'est pas d'humeur à pardonner en ce moment.

— L'est-il jamais ?

Lael lui lança un autre regard impatient. Elle était de nettement moins bonne humeur que Keane, ce qui en disait long.

— Oui, fit-elle sur un ton brusque. J'ai appris à le connaître. Il n'est pas aussi méchant que je le craignais.

— Dit celle qui l'a giflé un jour.

Sa sœur se mit à rougir. Mais il voyait qu'elle était sincère. Elle défendait l'homme qu'elle avait jadis juré de tuer. L'homme qui avait tiré sa sœur Catrìona de son lit en pleine nuit et l'avait emmenée vers le sud pour la donner en mariage à un comte anglais ventripotent aux cheveux graisseux.

— Alors maintenant tu me dis que tu as un penchant pour cet idiot ?

— Chut ! ordonna Lael en tournant la tête pour s'assurer que les gardiens n'avaient rien entendu. Ne dis pas des choses pareilles ! Ce n'est pas le moment de plaisanter, frérot.

— Apparemment non. Je vois que tu as perdu ta bonne humeur en même temps que ton désir de vengeance.

— Au moins, je ne porte pas sa livrée pour ensuite renier mon allégeance à chaque fois que je parle !

C'était typique de sa sœur. Elle ne mâchait pas ses mots. Keane ne répondit rien, car ce qu'elle disait était vrai. Même s'il était innocent de ce qu'elle l'accusait, c'était en effet un hypocrite : il avait accepté un poste envers lequel il était loyal en action, mais pas en esprit. Il servait un roi en lequel il ne croyait pas.

Lael relâcha les barreaux de la geôle. Elle croisa les bras et recula pour examiner sa cellule.

— S'ils ne te relâchent pas bientôt, je t'enverrai des couvertures et à manger.

Keane acquiesça de la tête un peu plus gravement, réalisant que sa sœur était tourmentée. Il ne voulait pas lui causer davantage de soucis.

— Même après toutes ces années, je ne peux pas venir ici sans penser à *elle*, dit-elle en montrant du doigt la cellule voisine. C'est là qu'ils l'ont trouvée, tu sais.

Aveline de Teviotdale.

Même sans que Lael prononce son nom, Keane savait instinctivement à qui Lael faisait référence. Aveline avait été la maîtresse de Rogan MacLaren, envoyée espionner Lìli à Dubhtolargg. Au lieu de s'estimer heureuse d'être loin de Rogan, la jeune fille avait supplié Aidan de la renvoyer à Keppenach pour qu'elle y mette au monde le bébé de Rogan. Elle avait ensuite disparu, comme par enchantement. Apparemment, Rogan l'avait enterrée vivante. Quand ils avaient découvert son corps, elle avait la bouche bourrée de tissu et les mains noueuses, les doigts recroquevillés comme des griffes, comme si elle avait rendu son dernier souffle en essayant de gratter pour sortir de son cercueil. Il y avait des marques de griffures sur le couvercle, des taches de sang sur le bois fendu et des échardes sous ses ongles noirs.

Lael resserra son manteau pour se protéger contre le froid humide de la geôle.

— Ils m'ont enfermée dans la cellule avec elle. Je l'ai trouvée par hasard, en creusant pour passer le temps.

Rogan MacLaren était mort depuis longtemps, mais on racontait toujours des histoires sur la terreur qu'il avait fait régner. Keane pouvait lire la douleur sur le visage de Lael.

— Rogan était un bâtard, lança-t-il.

— Tu m'en diras tant ! Et pendant que tu y es, dis-moi que tu ne savais pas que c'était une fille de Moray.

Elle dut voir le choc dans le regard de Keane.

— Tu ne le savais pas ? demanda sa sœur en retenant son souffle, visiblement soulagée de découvrir que c'était le cas.

Un peu plus détendue, elle poussa un long soupir et relâcha ses épaules.

— Lianae ?

Lael fit oui de la tête.

— C'est vrai, dit-elle. Elle l'a avoué devant le roi et je l'ai entendu de mes propres oreilles.

— Une fille d'Oengus ? demanda Keane, pour être sûr d'avoir bien compris.

— Lui-même.

Fermant les yeux et appuyant son front contre les barreaux, Keane réfléchit à cette révélation. Il garda le silence pendant un long moment, ne sachant que répondre. Il repensa aux bleus sur les jambes de Lianae et comprit ce que cela signifiait : l'homme auquel elle avait été promise devait être un homme important... Le comte de Moray lui vint à l'esprit, un prétendant légitime au trône. FitzDuncan aurait dû hériter de la couronne, en tant que fils aîné du roi Duncan. Au lieu, il avait accepté un pot-de-vin et s'était contenté du titre de Mormaer. L'homme était connu pour ses colères. Il était certes cruel sur le terrain. De toute évidence, dans sa chambre aussi. On disait que c'était lui qui avait abattu Oengus de Moray sur le champ de bataille à Stracathro, dans l'Angus.

FitzDuncan avait donc tué le père de Lianae.

Avaient-ils déjà prononcé leurs vœux ?

L'estomac de Keane se serra à l'idée.

Sa sœur comprit à quoi il pensait :

— Ne t'en mêle pas, frérot, dit-elle.

Puis elle rit doucement en secouant la tête.

Fermant les yeux, Keane frappa sa tête contre l'acier froid et dur.

— Qu'as-tu entendu d'autre ?

— Pas grand-chose, avoua sa sœur. Je ne disais rien, mais ils m'ont quand même fait sortir.

— Jaime ?

— Non, fit-elle en secouant la tête. David. Je ne l'avais jamais vu aussi furieux et Jaime n'a pas osé le contredire sur ce point. Je ne l'aurais pas fait non plus.

Lael frissonna. Keane comprit que ce n'était probablement pas à cause du froid cette fois. Elle avait le regard rempli de douleur. Pour la première fois depuis son arrestation, il se rendit soudain compte de la gravité de sa situation.

L'affaire n'était pas simple : il était non seulement le complice d'une fugitive, une femme qui avait refusé d'accomplir son devoir, décrété par le roi, mais c'étaient en plus les frères de Lianae qu'on soupçonnait d'encourager les rebelles. C'était pour dénicher leurs hommes que lui et ses compagnons avaient été envoyés dans les forêts du Nord.

Même si Lael avait jadis été détenue ici et avait échappé à la potence, elle n'était pas une garantie que Keane ne connaîtrait pas le même sort. Avec tant de conflits dans le royaume, le roi pourrait facilement prendre cette décision pour se débarrasser tout simplement de cette frustration. Il avait déjà assez de pain sur la planche avec la Northumbrie. De plus, Keane n'avait jamais fait connaître sa loyauté. S'il était à la place de David, il voudrait éliminer *tous* les problèmes dans le Nord avant de partir vers le sud. Que Cailleach lui soit témoin, dans la position actuelle de David – avec la majeure partie de la Scotia sous son autorité –, Aidan lui-même ne serait pas une menace. Et maintenant, Keane comprenait enfin la vraie folie dans le fait de ne jamais avoir choisi son camp.

— Que va-t-il faire à ton avis ?

— Ça dépend.

— De quoi ?

— De ce qu'*elle* va lui dire maintenant, expliqua Lael en lui lançant un regard éloquent. Ils l'ont conduite dans le solarium au moment où ils m'ont fait sortir.

❧

— UNA ! Una ! Le bébé est en train d'arriver ! cria Constance à pleins poumons, réalisant que chaque minute comptait.

Elle trébucha sur les cailloux en grimpant la colline. Il y avait juste assez de neige pour dissimuler les petites pierres. De plus, elle ne savait pas exactement où aller. Hélas, tout le monde était bien trop occupé à faire bouillir de l'eau et à effectuer les préparatifs pour la naissance du nouvel enfant du laird.

Un jour, elle et Kellen attendraient le leur.

Cette pensée renouvela son énergie et elle passa devant les gardiens sur la colline. Telles des effigies de pierre, ils ne semblaient pas conscients de la neige qui tombait. Elle s'émerveillait qu'ils puissent rester nuit et jour à garder la vallée, quoi qu'il arrive. Elle n'avait jamais vu une loyauté aussi inébranlable, pas même chez son oncle Iain, qui se réclamait de la lignée de Kenneth MacAlpin !

Et comme il faisait froid, malgré le grand soleil ! Pourtant, Constance était heureuse d'aider en accomplissant cette petite tâche. Elle souhaitait désespérément se rendre utile. C'était merveilleux d'avoir enfin trouvé sa place.

Même si Chreagach Mhor était la seule maison qu'elle ait jamais connue et qu'elle se savait aimée des siens, elle n'avait jamais développé un véritable sens d'appartenance en vivant là-bas, surtout après le départ de son cousin Broc. Par la suite, elle avait vécu seule la plupart du temps, dans une petite maison, sans bouche à nourrir. Son frère Cameron n'était pas souvent là, et même quand il venait lui rendre visite, il était en général distrait par une chose ou une autre. Constance n'avait jamais été sa préoccupation principale, comme une enfant oubliée.

Mais *maintenant*, elle était une épouse, dûment mariée, et elle avait l'intention d'être la meilleure femme que Kellen ait jamais pu espérer. Si elle pouvait agir à sa guise, son doux mari ne manquerait de rien et il n'aurait jamais à regretter le moment où il l'avait prise pour épouse. Cette nuit-là, dans le grenier, il avait été d'une telle douceur. Il l'avait juste embrassée, toute la nuit. Mais le matin, face à la colère d'Iain, il avait pris la défense de Constance et avait offert de l'épouser sur-le-champ, bien que sa virginité soit intacte. Plus tard, une fois leurs vœux prononcés, ils avaient découvert ensemble les plaisirs de la chair. Elle sourit en caressant son ventre plat sous son manteau et pria pour qu'un bébé grandisse aussi bientôt en elle.

La vie était belle aujourd'hui !

Constance accéléra et songea à la maison qu'Aidan et Lìli leur avaient offerte. Une petite maison, mais en bon état. Elle se promit de la remplir de tout l'amour de son cœur. Elle cuisinerait et ferait le ménage comme une bonne épouse se devait de le faire, et elle repriserait les vêtements de son époux. Elle les avait déjà soigneusement empilés dans un coffre, avec au-dessus ceux à raccommoder. Elle apprendrait à faire une soupe qui ne soit pas amère. Et elle attendait avec impatience le jour où elle pourrait aussi coudre des vêtements pour ses jeunes enfants. Priant que le bébé de

Lìli attende qu'elle trouve la sage-femme, elle cria de nouveau le nom d'Una.

C'était curieux que la vieille femme habite dans une grotte sur la colline, mais ce n'était pas si rare. À Chreagach Mhor, Constance connaissait une femme qui avait vécu en compagnie de son père dans une grotte, dans le bois des fées, jusqu'à son mariage. Elle s'appelait Seana. Son *uisge* était à la fois un fléau et une bénédiction pour les hommes, selon l'heure du jour où l'on osait lui en demander. Mais dès que Seana avait eu le choix, elle avait abandonné sa grotte. D'après Constance, il y avait peu de raison de vivre dans une grotte, mais chacun ses goûts.

Elle trouva assez facilement l'ouverture et entra. Elle remarqua que les coffres débordaient de provisions. Elle se demanda ce qu'ils pouvaient contenir, mais elle était bien trop pressée aujourd'hui pour s'arrêter et explorer. Elle trouva l'échelle dont Sorcha lui avait parlé et la descendit rapidement. Mais à son grand désarroi, la grotte d'Una était vide.

De la brume s'élevait d'une ouverture sous la table de la vieille femme. Intriguée, mais trop empressée à cause du bébé pour se demander où le trou pouvait mener, Constance sauta de l'échelle et alla voir. Elle regarda par le trou et trouva une échelle de corde.

— Una ? appela-t-elle d'une voix hésitante.

Un frisson de peur la parcourut. Elle envisagea un instant de rebrousser chemin, mais Lìli avait besoin de la vieille femme et Constance ne décevrait pas sa nouvelle belle-mère. Elle savait bien que Lìli n'approuvait pas tout à fait leur mariage et elle devait donc se montrer digne d'être sa bru aujourd'hui.

De toute évidence, il n'y aurait pas de corde ici si le lieu était dangereux. Quelle idiote ! Pour le bien de son mariage, pour l'amélioration de sa relation avec la mère de Kellen, elle descendit dans l'obscurité.

— Una ?

Toujours pas de réponse. Mais maintenant, elle entendait quelque chose de bizarre, un étrange grondement, comme le bruit d'un ventre affamé. Brillante dans l'obscurité, elle aperçut une lumière verdâtre émanant d'une fissure dans le mur, une fissure à travers laquelle elle pourrait passer. Elle se dirigea rapidement vers elle et y pénétra.

Là, dans une pièce caverneuse, éclairée par une étrange lumière pâle, la vieille femme était couchée sur le sol, à côté d'un autel surmonté d'une très grosse pierre. Croyant Una morte, Constance courut vers elle, horrifiée. La femme avait la peau bleuâtre et ses cheveux blancs étaient dressés sur sa tête, comme si elle les avait relevés de sa main. Ses lèvres aussi étaient bleues, plus foncées, et l'œil qui n'était pas recouvert d'un bandeau restait fermé.

— Una ? appela-t-elle à voix basse, secouant doucement la vieille femme par l'épaule.

Son corps était encore chaud, comme si elle dormait seulement.

Malgré la brume qui s'était formée à l'extérieur de la pièce et au niveau supérieur de la grotte d'Una, l'air de cette salle était parfaitement clair et immobile, empreint d'une étrange énergie qui semblait bourdonner. Comme si des insectes avaient été relâchés et grimpaient sur sa tête, et que ses dents claquaient de peur.

Déconcertée, Constance cligna des yeux et examina la pierre sombre et lisse posée sur l'autel. Elle avait des trous sur les côtés, là où il devait jadis y avoir des poignées. Mais ce n'était manifestement pas un objet à emporter partout. Sur un côté se trouvait une plaque. Sentant que c'était une découverte importante, Constance oublia le bébé un instant et tendit la main pour toucher la pierre. Elle passa les doigts sur les lettres gravées et usées. Son frère Cameron lui avait appris à lire. Elle comprit exactement ce qu'elles voulaient dire.

Elle lut à voix haute :

À moins que s'égarent les destinées
Et que la voix du prophète soit vaine
Où que se trouve cette pierre sacrée
Le sang d'Alba règne.

La vieille femme hurla comme une banshee. Elle ouvrit les yeux et bondit sur ses pieds. Constance cria.

Avec une terrible clameur, Una éleva son bâton et en frappa violemment le sol. On entendit une explosion et un craquement, et la pièce se trouva envahie d'une lumière blanche aveuglante.

CHAPITRE 16

Une lumière d'un blanc sale, provenant de grosses bougies de suif et d'un petit brasier à côté de la chaise du roi, remplissait la pièce.

Les mots à peine sortis de sa bouche, Lianae les regretta. Elle se sentait encore plus sale – si c'était possible – que l'affreuse robe qu'elle portait toujours, plus sale que la fumée chaude et viciée qui envahissait ses narines.

Que Dieu lui pardonne, elle ne retournerait *jamais* auprès du Comte.

L'ambiance de la chambre s'assombrit davantage. Les cinq hommes assis de l'autre côté de la table la fixaient des yeux, sans trace de charité, malgré l'atrocité qu'elle venait déjà de confesser.

Les yeux plissés, le roi David, assis sur son trône, tapotait ses doigts sur l'accoudoir de bois. Il réfléchissait à sa déclaration.

— Et vous avez des preuves ?

Il avait l'air sévère, avec son long visage maigre et son teint presque aussi roux que sa barbe.

Jusqu'à présent, ils l'avaient nourrie et plutôt bien traitée. Mais Lianae était assez sage pour savoir que malgré ces petits signes de courtoisie, son sort serait décidé ici aujourd'hui, d'un seul geste de ce long doigt avec lequel le roi martelait son fauteuil. Il pourrait très facilement la renvoyer au Comte. Pourquoi se soucierait-il de ce qui lui arriverait ensuite ? Pourquoi attacher de l'importance au fait que sa sœur soit morte aux mains de William FitzDuncan ? *Son allié, en vérité.* Et pourtant, quelque chose dans le regard du roi lui donnait de l'espoir. Un soupçon de compassion.

— Lianae, avez-vous des preuves ? insista le roi.

Il s'avérait qu'elle en avait. Les bleus dont William l'avait couverte avaient été si violacés et sanguinolents qu'ils lui avaient laissé deux larges marques de sa rage. Avec quelques minutes de plus et sans l'exaspérant sens de la diplomatie de son frère, il aurait fini ce qu'il avait commencé. Pour cela, et rien d'autre, elle pouvait remercier Lulach.

Et pourtant, elle ne mettait pas le Comte en cause aujourd'hui.

Si elle était souillée, FitzDuncan ne la reprendrait jamais. Il était bien trop fier pour cela, princesse de Moray ou non.

Elle avait eu horriblement peur que le roi ne considère le droit d'un fiancé de jouir de ce qui lui revenait. Il y avait une alliance précaire entre ces deux hommes qui seraient tous deux rois. Elle craignait que David n'ait besoin d'une meilleure raison pour la tenir éloignée du lit de William. Quel meilleur moyen que de prétendre avoir été souillée par un autre ?

Et cela *aurait dû* être vrai.

Elle avait partagé la couche de Keane chaque nuit depuis qu'elle l'avait rencontré à Lilidbrugh. Personne n'aurait de mal à croire qu'un homme comme Keane, si grand et si fort, avait décidé de planter sa semence en elle.

Lianae avait voulu si désespérément échapper à son propre destin qu'elle n'avait jamais pris le temps de réfléchir à ce que cela entraînerait pour Keane. L'air coupable, elle rencontra le regard de Cameron. Il devait savoir qu'elle ne disait pas entièrement la vérité, mais à moins de reconnaître qu'elle avait menti, elle ne pouvait pas revenir sur ses paroles. Pour le meilleur ou pour le pire, elle devait continuer de plaider sa cause.

Prête à pleurer maintenant, Lianae repoussa lentement sa chaise de la table et se leva. Ses larmes étaient sincères. Elle n'avait pas besoin de faire semblant. Son chagrin était authentique, il lui laissait un goût amer sur les lèvres, fait à la fois de culpabilité pour l'homme dont elle venait de contester l'honneur et du souvenir de ce qu'elle avait enduré aux mains du Comte. La peur lui avait laissé un goût fétide dans la bouche et une tache encore plus laide sur le cœur.

Se rappelant qu'une femme devait faire tout ce qu'elle pouvait pour survivre, elle jeta un coup d'œil aux autres occupants de la pièce, puis retourna son regard vers le roi. Elle se pencha pour relever l'ourlet de sa robe et montra au roi les bleus qui entouraient ses chevilles, de vilains anneaux sombres toujours visibles.

— Keane a fait ça ? demanda le laird de Keppenach.

Il se retourna brusquement vers Luc puis vers Cameron MacKinnon. Son ton traduisait clairement l'incrédulité et Lianae se demanda à quel point Keane connaissait cet homme. À part le roi, Luc et Cameron, elle ne connaissait pas les autres. Mais elle sentit soudain la peur l'envahir, car Jaime Steorling n'avait pas l'air content et sa colère semblait dirigée contre elle. Elle opina néanmoins de la tête, certaine qu'elle n'avait pas d'autre choix.

Elle crut entendre le roi grogner. Surprise, elle recula d'un pas. La frayeur s'empara d'elle.

Si le roi ne croyait pas qu'elle avait été souillée, il pourrait la renvoyer à FitzDuncan.

— Je... je suis... en retard dans mes..., se hâta-t-elle d'ajouter.

Un mensonge de plus.

Ils se multipliaient maintenant plus vite qu'elle ne pouvait se les rappeler tous. Et elle insista. Pour souligner sa situation, elle posa une main sur son ventre et observa le roi, qui avait les yeux fixés sur elle et sur son ventre. Le laird de Keppenach remarqua lui aussi son geste. Il échangea un regard avec son roi en soulevant un sourcil.

Le roi se tourna alors vers Cameron MacKinnon pour lui demander conseil, au lieu de consulter le laird de Keppenach ou Lianae elle-même :

— Vous avez vécu à proximité de cet homme ces cinq dernières années, et sans jamais le quitter ces derniers mois. Keane dún Scoti est-il capable d'une chose pareille ?

Lianae vit Cameron serrer la mâchoire. Elle ne pouvait deviner ce qu'il allait dire. Elle savait que les deux hommes ne s'entendaient pas, mais elle sentait également que Cameron n'approuvait pas ses allégations.

— L'homme que je connais ne ferait jamais de mal à une femme, déclara-t-il, l'expression grave.

Il démentit les propos de Lianae en secouant la tête, puis il lui lança un regard de mépris.

Lianae se recroquevilla devant son regard haineux. Désorientée, découragée, elle voulait se jeter sur la table et demander pardon, surtout pour avoir menti au sujet de son ami. Mais si elle ne persévérait pas dans son mensonge, elle se retrouverait vite morte. Comme sa sœur Elspeth.

Le roi se retourna vers Lianae et lui lança un regard sans équivoque.

— Je l'ai fait enfermer dans les geôles, dit-il, la transperçant de ses yeux noirs.

La panique s'empara de Lianae.

Keane ?

Il était là ?

Maintenant ?

— Je pourrais demander sa tête pour cela, continua le roi.

— Ah, non ! s'écria Lianae, en secouant désespérément la tête. S'il vous plaît, non ! supplia-t-elle. Ce n'était pas de sa faute, Votre Grâce !

Et elle tomba aussitôt à genoux.

David frappa la table de sa paume avec un bruit effroyable.

— *Pas de sa faute* ? rugit-il. Comment pouvez-vous dire une chose pareille et l'accuser en même temps ?

De chaudes larmes montèrent aux yeux de Lianae. *Par les dieux, ça tournait mal, horriblement mal.* Elle n'avait jamais voulu causer du tort à Keane.

— Il vous a suivie pour être sûr que vous étiez en sécurité, expliqua le laird de Keppenach. Ça ne ressemble pas aux actions d'un homme prêt à agir comme vous voudriez nous le faire croire.

Les yeux pleins de larmes, Lianae secoua la tête, la gorge trop serrée pour parler.

— Il attend maintenant la justice du roi.

La justice ?

Il n'y avait pas de justice dans ce monde ! Sinon son père serait toujours en vie. Dans sa douleur, elle se força à parler :

— Il m'a traité avec bonté, Votre Grâce, avoua-t-elle.

— Et il vous a cependant fait violence ?

Lianae secoua de nouveau la tête.

Le roi tourna son regard sombre et sinistre vers Cameron.

— Ont-ils partagé la même couche comme elle le prétend ?

À contrecœur, Cameron acquiesça de la tête.

— Et pourtant, vous ne croyez pas qu'il ait abusé d'elle ?

Cameron secoua la tête avec beaucoup plus de certitude. Lianae fut à la fois soulagée et horrifiée. Keane était innocenté, mais cela prouvait qu'elle avait menti.

— Relevez-vous maintenant, jeune fille, ordonna le roi d'une voix tonitruante.

Les yeux écarquillés de peur, Lianae obéit sur-le-champ.

Le laird de Keppenach reprit la parole :

— Savez-vous ce que je ferais à un homme qui aurait violenté mon épouse ?

Avalant péniblement sa salive, Lianae fit non de la tête.

La fureur du laird était apparente dans chacun de ses muscles, y compris dans son cou contracté.

— Je lui arracherais la tête et lui enfoncerais son sexe entre les lèvres. Puis je la placerais sur un pieu pour l'offrir en festin aux corbeaux.

Il la laissa un instant envisager cette image horrifiante. Incapable de la supporter, Lianae sentit la sueur s'accumuler entre ses seins, malgré le froid. Elle se sentit étouffer et suffoquer.

Le roi intervint après un moment :

— N'est-ce pas ce que vous voudriez, Lianae ?

Disant à la fois oui et non de la tête, Lianae était terrifiée par le destin qui pourrait maintenant leur être réservé, à elle et à Keane, et tout cela par sa faute. D'une façon ou d'une autre, c'était un simulacre. Si le roi la renvoyait à William, cela signerait sa perte. S'il la croyait, ils feraient pendre Keane, ou pire encore. Elle imagina sa tête sur un pieu et eut envie de vomir. Elle se couvrit la bouche et essaya de ne pas avoir de haut-le-cœur.

Les yeux plissés, le roi lui lança un regard noir.

— Lianae de Moray, que voulez-*vous* que je fasse de Keane dún Scoti ?

Terrorisée, elle ne prêta tout d'abord pas attention au nom qu'il venait de prononcer.

Conférez-lui des honneurs.

Récompensez-le de richesses.

Keane ne méritait pas de se retrouver la tête sur un pieu !

Les larmes coulèrent sur les joues de Lianae. Rouge de honte, elle avoua :

— Votre Grâce, en vérité, il ne m'a pas fait violence. Je me suis donnée à lui de plein gré.

C'était au moins partiellement vrai.

Elle avait partagé sa couche, après tout, de son plein gré.

Le roi David regarda de nouveau le laird de Keppenach avant de retourner son regard sur Lianae.

— Si je faisais venir mon médecin pour... vous *examiner*... il reconnaîtrait que vous n'êtes plus... vierge ?

Les joues rouges, Lianae réussit à faire oui de la tête, malgré le mensonge.

— Et vous dites qu'il vous a prise de votre plein gré ?

— Oui, Votre Grâce, dit-elle, se sentant sur le point de s'évanouir.

Le roi se tourna alors vers Cameron :

— Qu'en pensez-vous, MacKinnon ? Est-ce vrai ?

— Qu'elle porte l'enfant de Keane ? Comment pourrais-je le savoir, Votre Grâce ?

Le cœur de Lianae battit douloureusement. Incapable de faire face au regard méprisant de Cameron, elle garda les yeux fixés sur son pouce, à vif après s'être nerveusement rongé l'ongle depuis deux jours. Cameron devait la détester maintenant. Plus que quiconque, il devait savoir ce qu'elle était – une menteuse.

Semblant réticent à répondre, Cameron finit par avouer :

— Oui, ils ont dormi ensemble, mais je ne les ai jamais vus faire autre chose que se donner des baisers.

Lianae releva brusquement la tête, surprise par son aveu.

D'autres larmes envahirent ses yeux au souvenir des doux baisers de Keane, de tendres moments qu'elle n'échangerait pour rien au monde. Et Cameron avait manifestement été témoin d'au moins l'un d'entre eux. *Sur la couche, le premier matin où elle s'était réveillée à côté de Keane ? Ou près du ruisseau, quand elle lui avait presque offert sa virginité ? Ou le chaste baiser sur l'arrière de sa tête quand il avait ensorcelé son cœur ?* Autant de preuves du bon caractère et de la volonté de Keane, car si elle s'était hardiment avancée dans ses bras, il l'avait repoussée à chaque fois.

Keane était le premier homme à avoir fait battre son cœur si vite. Il l'avait traitée si familièrement et si doucement à la fois, sans aucune trace de débauche.

Était-ce ainsi qu'elle allait lui rendre sa gentillesse ?

Le silence devint assourdissant. Le roi se remit à marteler le bras de sa chaise. Le bruit contre le bois augmenta en intensité et épousa le rythme des battements rapides du cœur de Lianae.

Pourraient-ils le pendre suite à ses allégations ?

Pour clarifier la situation et pour être certaine qu'ils ne fassent pas de mal à Keane, Lianae s'éclaircit la gorge et expliqua :

— C'est moi qui me suis offerte à lui.

Cela au moins était tout à fait vrai.

Elle l'avait désiré de chaque fibre de son être.

— Et votre promis ? demanda David, sentant le besoin de le lui rappeler. William FitzDuncan.

Le cœur de Lianae se serra péniblement à la mention du nom du Comte. La peur paralysa sa langue. Son regard dut en dire assez long, car le roi soupira et passa une main sur la table, d'un geste exprimant son dégoût.

— Très bien, fit-il en faisant signe au gardien qui avait amené Lianae dans la pièce. Escorte dame Lianae jusqu'à sa suite.

Lianae n'était pas une *dame,* mais une princesse, même si elle ne se sentait pas comme telle pour le moment. Elle se sentait comme une moins que rien, un fléau sur la surface de la Terre. *Une menteuse. Une lâche.*

Dans l'intention de se rendre impropre au mariage, elle avait attaqué le caractère d'un homme bon.

Elle voulait désespérément faire amende honorable, mais son instinct de conservation lui fit tenir sa langue tandis que le serviteur l'escortait hors du solarium. Dans l'entrée, Lianae se dégagea de la poigne de l'homme et se retourna, jetant un regard indécis dans la pièce.

Parle maintenant ou tais-toi à jamais, Lianae.

Keane est innocent ! voulait-elle crier.

Mais elle n'en fit rien. Elle se contenta de rester là, immobile. Une image s'imposa à elle : Keane dans les geôles, attendant sa fin. Elle se l'imaginait escorté hors de sa cellule, conduit au gibet, puis pendu. Tout serait de sa faute.

Elle ouvrit la bouche pour révéler la vérité, advienne que pourra. Mais la porte se referma en claquant. Avant qu'elle ne puisse ajouter un mot, le gardien l'emmena de force.

CHAPITRE 17

Les cheveux noirs du bébé étaient lisses et brillants sur sa tête minuscule. Comme le feu dans le brasier, il crachota puis poussa un hurlement guttural. Sorcha le porta à bout de bras, le soulevant avec crainte et admiration.

— C'est un garçon ! annonça-t-elle.

Épuisée, sa belle-sœur reposa sa tête en sueur sur l'oreiller, souriant au cri de son nouveau-né. À en juger par le volume, il avait de bons poumons.

C'était le premier enfant que Sorcha avait aidé à mettre au monde et elle éprouvait quelque chose de merveilleux. Aidan avait enfin un garçon, un fils, un héritier de son propre sang pour perpétuer la lignée des gardiens. Même si Kellen était un beau jeune homme, le sang des gardiens ne coulait pas dans ses veines. Mais c'était enfin le cas pour cet enfant !

— Comment vas-tu l'appeler ?

— Alasdair, répondit Lìli dans un murmure, exténuée par le travail.

Sorcha sourit.

— « Défenseur des hommes ». Un très bon choix, commenta-t-elle. Peut-on délivrer son père de son tourment maintenant ? demanda-t-elle en lançant un clin d'œil à Lìli.

— Pas besoin, fit Aidan en pénétrant dans la chambre, un sourire aux lèvres comme Sorcha n'en avait jamais vu sur son visage. Je garantis que tout le monde a entendu ce hurlement jusqu'à Édimbourg !

En effet, comment aurait-il pu passer inaperçu ? Même Una et Constance avaient dû entendre le son délicieux en dévalant la colline. Lìli avait essayé en vain de les attendre. L'enfant avait trop insisté pour faire son entrée dans le monde et Sorcha l'avait aidé à venir.

— Un fils ! s'exclama Lìli, malgré sa lassitude.

L'air surpris, son époux rencontra les yeux violets de sa femme. Il avait dit qu'il serait content avec une autre fille, mais si son expression était une indication, il était très heureux.

— Vraiment ?

Sorcha crut qu'il allait se mettre à pleurer.

Le visage rougi de fatigue, Lìli opina joyeusement de la tête.

— Viens le voir, dit Sorcha à son frère.

Elle prit le bébé dans ses bras et le déposa à côté de sa mère. Elle remonta les couvertures et borda Lìli et l'enfant pour être sûre qu'ils aient assez chaud. Les minuscules poings du bébé s'ouvrirent et se refermèrent. Il agita ses bras en l'air comme un petit guerrier prêt à conquérir le monde.

En quelques enjambées, Aidan se retrouva au côté de sa femme. Il tomba à genoux à son chevet et Sorcha s'écarta pour permettre à son frère de réconforter sa femme et d'admirer son nouveau-né.

Mais Lìli tendit la main pour retenir Sorcha près d'elle.

— Tu m'as bien aidée, lui dit-elle avec un sourire plein d'amour, en posant la main sur son bras.

Sorcha essuya ses mains sanglantes sur ses jupes.

— Pas grâce à Una, lança-t-elle sur un ton malicieux, tout en riant. Mais je peux lui dire maintenant qu'elle n'est plus utile, ajouta-t-elle en clignant de l'œil et en riant de bon cœur, malgré son inquiétude. Je me demande ce qui la retient, dit-elle, repensant à leur conversation de la veille.

Una avait été bizarre et avait distribué des objets précieux. Elle n'était pas descendue pour souper ni même pour saluer Aidan à son retour.

Lìli sourit, comme si elle avait lu dans ses pensées.

— Ce serait bien d'elle de s'être attardée simplement pour te prouver ta propre valeur. Ne sous-estime pas ton rôle, ma chère amie. Ton neveu est aussi têtu que son père et pour un temps, il ne voulait pas venir.

Aidan regarda son épouse et lui caressa la joue du revers de la main.

— Pourquoi accepter de sortir ? offrit-il avec un sourire lubrique. Si seulement je pouvais aussi passer tous mes jours dans ta fleur.

Lìli se mit à rougir et Sorcha éclata de rire, habituée à présent aux expressions passionnées de son frère concernant sa belle épouse. En vérité, Aidan était ivre de bonheur. Tout le monde avait été surpris qu'il ait chevauché vers le sud pour aller aider les MacKinnon, car il avait dû laisser sa femme. Mais Sorcha remarqua qu'il était revenu le plus tôt possible. Et après tout, Una avait vu juste, il avait ramené une autre bouche à nourrir, et cela lui avait pris toute la nuit, mais le travail de Lìli avait commencé suite à son retour.

— Merci, Sorcha. Heureusement que tu étais à la hauteur de la tâche, dit Aidan en la regardant pardessus son épaule. Les jambes d'Una semblent lui faire défaut de plus en plus souvent. Ça lui prend toute une soirée pour descendre de...

Ils perçurent soudain un terrible grondement. Il commença lentement, puis monta en crescendo. Le bruit se fit si assourdissant qu'Alasdair se mit à hurler. Un bruit comme ils n'en avaient jamais entendu dans la vallée. Le *crannóg* vibra violemment. Dehors, la neige glissa du toit et tomba dans le lac, avec un bruit pareil à celui d'une terrible explosion. Le sol trembla sous eux.

Aidan et Lìli échangèrent un regard horrifié, puis il se releva brusquement et quitta la chambre en courant. Il sortit du *crannóg* et se précipita sur la jetée, là où Ria et le reste de la maisonnée s'étaient rassemblés pour regarder ce qui se passait.

C'étaient des cendres, pas de la neige, qui tombaient du ciel. Un nuage de fumée s'éleva de la montagne, comme un énorme champignon. Sorcha pensa tout d'abord à Una, puis à la jeune fille qui était allée la chercher.

— Constance ! hurla son neveu Kellen avant de quitter la jetée en courant, criant frénétiquement le nom de son épouse.

❧

ILS FIRENT SORTIR Keane après de longues heures passées dans les geôles.

L'odeur de la terre humide et les images du cadavre décomposé d'Aveline avaient mis ses nerfs à vif. Le soleil commençait déjà à descendre et les créneaux du château projetaient des ombres en forme de dents sur la cour.

Inquiète, Lael balaya de la main la saleté sur le manteau de son frère. Elle essayait tant bien que mal de suivre son frère.

— Ne te fâche pas, Keane, le supplia-t-elle. Et ne sois pas grossier. Rappelle-toi, ce n'est plus le même homme qui a jadis kidnappé notre Cat. Il a beaucoup changé depuis.

— Il n'a pas du tout changé, rétorqua Keane, refusant de passer l'éponge sur les péchés du roi, simplement parce qu'il avait réussi à rallier la plus grande partie de la Scotia à sa cause.

Lael lui donna un grand coup dans le dos en essayant de balayer quelque chose de son manteau. S'il ne la connaissait pas bien, il aurait pu penser qu'elle le frappait pour sa réponse.

— Ah ! Je croirais entendre Aidan ! David s'est avéré être un homme sage et juste. Sinon, il ne serait jamais arrivé à gagner tant de cœurs.

— Il a apparemment gagné le tien, répliqua Keane en soulevant un sourcil et en jetant un regard soupçonneux à sa sœur.

S'ils voulaient le pendre, il refusait de ramper devant eux.

Lael fit preuve de bon sens et hésita avant de reprendre la parole :

— Eh bien... c'est-à-dire que maintenant je le vois à travers les yeux de mon époux. Et il est bien le roi de Scotia, par droit ou par force. Tu dois lui faire confiance comme moi.

Ignorant les hommes qui marchaient à leurs côtés et leurs grognements de mécontentement quand il s'arrêta pour prendre sa sœur par la main, il plia les longs doigts de Lael dans les siens. Ils n'étaient plus calleux comme au temps où elle s'exerçait au lancement de couteaux. Sa main était maintenant bien différente au toucher de la dernière fois où Keane l'avait tenue. Elle était alors la grande sœur qu'il prenait pour modèle. Sa sœur aînée était partie pour Keppenach avec un jeune gringalet, défiant leur frère et laird en faisant ce qu'elle estimait être son devoir. Il pressa ses lèvres sur les doigts de Lael. Il aimait son caractère féroce et sa loyauté, mais les années l'avaient trop adoucie. Ses yeux brillaient de larmes.

— Je ne suis plus un gamin, Lael. Si je perds mon

sang-froid, j'en accepterai les conséquences, mais ne t'inquiète pas pour moi. Je n'ai pas du tout envie de mourir, je te l'assure.

Ses paroles lui offrirent une maigre consolation, à en juger par l'inquiétude qu'il perçut dans son regard. Mais elle n'insista pas et se contenta d'acquiescer de la tête.

Les gardes tirèrent Keane par la manche pour le mener une fois de plus à travers la cour, mais ils le firent avec respect par égard pour sa sœur. Le domaine lui appartenait de droit après tout, de par son époux le laird. Lael les admonesta néanmoins du regard. Keane ne put s'empêcher de sourire. Sa sœur était une force de la nature. Il n'enviait pas du tout Jaime. En vérité, Lael était la raison même pour laquelle il n'avait jamais cherché à se marier : si toutes les femmes étaient aussi têtues, indépendantes et volontaires qu'elle, il mourrait d'angoisse avant l'heure.

Ils entrèrent dans la grande salle, très différente maintenant du temps où Rogan MacLaren était laird, ou même de ce qu'elle était un an auparavant. Le donjon était désormais plus grand et beaucoup plus modeste. En outre, ils avaient construit un deuxième donjon pour accueillir l'afflux de petites gens. Comme son père avant lui, Jaime Steorling était un guerrier de renom, aux aptitudes convoitées par les nobles pour leurs fils. Il recevait beaucoup de jeunes garçons pour les former et Lael s'était bien adaptée à son rôle de châtelaine, adressant un sourire accueillant à tous ceux qu'elle croisait. Mais aujourd'hui, Keane voyait bien que chaque sourire lui coûtait. Elle était inquiète, il le savait.

Tous les murs de la salle étaient recouverts de tapisseries. Aucune au goût de Keane. Elles étaient de nature beaucoup trop pieuse. Il se demandait si elles étaient plus destinées à David qu'à Jaime ou Lael. Le roi de

Scotia passait une bonne partie de son temps à Keppenach, probablement l'une des raisons pour lesquelles Keane se tenait à l'écart.

Keane était escorté de gardes et de Lael. Ils traversèrent la grande salle, en passant devant l'estrade où Jaime prononçait ses jugements, comme le savait Keane. Ils lui firent monter les escaliers de la tour vers des quartiers plus privés, le solarium de Jaime, où Keane s'était rendu de nombreuses fois auparavant, mais jamais en compagnie de gardes. Arrivés devant la pièce, les hommes disparurent, laissant Lael seule à son côté. La porte du solarium s'ouvrit.

David mac Mhaoil Chaluim était assis dans un fauteuil près du brasier, tournant à moitié le dos à la table. La mine déconfite, le sourire pincé, Jaime se leva pour le saluer. Il s'approcha de la table, mais ne donna pas de claque dans le dos à Keane comme il en avait l'habitude. Il prit son épouse par le bras et la fit sortir de la salle tandis que David ordonnait à Keane de s'asseoir.

Keane resta immobile un instant, son orgueil faisant obstacle à son bon sens. Le feu dans le brasier trembla avec le courant d'air de la porte ouverte. Après un long moment, il daigna enfin saluer Cameron, assis à la table, d'un bref signe de tête, la mâchoire tendue et les dents serrées.

Hormis les trois hommes, il n'y avait personne d'autre dans le solarium. Remarquant un certain nombre de chopes à moitié vides devant des chaises vacantes, Keane en conclut que plus de personnes étaient venues là discuter de son sort. Le fait qu'ils n'aient même pas permis aux servantes d'entrer pour débarrasser la table en disait long. Derrière lui, Jaime referma la porte, son épouse sortie. Keane regarda son beau-frère revenir doucement près de la table et s'asseoir sur son fauteuil.

— Assieds-toi, dit David avec plus de fermeté.

Malgré leurs expressions sérieuses, le cadre était informel. Keane espérait que ce soit bon signe. Néanmoins, quelque chose clochait, et c'était grave. Sinon, il ne se serait jamais retrouvé prisonnier derrière des barreaux. Suivant les conseils de Lael, Keane tint sa langue, bien que cela lui coûte énormément.

— Aujourd'hui, nous avons entendu de sérieuses allégations contre toi, Keane dún Scoti.

Keane grinça des dents en entendant la déformation de son nom. Il lança un regard funeste à Cameron, présumant que ce que le roi avait entendu dire venait de lui. Mais Cameron ne détourna pas les yeux.

— Que dis-tu pour ta défense ? demanda le roi.

— Cela aiderait si je savais de quoi je suis accusé, répondit Keane, essayant en vain de masquer son mépris.

Quelque chose s'adoucit chez le roi :

— Tu ne le sais pas ?

Keane se sentit de plus en plus impatient :

— Si je le savais, je suis certain que je ne vous le demanderais pas, *Votre Grâce.*

Le roi esquissa un sourire narquois.

— Je t'ai toujours aimé quand tu étais un petit garçon, Keane dún Scoti. Tu ressembles plus à ta sœur qu'à ton frère. Alors admettons.

Keane s'abstint de répondre, ne pouvant rendre le compliment. Il ne supportait pas très bien les menteurs. Il n'appréciait pas non plus le fait que le roi continue d'utiliser le nom de dún Scoti.

David écarta le sujet d'un geste de la main :

— Passons les trivialités, dit-il.

Keane cligna des yeux sans broncher.

— On t'a accusé d'avoir souillé une princesse de Moray.

C'était la dernière chose à laquelle Keane s'attendait.

— Lianae ?

— En effet... *Lianae.*

— Et cette accusation est-elle sortie de ses lèvres... ou de celles d'arrivistes, demanda-t-il en se tournant vers Cameron.

— De Lianae, l'interrompit sèchement Jaime, percevant son ton accusateur envers Cameron MacKinnon. Cameron a pris ta défense, Keane. Il n'est pas ton ennemi aujourd'hui.

Manifestement blessé, Cameron finit par détourner le regard.

— Qui est mon ennemi ?

— Pas moi, dit Jaime.

Le roi se contenta de sourire et Keane inspira profondément. Il secoua la tête, essayant de comprendre.

— C'est Lianae qui a dit ça ?

— Effectivement, confirma le roi, continuant de tapoter de ses longs doigts sur le bras de son fauteuil. Bien sûr, aucun d'entre nous ne voulait le croire, et après un moment, elle est revenue sur son accusation. Mais elle a également avoué que tu l'as prise de son plein gré, poursuivit le roi en observant Keane. Et cela pose un problème.

Keane resta bouche bée, ne sachant que dire. Tout en étant soulagé de pouvoir après tout échapper au gibet, il réalisait que Lianae avait menti. Hormis ses lèvres, ses mains et ses pieds, il n'avait pas touché son corps. En dehors du baiser lui-même, il n'avait pas vraiment éprouvé de plaisir. Il avait simplement voulu l'aider. Et voilà qu'il se retrouvait là, interrogé par le roi...

— Le problème, vois-tu, c'est qu'elle est promise au comte de Moray.

Je ne suis qu'une simple servante de Moray, avait-elle dit.

Keane reçut cette vérité comme un coup dans l'estomac. Bien que Lianae n'ait pas menti à *ce* sujet, pourquoi diable avait-elle choisi ses mots avec tant de précaution ? Keane n'avait jamais soupçonné sa relation avec l'homme.

Et pourtant, pourquoi n'y avait-il pas pensé... habillée comme elle l'était ?

Tous les signes étaient présents, mais il avait cependant préféré croire qu'elle lui était accessible. Il l'avait embrassée comme si elle pouvait être sienne. Il serra et desserra ses poings le long de son corps.

— Et puis... il y a la question de ces bleus...

David voulait manifestement voir la réaction de Keane. Quand il ne dit rien, il poursuivit :

— Je crains savoir comment elle a reçu ces marques, et même si je ne veux pas mettre l'homme en colère, au nom de la paix bien sûr et non parce que je le redoute comme rival, je ne peux pas en toute bonne foi renvoyer la fille à Moray.

Keane ouvrit finalement la bouche pour parler, mais le roi leva la main pour l'arrêter.

— Tu as partagé sa couche, après tout.

Ce n'était pas une question.

Ni Jaime ni Cameron ne prirent la parole pour le défendre. Keane comprit qu'ils croyaient tous qu'il l'avait déflorée, devant les dieux et les hommes. Cette idée le mit en rage. Il tint cependant sa langue.

— Tu as maintenant le choix, dit le roi.

— Quel choix ? demanda Keane, la mâchoire serrée de colère.

— Épouse la fille.

Le silence envahit la pièce. Keane lança un regard noir à Jaime.

— Vous voudriez que j'épouse une menteuse ? demanda-t-il.

— Maintenant que tu as couché avec elle, tu ne la trouves plus plaisante ? intervint David, visiblement agacé.

Plaisante ? Plaisante ! Ça n'avait rien à voir. Même

maintenant, dans le solarium de Jaime, son honneur menacé, il sentait son sexe s'agiter au souvenir de leur baiser, de l'odeur de ses cheveux. Qu'elle lui plaise ou non n'était pas la question !

David donna un coup de poing sur la table.

— Mais tout n'est pas perdu, tu sais. J'ai une proposition, suggéra-t-il.

Keane garda le silence, alors il continua :

— Épouse la jeune fille, reconnais son enfant, et je t'offrirai Dunràth en retour.

Lianae attendait un enfant ?

— Dunràth ?

Le roi fit oui de la tête.

Lui donner Dunràth ne ferait que multiplier les chances de conflit avec le comte de Moray.

— Moray est toujours un lieu de troubles, protesta Keane. Vous ne vous rendez pas compte que malgré le serment du comte de Moray, vous êtes à deux doigts de perdre ce que vous avez pris au Mormaer.

— C'est précisément la raison pour laquelle je suis prêt à t'offrir un siège à Moray.

— Et les fils d'Oengus ?

Les frères de Lianae.

Ceux qu'elle cherchait.

— Je ne peux pas m'occuper des fils d'Oengus quand il y a des choses plus importantes à régler, rétorqua David en levant les bras en l'air. N'es-tu pas au courant de la mort d'Henri ?

Keane fit oui de la tête.

— Il était plus qu'un ami et que l'époux de ma sœur pour moi. C'était un allié. C'est avec sa permission que nous avons maintenu la paix en Northumbrie. Mais c'est là mon dilemme, vois-tu. Je vais bientôt partir pour Carlisle, et je ne veux pas laisser le Nord uniquement aux mains du comte de Moray. Pas quand je sais qu'il meurt toujours d'envie de siéger sur la pierre de Scone. Le savais-tu ? lui demanda-t-il.

Stupéfait par l'offre inattendue, Keane rencontra le regard de Jaime.

— Steorling m'a assuré que tu étais un homme d'honneur, Keane dún Scoti, et j'en suis aussi venu à apprécier ta sœur. Alors... je peux te faire pendre ici, aujourd'hui, *maintenant*. Ou je peux élever ton rang, t'accorder Dunràth, et tu peux me jurer allégeance comme à ton roi légitime. Comme aurait dû le faire ton frère il y a des années.

La pièce resta silencieuse.

Keane avait passé toute sa vie à refuser le nom de dún Scoti. Et voilà qu'aujourd'hui le roi voulait qu'il rejoigne ses rangs et se prétende Scot. Même sous peine de mort, Aidan aurait refusé. Mais se faire pendre pour cette offense ne servirait à personne, surtout pas à Lianae.

— Penses-y, ajouta David. Après tout, le sang qui coule dans tes veines porte l'âme de la Scotia... Ton épouse serait fille de rois.

David mac Mhaoil Chaluim continua à le regarder fixement, observant sa réaction. Mais Keane restait immobile, bouche bée, contemplant son offre – et contemplant encore plus Lianae en vérité. Elle l'avait certes accusé à tort, mais par-delà son outrage, il sentait le désespoir de la fille.

Était-ce le Comte qui lui avait donné ces couronnes de bleus ? L'avait-il déjà violée ? Avait-il planté sa semence en elle ? Keane se sentait furieux à la fois pour Lianae et pour lui-même. Jamais de sa vie ne s'était-il senti submergé de tant d'émotions conflictuelles.

Il repensa au doux visage de Lianae le matin où il s'était réveillé à côté d'elle, à l'innocence avec laquelle elle l'avait embrassé, et son souvenir s'assombrit de colère.

Aussitôt après ces images déroutantes, il imagina son visage quand elle s'était tenue dans cette pièce... et avait *menti. Au roi de Scotia. À Jaime.* Keane posa son regard sur son beau-frère. *En vertu de ce lien, elle avait donc aussi menti à sa sœur Lael.* Lael savait-elle que Lianae l'avait accusé de lui avoir donné un enfant ? Ces hommes ne se rendaient-ils donc pas compte qu'il était impossible de savoir cela en deux jours seulement ? Si la fille était enceinte, ce n'était pas le fait de Keane. Il jeta un coup d'œil à Cameron.

— Mes hommes vont-ils tous rester sous mes ordres ?

Une étincelle brilla dans les yeux noirs du roi.

— Tous sauf Murdoch, qui va être pendu pour trahison. Et je t'en donnerai une centaine de plus pour la sécurité de ton siège à Moray.

C'était une offre généreuse, qui avait probablement autant à voir avec la sauvegarde de l'intérêt que le roi portait au château de Dunràth, comme il fallait s'y attendre.

Keane repensa à Lilidbrugh et à la disparition de ses parents, à la prophétie qu'Una avait partagée avec eux quand ils étaient enfants, aux dernières paroles qu'elle lui avait adressées avant son départ de Dubhtolargg : *tu sauras quoi faire le moment venu, j'en suis convaincue...*

Keane parla avant de pouvoir s'arrêter :

— J'accepte d'épouser la fille, dit-il. Et de prendre le château de Dunràth, mais je veux aussi Lilidbrugh.

— Lilidbrugh ?

La pièce renvoya l'écho :

— Lilidbrugh !

Le roi fit la grimace.

— Pour l'amour de Dieu ! Ce misérable tas de pierres ?

— Oui, répondit résolument Keane, la mâchoire ferme, croisant le regard du roi.

Le silence remplit de nouveau la salle, tandis que le roi réfléchissait à sa contre-offre.

— Ta fidélité pour Lilidbrugh ? reprit-il après un moment de réflexion.

— *Et* Dunràth, insista Keane. Mon serment de fidélité pour Lilidbrugh et Dunràth, et j'accepte d'épouser Lianae de Moray et de reconnaître son enfant comme le mien, ajouta-t-il sur un ton très sérieux, pour être sûr que personne ne se méprenne.

— Et tu me prêteras un *vrai* serment de fidélité, quoi qu'en dise ton frère ?

— Je prends mes propres décisions, lui assura Keane.

David mac Mhaoil Chaluim sourit, comme un chat prêt à jouer après avoir patiemment attendu son repas.

— Alors affaire conclue, lança-t-il avec force satisfaction. Maintenant, dit-il avec générosité, préparons un festin pour célébrer !

CHAPITRE 18

Une mer de bougies ondulait sur l'autel, derrière le dais. Leur lueur festive projetait une lumière dorée dans la chapelle. Mais on n'entendait ni luths, ni altos, ni chants joyeux. C'était une sombre occasion.

Lianae se tenait près de Keane devant le prélat du roi. Elle suppliait ses genoux d'arrêter de trembler sous sa nouvelle robe. Elle se sentait propre, pour la première fois depuis plusieurs jours. Elle avait été si impatiente d'arracher son ancienne robe, celle d'Elspeth. Pourtant plus somptueux que celui qu'elle portait maintenant, le vêtement l'avait constamment offensée.

Cette robe était de confection simple, en cendal bleu et or avec des ourlets dorés autour du cou et des manches, et une ceinture en or. Le manteau était de velours, orné de dentelles. Lianae le portait jeté en arrière, serré au cou par une broche dorée. Ses pieds meurtris étaient enveloppés dans de la soie bleu pâle.

Debout à son côté, habillé en or et bleu foncé, Keane ressemblait plus à un prince qu'à un simple guerrier. Ses cheveux noirs et brillants étaient attachés à l'arrière. Il avait les mains dans le dos, comme s'il se retenait d'étrangler Lianae sur-le-champ.

Le prêtre se racla la gorge :

— Qui vient se marier aujourd'hui ?

C'est le roi qui répondit :

— Keane dún Scoti et Lianae de Moray.

— Et qui donne la jeune fille en mariage ?

— Moi, dit le roi.

Lianae avala sa salive. Elle était triste, car elle avait espéré que ce soit le privilège de son père. Sinon lui, peut-être ses frères. Derrière eux, l'assemblée gardait le silence, au point qu'on pouvait entendre la neige fondue goutter du toit.

— Y a-t-il des oppositions à leur union ?

Keane s'éclaircit la gorge, mais ne dit rien. Lianae retenait son souffle en regardant les bougies vaciller.

Personne ne répondit. Lianae avait peur de voir le Comte faire soudain irruption dans la chapelle. Ou peut-être la sœur de Keane se jeter en pleurant à genoux devant le roi et l'implorer. Rien ne se produisit. Le lourd silence persista dans la salle. Tous attendaient que le prêtre continue.

— Assez, rugit le roi avec impatience. Personne ne s'oppose à cette union.

Et le prélat s'éclaircit la gorge :

— Très bien, finit-il par dire. Keane dún Scoti, nouvellement nommé lord de Dunràth, voulez-vous prendre cette femme pour épouse et vivre ensemble devant Dieu dans les liens sacrés du mariage ? Promettez-vous de l'aimer, la chérir, l'honorer et l'accompagner, dans la santé comme dans la maladie, et de lui être fidèle en renonçant à toutes les autres, aussi longtemps que vous vivrez ?

Le prêtre regardait Keane droit dans les yeux. Keane ne répondant pas, il lui redemanda :

— Le promettez-vous ?

— Oui, répondit le promis sur un ton sec.

Le prêtre se tourna ensuite vers Lianae, un sourire beaucoup moins nerveux aux lèvres :

— Et vous, Lianae de Moray, voulez-vous prendre cet homme pour époux et vivre ensemble devant Dieu dans les liens sacrés du mariage ? Promettez-vous de lui obéir et de le servir, de l'aimer, l'honorer et l'accompagner, dans la santé comme dans la maladie, et de lui être fidèle en renonçant à tous les autres pour votre époux le laird ?

Lianae avait l'impression que le prêtre l'accusait en posant sa question.

— Je le veux, répondit-elle.

— Plus fort, mon enfant, afin que tous puissent vous entendre !

— Je le *veux*, répéta-t-elle en prononçant plus distinctement les mots.

Le prêtre lui lança un sourire narquois, en évitant le regard de Keane.

— Très bien, que Dieu, qui est juste et miséricordieux, bénisse cette union et vous rende féconds, afin que vous puissiez engendrer des fils et une fille pour louer son nom.

— Ainsi soit-il, dit Lianae, constatant que Keane ne disait rien.

— Ainsi soit-il, répéta Keane entre ses dents.

Lianae se tourna vers son époux, se promettant de ne jamais lui donner de raison de maudire ce jour. Elle serait une bonne épouse pour lui, elle lui donnerait des enfants et elle le chérirait jusqu'à sa mort. Elle le suppliait du regard, lui demandant de la comprendre.

Pardonne-moi, Keane.

Le prêtre éleva un petit reliquaire et leur demanda de placer la main sur la relique sacrée pour consacrer leurs vœux. Lianae s'exécuta et sentit le poids de la main de Keane quand il la plaça sur la sienne.

— Comme cet homme et cette femme ont maintenant juré devant Dieu et les os de saint Pierre, ils sont désormais époux et épouse. Amen.

— Amen, fit rapidement le roi.

— Amen, dirent tous les gens réunis dans la chapelle.

— Amen, murmura Lianae.

Un seul homme ne prononça pas la dernière bénédiction : celui qui se tenait à son côté.

Mais c'était fait. Et c'était bien plus qu'elle n'avait osé espérer, alors qu'elle avait simplement cherché à échapper à la tyrannie de William FitzDuncan.

Manifestement, son époux ne partageait pas sa joie. Il se tenait près d'elle, le visage sombre. Il la regardait à peine, malgré la jolie parure dont sa sœur l'avait revêtue.

QUELLE UNION PLUS APPROPRIÉE ?

Un prince des Pictes oubliés et une fille du Moray conquis ? Son peuple, comme celui de Keane, était le dernier de son genre. Pour cette raison au moins, il aurait pu volontiers l'accueillir dans son lit, dans sa maison, voire dans son cœur. Mais quelque chose en lui voulait échapper à la situation, même maintenant. Sa fierté, blessée par les mensonges de Lianae.

— Vous pouvez maintenant échanger le baiser de paix avec votre épouse, annonça le prêtre.

Son épouse.

Sa ravissante épouse. Une traîtresse, une menteuse et une intrigante.

Le baiser de paix ?

Comment pourrait-il jamais y avoir la paix entre eux ?

La tête haute, Lianae le regarda droit dans les yeux. Même si elle n'était pas spécialement petite, elle lui arrivait seulement à l'épaule. Ses cheveux roux étaient tressés, comme deux cordons de soie, et ses yeux luisaient comme de l'ambre poli. C'était la plus jolie de toutes les jeunes mariées, bien plus belle que ce qu'il avait imaginé. Mais là n'était pas la question.

Lianae rougit et se mordit nerveusement la lèvre inférieure. Malgré la fureur de Keane, leurs corps semblaient naturellement attirés l'un vers l'autre.

Ils étaient si proches maintenant que Keane pouvait sentir son souffle. Son parfum l'étourdissait. Il se retint cependant, hésitant.

Ce matin seulement, il aurait donné n'importe quoi pour l'embrasser une fois de plus. S'il le faisait maintenant, il repartirait avec Lilidbrugh, Dunràth, un siège au Conseil du roi et une belle jeune mariée.

Mais il hésitait. Il voulait quelque chose de plus...

Il voulait ce qu'avait Aidan. Ce que Lael avait découvert. La seule chose que Cameron désirait. Jusqu'à ce moment, Keane ne s'était pas rendu compte qu'il la désirait aussi.

Lianae attendait, anxieuse. Keane finit par céder et l'attira à lui. Elle déglutit. Il la serra plus fermement, pour lui faire comprendre ce que c'était d'être forcée à faire quelque chose. Une bonne leçon après tous les mensonges qu'elle avait racontés. Mais il ne pouvait pas la forcer. Et elle ne le mit pas à l'épreuve. Elle se fondit dans ses bras et se fit docile. Alors seulement, Keane se pencha pour couvrir sa bouche de la sienne.

Douce et grisante.

Elle lui avait promis le ciel et l'avait déjà envoyé en enfer.

Le corps de Keane se tendit. Pendant un moment infernal, il oublia complètement où ils se trouvaient. Il revivait leur temps ensemble dans les bois couverts de neige, les bras de Lianae autour de sa taille. Le goût de l'alisier blanc remplit sa bouche et il étouffa un grognement, craignant qu'il passe ses lèvres, comme le jus des baies. Il se contracta en sentant son corps si proche, souhaitant pourtant nier son propre désir – jusqu'au jour où Lianae pourrait le regarder dans les yeux et lui dire les mots qu'il mourait d'envie d'entendre...

— Hum, fit le prêtre en s'éclaircissant la gorge.

Le baiser était aigre-doux. En prenant beaucoup sur lui, Keane parvint à se détacher d'elle, abandonnant inévitablement une partie de lui-même.

Le prêtre les regarda tour à tour, puis il déclara :

— Ce que Dieu a uni, que l'homme ne le sépare pas.

Ni homme... ni femme...

Mais elle l'avait déjà fait...

Keane chercha secours dans le regard de sa sœur. Dans les yeux familiers de Lael, remplis d'espoir autant que de regret, il trouva ce qu'il avait besoin de voir : un amour inconditionnel, offert librement. Tant qu'il ne lirait pas cela dans les yeux de son épouse, il endurcirait son cœur. Un baiser avait peut-être scellé son destin, mais il ne l'empêcherait jamais d'espérer.

Même si elles étaient beaucoup trop pieuses à son goût, Jaime appréciait les tapisseries que Lael avait commandées pour la grande salle. Le tissu épais étouffait facilement le bruit des bavardages inutiles. Avec les nouveaux lustres, les rouges et ors foncés rendaient la pièce chaleureuse et joyeuse. Des qualités qui n'émanaient pas des jeunes mariés.

D'une manière ou d'une autre, son épouse avait réussi à mettre en mouvement toute la maisonnée pour préparer une fête digne d'un roi. Elle avait fait servir l'entremets préféré de Jaime : un blanc-manger, qu'elle lui avait fait découvrir à leur propre mariage. Il était accompagné de gâteau au cassis, de faisan, de porc en sauce, de civet de lapin et de poisson préparé dans une sauce aigre-douce à l'oignon. Il y avait abondance de pain chaud, de fromage blanc sucré, d'hydromel et de bière. La seule chose qui manquait était le rire. La soirée était trop austère. Malgré le scintillement des bougies, la musique et un soupçon d'*uisge*, la grande salle semblait célébrer un enterrement. En fait, Jaime avait assisté à des pendaisons beaucoup plus joyeuses que cet événement. L'ambiance lui rappelait trop un autre mariage, quelques années plus tôt. Le sien.

Lianae se tenait consciencieusement au côté de son époux, l'expression triste et pleine de regret, au jugé de Jaime.

Quant à Keane, il ressemblait à un homme conduit au gibet plutôt qu'à l'autel. Il souriait rarement, et seulement à Lael, comme pour la rassurer. Il enviait parfois leur étroite relation fraternelle. Même après toutes ces années, lui et Kenna se connaissaient à peine, bien qu'elle vive sous son toit. En vérité, elle était plus proche de Lael que de lui.

Kenna avait fait la tête toute la journée et elle semblait avoir évité de se joindre à la célébration. Il la cherchait des yeux dans la foule quand sa femme le tira par la manche. Elle passa son bras autour de lui et l'attira à elle.

— Tu crois que ça va bien aller entre eux ? demanda-t-elle.

Il suivit son regard vers le dais, notant l'air de discorde entre le couple.

— Je ne sais pas. En vérité, je ne l'ai jamais vu aussi...

De marbre. Stoïque. Silencieux et bouillonnant de rage.

— Inflexible ?

Au cours des cinq dernières années, Jaime avait appris à bien connaître l'homme. Grâce à Keane, Jaime avait pu se joindre à la bataille de Stracathro, dans l'Angus, avec plus de tranquillité d'esprit, car il était resté ici à Keppenach avec Lael. Il savait que cela avait coûté à Keane l'affection de son frère et les deux se parlaient rarement maintenant. Pour cette seule raison, il se sentait obligé de veiller à son bien-être.

Lael soupira bruyamment et lui serra le bras.

— Je serais en fait furieuse si je n'avais pas passé quelques instants avec la jeune fille quand je lui ai apporté sa robe. Elle était réticente, mais elle répétait sans cesse : « Keane aimera-t-il ceci ? », « Keane aimera-t-il cela ? ». Beaucoup de tracas inutile à mon avis si elle avait seulement eu l'intention de l'accuser.

Jaime réfléchit un instant, se souvenant de la lueur sauvage dans le regard de la jeune fille quand elle se tenait dans le solarium.

— Je crois qu'elle essayait seulement de se protéger.

Lael le regarda, soulevant ses beaux sourcils.

— Se protéger ? De quoi ?

— Ah ! Là est la question. T'es-tu comportée de cette façon avant nos noces ? lui demanda-t-il en la regardant.

Il savait ce qu'elle allait répondre, mails il avait besoin d'entendre un pieux mensonge.

— Comme Lianae ? répondit Lael en riant et en lui lançant un regard en coin. Non, mon époux !

— Alors, tu ne souhaitais pas du tout me plaire ?

Sa femme lui adressa un sourire timide.

- Dois-je te rappeler que j'aurais préféré t'arracher les yeux ?

Réalisant qu'elle disait probablement la vérité, Jaime fut secoué d'un petit rire. Cette nuit-là, il y avait si longtemps, il n'y avait eu que du désir entre eux, et surtout de sa propre part. Sa belle épouse aurait préféré l'étriper. Et elle en aurait été capable, habile comme elle l'était aux couteaux. Même après toutes ces années, elle surpassait de loin la plupart de ses hommes et avait montré peu d'enthousiasme à l'idée d'abandonner ses jouets pointus. Même maintenant, si elle était devenue beaucoup plus habile à les dissimuler, il savait qu'elle en portait un caché sous sa robe, attaché à sa cheville dans une pochette de soie, un cadeau de Jaime à l'occasion de leur cinquième anniversaire, le jour où il était parti se battre dans le Nord. Hélas, son aînée avait repris le flambeau. Que Dieu vienne en aide à celui qui oserait mettre les femmes de Steorling en colère !

— Où sont les enfants ? demanda-t-il.

— Ici ou là, répondit Lael avec un geste dédaigneux de la main, sans doute aussi complice de leurs sottises que ses chipies de filles.

Quatre petites sirènes intelligentes qui entraîneraient un jour de malheureux hommes à leur perte, tout comme l'avait fait leur mère avec lui. Mais parbleu, il aimait sa vie ! Il retourna son regard sur les jeunes mariés, tout en réfléchissant aux paroles de son épouse.

Il avait un bon pressentiment sur la dernière survivante des filles d'Oengus. C'était une bonne chose, sinon, vu l'attitude de Keane, Jaime doutait qu'il ait pu approuver le roi dans sa décision de les obliger à se marier. Décision qui le laissait par ailleurs perplexe.

William FitzDuncan était clairement un rival pour le trône de Scotia. Selon la lettre de la loi, il était même plus en droit d'y prétendre que David. Que David mac Mhaoil Chaluim ait donné la fille d'Oengus à FitzDuncan en premier lieu était définitivement un risque et Keane avait dit la vérité. Malgré les troubles qui agitaient toujours Moray, FitzDuncan pourrait aisément revendiquer un droit supérieur au trône en vertu de son droit d'aînesse, renforcé par le sang royal de son épouse de Moray. La seule chose que David avait en sa faveur était que le peuple n'aimait pas FitzDuncan. D'un autre côté, ils adoraient les fils et les filles de MacBeth. Alors, offrez Lianae à un homme puissant, comme Keane, quelqu'un que les gens aimeraient naturellement suivre. Donnez-la aussi à un homme aux veines remplies du sang de nombreux rois vénérés – Keane, là encore, même si le dún Scoti se tenait à l'écart des affaires politiques de la Scotia. Ajoutez à cela le fait que Keane était aussi Picte, même si ses gens n'utilisaient plus cette appellation. Avec Lianae, il pourrait se battre pour le Nord... et gagner. Et étant donné qu'ils détenaient dans leur cachot à Dunràth un homme qui pourrait s'assurer de cette victoire... En fait, il ne comprenait pas ce que David manigançait, tout en connaissant assez son roi pour savoir qu'il ne prenait pas de risques. David saurait maîtriser les conséquences. Hélas, Jaime avait juré de ne pas révéler ce secret à sa belle épouse. Par Dieu, c'était dans ces moments qu'il détestait le plus sa position. Mais elle ne sembla pas remarquer son air soucieux.

Sur le dais, Lianae quittait à peine Keane des yeux. Tout ce qu'il faisait, elle le faisait. Quand il souriait, elle souriait aussi, même si Keane ne semblait pas avoir conscience de son effort. Jaime jeta un regard entendu à son épouse.

— Si seulement tu étais aussi obéissante !

Lael lui rendit son sourire, son regard vert scintillant à la lueur des bougies. L'éclat de ses yeux lui fit souhaiter être seul avec elle.

— Je pense que tu ne m'aimerais pas autant.

Ils sourirent et échangèrent un regard complice.

— Tu as raison, ma chérie.

Ils retournèrent leurs regards vers le jeune couple, étudiant Lianae en train d'observer son époux ruminer.

— Ce n'est pas l'attitude d'une femme qui méprise un homme, n'est-ce pas ?

— Pourtant... elle a dit de terribles mensonges sur mon frère. Ça va leur porter malheur. Keane n'a pas une once de méchanceté, même s'il n'est pas particulièrement ouvert ni enclin à pardonner quand il est en colère.

— J'ai néanmoins un bon pressentiment, admit Jaime.

— Ah oui ? demanda-t-elle, une note d'espoir dans la voix.

— Tu n'as pas vu *ce baiser* ?

— Qui aurait pu ne pas le remarquer ?

— Eh bien... Ce n'est pas l'attitude d'un homme qui déteste son épouse. Je parierais que chacun des témoins de la scène a été plus excité qu'un chien en rut durant toute la nuit.

— Même toi ?

— Surtout moi, ma belle, fit Jaime avec un sourire lascif.

TOUTE LA SOIRÉE était un mensonge.

Un simulacre.

Une ruse.

Une pilule amère à avaler.

Plus Keane y réfléchissait, plus il était en colère.

— Va coucher avec elle ! se mirent-ils à crier. Au lit !

La clameur se fit de plus en plus bruyante, assourdissante, au point de presque faire trembler les poutres.

— Fais-la saigner !

L'énergie de la salle était palpable. Plus les gens buvaient, plus cela alimentait leur désir charnel. Malgré ses efforts pour garder la tête sur les épaules, Keane n'était pas non plus à l'abri de ses pulsions. Depuis ce baiser, il avait les nerfs à fleur de peau, prêts à lâcher au moindre mot de sa femme, cette menteuse. Pendant ce temps, elle gardait cependant le silence, l'air maussade comme une parfaite martyre, se tenant docilement près de lui. Il pouvait à peine la regarder maintenant, mais il sentait sa présence comme une lame tranchante dans son côté.

Une fois que la foule se mit à se rassembler autour d'eux, s'approchant de plus en plus, il céda et souleva dans ses bras sa jolie femme, sa traîtresse. Il l'emporta hors de la salle avant que la foule ne puisse les suivre. Poussant de petits cris de surprise, Lianae passa ses mains autour de son cou, se cramponnant tandis qu'il traversait le dais et se dirigeait tout droit vers les marches de la tour. Il ne prit pas la peine de regarder en arrière. Il comptait sur Jaime pour empêcher les invités de gravir les escaliers à leur suite. Il entendit leurs plaisanteries grivoises quand il devint clair qu'on ne les laisserait pas venir assister à l'épanchement de sperme. Ou de sang. *Une affaire répugnante.* Ce n'était pas la coutume de son peuple. C'en était peut-être une chez celui de Lianae, mais il n'allait pas admettre de témoins pour ce qui allait se passer.

Son épouse n'était ni vierge ni son amante adorée. Il n'allait pas laisser son sexe s'agiter pour cette parodie d'union. Il n'était pas un animal prêt à s'accoupler sur commande. Il n'allait pas non plus jouer l'imbécile.

Dans un silence absolu, il gravit les marches de la tour avec Lianae dans ses bras. Plus il montait, moins il entendait le bruit des voix.

Il pouvait sentir les ongles de Lianae dans son cou, elle se cramponnait si fort.

Il atteignit enfin la suite que sa sœur leur avait réservée, la même chambre qu'il avait occupée cinq ans plus tôt. Sauf que ce soir, la chambre était ornée de petites touches de luxe. Au moment où il poussa la porte, une multitude de parfums l'assaillirent. Pétales de rose. Amandes rôties. Vin – le préféré du roi d'après ce qu'il disait –, un cadeau du souverain de Scotia, choisi avec soin dans les caves du roi Henri à Lyons-la-Forêt, en France.

L'humeur de Keane s'assombrit brièvement à l'idée, se demandant si le vin pourrait en fait être empoisonné. *Un cadeau mortel pour les derniers fils et filles de Scotia.*

Cela ne ferait-il pas parfaitement l'affaire de David ? Il pourrait garder la couronne pour lui-même sans crainte de représailles, non que cette fichue couronne de Scotia ne puisse être de quelque utilité à Keane.

Puis il se rappela que Jaime aimait l'homme, et il avait une totale confiance dans le jugement de sa sœur. Elle avait dit en être venue à l'aimer, des paroles bien différentes de celles qu'elle avait prononcées dix ans auparavant.

Une fois à l'intérieur de la chambre, Keane ferma la porte du pied. Arrivé au centre de la pièce confortable, il la reposa sur ses pieds, loin du lit, et se dirigea tout droit vers la carafe de vin.

— Ai-je… ai-je fait quelque chose qui vous déplaise ? demanda-t-elle.

Il n'en croyait pas ses oreilles.

Avait-elle fait quelque chose qui lui déplaise ?

Keane toussota, un son entre le rire et quelque chose qu'il ne pouvait définir. Il se versa une chope de vin et la regarda dans les yeux.

— Vraiment ? Vous avez l'audace de me poser une telle question ?

CHAPITRE 19

Lianae se figea sur place sous le regard dur de son époux, aussi transperçant qu'une lame mortelle. Ils avaient dû tout lui raconter et il allait la haïr pour le reste de ses jours. Mais elle avait au moins confiance dans le fait qu'il ne lui ferait pas de mal, ce qui était loin d'alléger son terrible sentiment de culpabilité.

Que choisir ?

Accuser un innocent ou souffrir le même sort que sa sœur Elspeth ?

Elle n'avait en fait pas eu le choix.

Il avait maintenant reçu un titre et une terre, ce dont il pourrait être reconnaissant. Mais elle ne perçut aucun signe de gratitude dans sa posture ou son regard. Si elle avait été inflammable, le feu de ses yeux l'aurait facilement fait flamber.

Mal à l'aise sous le regard insistant de son époux, Lianae se tourna et examina le lit grandiose. Il était énorme, plus digne d'un roi, avec des rideaux dorés et recherchés pendus au cadre somptueux en bois foncé. La literie elle-même était de velours doré. Elle se dirigea vers la monstruosité dorée et passa les doigts sur la douce couverture, s'émerveillant de la vie que devaient mener les comtes du roi David. Elle et sa famille avaient au contraire vécu simplement.

Des images défilèrent devant ses yeux. Elspeth pendant sa nuit de noces. Les derniers moments de sa vie. Son regard terrorisé au moment où elle avait prononcé ses vœux, puis plus tard, reposant si paisiblement sur son lit de noces, un collier de bleus autour du cou. Les draps tachés de son sang.

Lianae déglutit convulsivement, la gorge serrée, attendant que Keane fasse le premier pas. Maintenant qu'ils étaient là, elle ne savait que faire. En contraste avec la cacophonie au rez-de-chaussée, la chambre était insupportablement silencieuse. Quand il lui sembla qu'il ne parlerait jamais, Lianae se retourna vers lui et lui demanda, le souffle court :

— Souhaitez-vous que je me dévête pour vous, mon laird ?

— Non !

Il lui lança un regard de dégoût et se versa une autre chope de vin, l'avalant d'un seul trait.

Lianae ne comprenait pas.

— Mais... le lit. Ne s'attendent-ils pas à...

Il haussa un sourcil avec malveillance.

— À du sang ?

Lianae fit oui de la tête, et il esquissa un petit sourire, reposant violemment sa chope sur la petite table.

— Ne vous inquiétez pas, dit-il, j'ai une solution pour ça.

Et il s'avança droit sur elle, portant la main à sa ceinture pour dégainer un dirk ornementé.

Lianae poussa un cri de surprise. Voyant la lame briller, elle recula, effrayée.

Mais il s'arrêta au pied du lit et arracha les couvertures. Il exposa les draps blancs, puis tendit sa main, la paume tournée vers le haut.

L'invitait-il à le rejoindre maintenant ?

Comment pouvait-il s'attendre à ce qu'elle vienne volontiers à lui quand il la regardait avec tant de courroux ? Ses yeux verts avaient le tranchant de l'acier. Il regarda fixement sa main un instant, l'air contrit, se tordant la bouche, puis il passa la lame sur sa main, laissant une profonde entaille à la base de son pouce. Lianae poussa un cri d'horreur en apercevant le sang jaillir de la blessure. Il retourna alors sa main et laissa le sang couler sur les draps blancs.

— Si c'est du sang qu'ils veulent, dit-il, c'est ce qu'ils auront. Mais nous savons très bien tous les deux que vous n'allez pas saigner pour moi cette nuit, *servante de Moray*.

❧

CONSTANCE SE RETROUVA PRÈS de l'entrée de la grotte en train de crier à pleins poumons. La gorge et le nez remplis de cendres, elle avait du mal à respirer. La montagne grondait tout autour d'elle. Constance tomba à genoux.

— À l'aide ! s'écria-t-elle, figée de peur. Aidez-moi !

Lachlann fut le premier à arriver. Son poste de garde était le plus proche sur la montagne, mais le capitaine d'Aidan pouvait à peine entendre la fille gémir avec le fracas de la montagne en train de s'effondrer.

Una était quelque part en dessous. Il était impossible d'imaginer comment quelqu'un pouvait échapper à une telle catastrophe dans les entrailles de la montagne. Les grottes étaient effondrées, l'entrée barrée par d'énormes rochers trois fois plus gros qu'un homme, impossibles à bouger.

— La lumière, sanglota Constance. J'ai vu de la lumière ! Maintenant, je ne vois plus rien, s'écria-t-elle en pleurant, se couvrant le visage de ses mains tremblantes. Je ne vois plus rien, répétait-elle sans cesse. Je ne vois plus rien !

Ses paroles devinrent comme une litanie.

— Je ne vois plus rien !

Accablé de chagrin, Kellen escorta sa femme inconsolable jusqu'à son ancienne chambre dans le *crannóg*, où elle serait en sécurité. Tous les hommes valides se rassemblèrent sur la colline, déplaçant des pierres de leur mieux et tirant sans relâche sur d'autres qui refusaient de bouger.

Une mouche aurait eu du mal à pénétrer par la faille, si étroite. Malgré sa position de laird, Aidan travaillait comme un fou, plus que n'importe qui d'autre. Les larmes lui brûlaient les yeux, mais il n'avait pas honte de pleurer. Autour de lui, il n'y avait pas un œil sec, pas de visage qui ne soit raviné par les larmes.

Il aurait été impossible d'échapper à la pluie de pierres. Impossible, et pourtant Constance avait réussi. Jusqu'à ce qu'Aidan comprenne comment, il refusait de cesser de chercher Una. Les hommes et les femmes travaillèrent sans relâche toute la soirée, à la lueur des torches. De temps à autre, un homme s'effondrait et se laissait tomber à genoux, sanglotant sans retenue.

La pierre du destin était enterrée à une demi-lieue sous le sol froid et dur. Mais ce qui était beaucoup plus important encore, leur Una bien-aimée aussi, la seule mère qu'Aidan et ses frères aient jamais connue. La vieille femme avait mis leurs bébés au monde, ainsi que presque tous les hommes et les femmes présents. Elle avait soigné leurs blessures. Manifesté de l'affection aux personnes âgées. Elle avait guidé Aidan et son père, et son père avant lui. Elle avait maudit leurs ennemis, enseigné à leurs enfants, aimé leurs nourrissons. Elle faisait davantage partie du clan des dún Scoti que tout autre être vivant. Mais l'amour qu'ils lui portaient ne put la sauver. Elle ne ressortit jamais de la grotte. Pas cette nuit-là, ni le lendemain matin. Il devint vite évident qu'Una était perdue.

Et pourtant, chaque membre du clan disponible déplaçait pierre après pierre, cherchant obstinément un moyen de se faufiler dans la grotte et jurant à chaque fois qu'ils arrivaient à une impasse.

Dans la neige et le verglas, ils essayèrent tout. Même de passer par une crevasse qu'ils avaient scellée quelques années plus tôt, mais désormais impénétrable. Où qu'ils tentent de creuser, ils gagnaient peu de terrain, ne rencontrant que le granit solide au bout de leurs pioches. Ils travaillèrent sans relâche pendant deux jours entiers, jusqu'à ce que leurs espérances commencent à faiblir. Fatigués et affamés, trempés jusqu'aux os avec la pluie glaciale, ils se pressèrent dans la longue salle du *crannóg*, se réchauffant à tour de rôle près du brasier. Dégoûtant après une dure journée de travail, Aidan sortit toute son *uisge* et en remplit des chopes pour tous. L'ambiance était triste. Ils avaient peu d'appétit, mais l'*uisge* abêtissante était bienvenue.

— *Cha bhithidh a leithid ami riamh*, lança Lachlann après un moment de silence, levant sa chope en l'honneur d'Una. Elle ne sera jamais égalée parmi nous.

Pas encore prêt à la laisser partir, Aidan lui rendit cependant hommage avec les siens, la gorge trop serrée pour prononcer un seul mot.

Sorcha était assise à la table. La tête dans les bras, elle pleurait doucement. Les yeux rouges, Cailin tapota gentiment sa plus jeune sœur sur l'épaule. Lìli s'assit à côté d'elles, berçant son nouveau-né. Un enfant qu'Una ne connaîtrait jamais.

Les jambes écorchées et les doigts en sang, Kellen s'était retiré dans sa chambre pour consoler sa pauvre épouse qui n'avait toujours pas recouvré la vue.

Personne n'arrivait à comprendre l'histoire de Constance. Ils avaient seulement décrypté qu'elle était descendue dans le tunnel sous la grotte d'Una, après avoir trouvé la porte entrouverte. Elle avait aperçu Una allongée en prière sur le sol, à côté de l'autel qui portait la pierre de Scone. Elle avait lu à haute voix le message gravé sur la plaque, des lignes qu'Aidan connaissait par cœur.

> À moins que s'égarent les destinées
> Et que la voix du prophète soit vaine
> Où que se trouve cette pierre sacrée
> Le sang d'Alba règne.

Puis une explosion de lumière s'était produite, aveuglant la jeune fille et faisant éclater les cavernes comme du verre. Comme leur bien-aimée, la pierre qu'ils appelaient *clach-na-cinneamhain* était maintenant perdue. Elle symbolisait jadis la destinée du peuple d'Aidan, ils ne seraient désormais jamais plus gardiens.

Avalant sa chope d'un trait, Aidan la reposa bruyamment sur la table et s'en versa une autre. Les larmes lui piquaient les yeux, rougis par la fumée.

— On doit le dire à Lael, à Cat et à Keane, dit-il à la cantonade.

— Et à Cameron, ajouta Cailin. Il ne sait sans doute pas que sa sœur a épousé notre frère.

Un autre moment de silence insupportable.

— Nous allons envoyer un messager à Keppenach, suggéra Lìli. L'hiver est assez doux, les routes sont encore praticables.

— J'irai, proposa Lachlann.

— Moi aussi, lança le vieux Fergus.

— Juste vous deux, dit péniblement Aidan, la gorge serrée. On a besoin de tous les bras pour poursuivre les recherches.

Lìli lui jeta un regard rempli de tristesse et des larmes dévalèrent ses joues.

— Aidan... nous n'avons pas entendu un seul son provenant des cavernes. Les tunnels sont scellés, mon chéri.

— Elle ne peut pas vivre sans... dit Sorcha à voix basse en relevant la tête, ses derniers mots incompréhensibles.

Fergus se leva et porta un autre toast.

— Qu'est-ce qu'elle disait souvent ?

> Que ceux qui nous pleurent nous
> pleurent.
> Et ceux qui ne nous pleurent pas,
> Que la Cailleach leur tourne le cœur :
> Et si elle ne veut pas leur tourner le cœur,
> Qu'elle leur tourne les chevilles,
> Pour que nous les reconnaissions à leur
> boitement.

— À notre santé ! lança Lachlann d'une voix gutturale, comme si sa gorge était pleine de gravier.

— Qui est comme nous ? ajouta Sorcha tristement, en l'absence de son frère cadet qui disait souvent ces mots.

Aidan, le regard vitreux, acheva le toast pour eux :

— Si peu, dit-il sur un ton bourru. Et ils sont tous morts, sacrebleu !

Le vieux Fergus soupira avec lassitude.

— Je suppose que c'était pas la Cailleach, après tout.

❧

À LA PREMIÈRE lueur du jour, Keane se leva du fauteuil où il avait dormi et se dirigea vers le lit.

Lianae ne savait pas vraiment à quoi elle devait s'attendre avec le lit conjugal, mais certainement pas à cela. La veille au soir, Keane lui avait lancé un regard glacial et le ton de sa voix lui avait fait monter les larmes aux yeux, bien qu'elle ait refusé de les verser. Il était resté assis les yeux fixés sur le brasier, seul dans l'obscurité qui vous glaçait les os, et elle s'était couchée dans le lit qu'ils auraient dû partager, recroquevillée aussi loin que possible de la tache de sang.

Pendant un moment, Lianae put le *sentir* debout près du lit, comme une ombre derrière ses paupières, mais elle n'osa pas ouvrir les yeux pour voir ce qu'il faisait. Il s'attarda une seconde avant de se retourner, puis sortit. En son absence, la chambre sembla encore plus froide et plus vide.

Déroutée et ne sachant que faire, elle resta allongée, hésitant à se lever. Entre autres parce qu'elle portait toujours cette fichue robe de mariée qu'elle n'avait pas pris la peine d'ôter avant de se coucher. Mais elle n'avait aucun désir de la porter aujourd'hui. Elle avait eu assez de robes de mariée pour toute une vie !

Avait-elle osé espérer plus ? Que pouvait-elle vraiment espérer ? Qu'il ferme tout simplement les yeux sur ses nombreux mensonges et tombe assez amoureux d'elle pour l'aimer comme son épouse ?

Ses affabulations auraient pu l'envoyer à la potence. Pas étonnant qu'il la haïsse tellement. Il s'en était fallu de peu. Elle aurait pu se retrouver là, à écouter devant sa fenêtre le brouhaha de la foule attendant l'arrivée du bourreau.

Mais non. D'une façon ou d'une autre, elle avait su que les choses n'en arriveraient pas là… n'est-ce pas ?

Elle avait dû le savoir.

Se rappelant la façon dont Keane l'avait regardée deux jours plus tôt seulement, sous ce fameux alisier blanc, elle sentit son cœur se serrer et souhaita désespérément qu'il redevienne celui qu'il avait été.

Ne lui pardonnerait-il jamais ?

Les baisers qu'ils avaient partagés, tous leurs baisers, lui donnaient des raisons d'espérer. Même celui qu'il lui avait donné à l'autel... Elle frissonna en y repensant.

Après un long moment, elle entendit frapper à la porte. Son cœur s'accéléra. Elle se redressa et s'assit dans le lit.

— Entrez, dit-elle.

La porte s'ouvrit. Une jolie jeune femme passa la tête par la porte.

— Bonjour, Lianae. Je m'appelle Kenna, je suis la sœur de Jaime.

Embarrassée d'être surprise dans cet état, le visage baigné de larmes et complètement habillée, Lianae descendit précipitamment du lit.

— Oh, s'il vous plaît... entrez.

La femme sourit et entra dans la chambre. Lianae s'aperçut presque aussitôt de la ressemblance. Elle avait les mêmes yeux que le laird de Keppenach, d'un étrange bleu acier.

— Les servantes vont bientôt arriver, dit la jeune fille. En attendant, je vous ai apporté ça.

Elle portait une pile de vêtements pliés. Une grosse pile. La jeune fille se rendit finalement compte que Lianae portait toujours sa robe de mariée. De surprise peut-être, elle détourna son regard du lit et rougit des pieds à la tête.

— Dame Lael souhaite que vous gardiez votre robe de mariée, expliqua-t-elle. Et ceci..., poursuivit-elle en désignant du menton les vêtements qu'elle tenait, sans rencontrer le regard de Lianae. Ils appartenaient à une femme qu'elle connaissait. Elle m'a chargée de vous dire qu'Aveline aurait aimé les partager avec vous.

— Qui est Aveline ?

Kenna haussa les épaules.

— Je l'ai à peine connue, fit-elle.

Lianae n'insista pas. Quelque chose dans l'expression de la jeune fille lui fit comprendre qu'elle ne désirait pas en dire davantage. Un peu nerveuse, Kenna s'avança et déposa la pile de vêtements sur le bord du lit. Elle parcourut automatiquement la literie du regard. Perplexe à la vue du sang, elle détourna une fois de plus le visage et jeta un coup d'œil vers le fauteuil près du brasier.

Comme si c'était possible, Lianae sentit la chaleur du corps de Keane sur le fauteuil, prête à dénoncer son échec en tant que mariée.

Observant la jeune fille, Lianae lut les émotions qui passaient sur son visage. Du soulagement peut-être ?

— J'espère que vous avez bien dormi ?

— Très bien, merci.

Un sourire complice se dessina sur ses lèvres.

— Je dois dire, toutes les servantes se sont pâmées en voyant *ce baiser*.

Celui de l'autel, réalisa Lianae avec un sourire forcé. La pensée améliora en quelque sorte son humeur. Il ne pouvait pas la détester à ce point quand ses lèvres racontaient une tout autre histoire.

— Vous avez de la chance, dit la jeune fille avec un sourire sincère.

— Vous l'admirez ?

C'était peut-être une heureuse supposition de la part de Lianae, et la réponse de la jeune fille aurait pu lui faire peur, mais rien dans son ton ni son expression ne lui donna à réfléchir.

Les joues de Kenna s'empourprèrent.

— Oui, je... avant..., fit-elle. Mais c'est sans importance. Hélas, Keane ne m'a jamais prêté attention, et certainement pas de la façon dont il vous regarde.

— Moi ? demanda Lianae.

Elle passa les doigts sur la pile de vêtements que Kenna avait déposés sur le lit. Elle choisit celui du dessus, une douce robe jaune en laine, sans fioritures.

— Je donnerais mes jambes et mes bras pour un seul de ces regards, confessa la jeune fille en poussant un soupir venu des profondeurs de son cœur.

Lianae dissimula un petit sourire. Non pour le chagrin de Kenna, mais pour son propre espoir naissant. Après tout, il *devait* y avoir quelque chose entre eux. Elle implorerait de nouveau son pardon pour la façon dont elle l'avait forcé à l'épouser, mais avant de pouvoir faire cela, elle devait regagner sa faveur. Elle ferait tout son possible pour devenir une bonne épouse pour Keane, elle le jurait. D'une façon ou d'une autre, elle l'amènerait à se réconcilier avec elle. Et malgré tout ce qui était arrivé, elle avait plus d'espoir pour l'avenir que quelques jours auparavant.

Dépliant la robe, elle se dit qu'il était temps de reconquérir son époux. Qu'elle trouve ses frères un jour ou pas, sa place était maintenant aux côtés de Keane. Elle tint la robe contre sa poitrine pour en vérifier la longueur.

— Elle est jolie, dit-elle en attendant la confirmation de Kenna.

— Elle sera ravissante sur vous, dit la jeune fille. Elle va bien avec la couleur de vos yeux. Mais elle est trop longue !

Elle s'avança et en choisit une autre, au bas de la pile. Celle-ci était vert pâle, aussi en laine, mais avec une ceinture dorée.

— Essayez celle-là, dit-elle. Elle vous ira mieux, et on ajustera les autres ensemble.

CHAPITRE 20

Keane passa tous les jours suivants au Conseil du roi, une distraction bienvenue malgré les sujets à discuter.

En l'absence d'Aidan, on lui demanda de représenter le clan des dún Scoti, un point totalement inutile, il aurait pu le leur dire. Aidan n'aurait jamais été d'accord avec ce qu'ils disaient. Son frère ne reconnaîtrait pas la Scotia comme sa nation souveraine et il ne s'agenouillerait jamais devant David comme s'il était son roi. Pourtant, plus Keane en entendait, plus il trouvait de sagesse dans les propos de David mac Mhaoil Chaluim. Il commençait à se sentir partagé. Un dilemme qui n'était pas de bon augure pour ses relations avec son frère. Il comprenait petit à petit pourquoi Lael avait accepté cet homme. Même s'il luttait intérieurement pour honorer ses vœux, après un jour seulement au Conseil du roi, il ne voyait déjà plus l'homme comme un fou furieux. Il était poli, juste et considérait le bien-être de son peuple à chaque fois qu'il prenait la parole. Même la sentence qu'il avait infligée à Keane, un siège à Moray et une épouse, était beaucoup plus généreuse que ce qu'il aurait mérité si les accusations de Lianae avaient la moindre part de vérité. Mais c'était hélas la parole de Lianae contre celle de Keane. Il pouvait s'estimer heureux d'avoir eu des témoins présents pour se porter garants de son caractère. Sinon, sa tête pourrait déjà orner un pieu, et Lianae serait...

... *avec William FitzDuncan,* qui était d'ailleurs étrangement absent du Conseil du roi. Mais il n'était pas le seul qu'on attendait. Broc Ceannfhionn était resté à Chreagach Mhor avec MacKinnon. Quand bien même Broc se joindrait sans aucun doute à David en vertu de sa promesse, MacKinnon avait fait savoir qu'il ne soutiendrait la campagne de David en Northumbrie que si David reconnaissait son fils comme l'héritier légitime d'Aldergh. La condition fut acceptée. À la fin de la journée, malgré la dernière tentative manquée du roi Duncan de s'emparer de la Northumbrie, David avait recueilli le soutien de tous les barons présents, avec l'assurance d'alliés supplémentaires dans le Nord.

Avec Carlisle, ils avaient maintenant l'intention de prendre Wark, Alnwick et Norham. Ils engageraient le combat dans une quinzaine de jours, dès qu'ils pourraient rassembler les troupes nécessaires et atteindre le Sud. Étienne serait trop occupé à sécuriser son trône. Des mois s'écouleraient avant qu'il puisse tourner son attention vers le Nord. D'ici là, David aurait obtenu toute la Northumbrie.

Une fois tous les détails de la campagne étudiés, Keane était prêt pour une pause. Mais les tensions qui l'attendaient dans sa chambre étaient beaucoup plus fortes que celles discutées dans cette pièce, aussi étonnant que cela puisse paraître. Il gravit les marches de la tour, espérant trouver Lianae occupée à faire quelque chose, car il avait désespérément envie de s'allonger sur le lit. Aussi confortable soit-il, le fauteuil était un piètre substitut.

Kenna et Lael avaient tenu son épouse occupée. Il leur en était reconnaissant, mais désirait néanmoins la voir, ne fût-ce qu'un instant. *Pourquoi*, il n'en avait aucune idée. Ce n'était qu'une petite mégère rusée qui s'était immiscée dans ses pensées. Il maudit le jour où il l'avait rencontrée.

À sa grande surprise, il trouva sa chambre confortable et chaude. Un feu avait été allumé et un bain aux senteurs de plantes aromatiques occupait le centre de la pièce.

Lianae vint à sa rencontre près de la porte, un pichet suintant dans les mains.

— De la bière ? demanda-t-elle en levant le récipient en étain. À moins que vous ne préfériez de l'hydromel chaud ? ajouta-t-elle en faisant un geste vers la petite table près de sa chaise, le regard rempli d'appréhension.

Keane aurait aimé refuser les deux. Mais à cet instant, une chope de bière était précisément ce dont il avait besoin. Et le bain était plus qu'il n'aurait osé espérer.

— Je veux bien de la bière, dit-il en retirant ses gants et en les posant sur la table, tout en examinant les friandises qu'elle avait préparées : des petits gâteaux croustillants au miel, aux herbes et aux épices.

Sans un mot, Lianae lui versa une chope de bière. Elle la lui tendit. Les épaules tendues, Keane prit la chope. Son corps était douloureux de désir refoulé.

Il se dit qu'elle était aussi belle que traîtresse. Le fait qu'il ne devrait pas la désirer ne voulait pas dire qu'il ne la convoitait pas...

— Voulez-vous que je vous lave ? demanda-t-elle d'une voix douce, comme si elle était volontiers prête à le servir.

Il s'efforça de se rappeler que c'était une excellente menteuse. Si elle cherchait à lui plaire, c'est qu'elle voulait quelque chose de lui. Il n'avait aucune idée de quoi il s'agissait et il n'en avait rien à faire. Il ne la laisserait pas le prendre pour un imbécile.

— Non, fit-il, d'une voix moins résolue qu'il n'avait espéré.

Têtue, elle s'approcha néanmoins de lui.

— Je pourrais vous aider si vous me laissiez faire, Keane.

Elle portait aujourd'hui des vêtements plus simples. Une robe douce en laine verte qui épousait ses courbes, soulignant sa poitrine généreuse. Il la dévora avidement des yeux, affamé de voir enfin son corps, après deux jours d'allées et venues dans l'obscurité, pendant qu'elle dormait.

Keane s'efforça de l'ignorer. Il avala une dernière gorgée de bière et reposa sa chope en silence, avant de se déshabiller devant le brasier. Il ôta son jaque et sa tunique, puis se mit à défaire son pantalon, n'osant pas tourner son attention vers l'autre personne présente dans la chambre. Sans cette barrière vestimentaire entre eux, il courait à sa perte, car à cet instant même, il se sentait excité à l'idée qu'ils étaient là, ensemble dans cette chambre... *leur* chambre... là où il aurait dû s'unir charnellement avec la femme qu'il avait prise pour épouse.

La chaleur qu'il éprouvait en se déshabillant n'avait rien à voir avec le feu qui brûlait dans le brasier. Il pouvait presque imaginer sa peau fumer comme l'eau du bain.

Sans un mot, il grimpa dans la grande baignoire en bois, tournant le dos à son épouse. Il se laissa glisser dans l'eau, reconnaissant pour sa chaleur. À peine avait-il posé la tête contre le rebord qu'il sentit les doigts de Lianae dans ses cheveux.

— Je vais vous aider, insista-t-elle.

Il ferma les yeux et, sans protester, renversa la tête en arrière. Il pria pour trouver la force de résister. Elle interpréta son silence comme une invitation à continuer, et Keane sentit le sang commencer à bouillir dans ses veines. Il posa le linge de toilette sur ses genoux.

Sans un mot, elle saisit une chope vide sur la table et la plongea dans l'eau. Elle lui demanda de fermer les yeux pour qu'elle puisse lui laver les cheveux. Mais ils étaient déjà fermés, et elle le savait. Il se redressa un peu pour qu'elle puisse lui mouiller la tête sans tremper toute la pièce. Si elle était si déterminée à l'aider, pourquoi ne pas la laisser faire.

Mais son cœur s'emballa quand elle passa ses doigts dans les longs cheveux, pour les mouiller et les savonner. La sensation de ses doigts massant son cuir chevelu était céleste. Il pouvait l'entendre haleter doucement derrière lui. Il s'efforça de maîtriser son propre souffle, en essayant de ne pas penser à sa jolie poitrine s'élevant et s'abaissant à chacune de ses respirations...

Il était beau.

Son corps était robuste, son ventre ferme. Et ses bras nus, presque aussi larges que ses cuisses. Que Dieu lui vienne en aide, Lianae ne pouvait s'empêcher de le regarder.

Elle voulait désespérément qu'il la comprenne. Elle n'avait jamais eu l'intention de lui faire du mal. Lui, plus que quiconque, avait été si gentil avec elle. Elle voulait à tout prix lui prouver qu'elle pouvait être une épouse aimante, si seulement il la laissait lui montrer. Elle voulait lui dire que personne ne l'avait encore touchée, mais les mots ne voulaient pas sortir de sa bouche.

Au lieu de se réjouir de la vérité, les prendrait-il aussi pour des mensonges ? En vérité, elle lui avait dit tant de mensonges. Elle avait menti sur presque tout depuis le moment où elle l'avait rencontré, et maintenant la vérité était plus difficile à dire que ses mensonges.

Entre ses doigts, ses longs cheveux étaient... doux, comme de la soie noire. Elle l'imaginait se tournant vers elle, pour la voir vraiment. Telle qu'elle était. Juste une épouse voulant être aimée et pardonnée par son époux. Mais pour le moment, son silence suffisait.

Reposant dans la baignoire, il semblait n'avoir aucun souci. Lianae aurait voulu pouvoir caresser sans cesse son front inquiet et passer ses doigts sur sa mâchoire tendue. Elle savonna ses cheveux en mettant tout son cœur à la tâche. Elle voulait qu'il sente son remords à chaque caresse de ses doigts. Après ses cheveux, comme il ne protestait toujours pas, elle se mit à savonner ses épaules. Il avait la peau sombre, une couleur acquise au cours de sa vie que le passage des mois ne pourrait altérer.

Réalisant qu'il avait posé le linge sur ses genoux, elle tendit la main pour le saisir, mais Keane l'arrêta.

— Non, fit-il.

— Mais...

— Je finirai tout seul.

Déçue et chagrinée, Lianae lâcha le linge et se releva, puis s'éloigna de la baignoire.

— Je... je suis désolée, dit-elle.

Puis, ravalant ses larmes, elle sortit précipitamment de la chambre.

Keane entendit la porte se refermer. Une fois Lianae sortie, il ôta enfin le linge de ses genoux, grondant son sexe traître. Il était prêt à élever l'enfant de Lianae comme le sien, mais il ne laisserait jamais sa semence se mêler à celle de William FitzDuncan.

Cependant, la dernière chose dont il avait besoin était de délaisser son vieux compagnon. Dur comme il était, après s'être tant retenu, il n'avait pas besoin de beaucoup de persuasion pour trouver son assouvissement... Et ce faisant, il entrevit le visage de Lianae.

❧

RIEN DE CE qu'elle faisait ne semblait plaire à Keane.

Le reste de la semaine, alors que son époux l'évitait, Lianae trouva à s'occuper avec Kenna et Lael, apprenant de chaque femme. Élevée dans une ferme dans le Nord glacial, où les hommes et les femmes vaquaient à leurs tâches ensemble, Lianae n'avait pas eu l'occasion d'apprendre à coudre. Elle commença par l'ajustement de ses nouvelles robes. Quelques-unes étaient trop courtes. D'autres, trop étroites. Toutes, à l'exception d'une, avaient appartenu à une jeune femme des terres frontalières, une fille du laird de Teviotdale qui était décédée quelques années auparavant. Aucune des femmes présentes ne semblait disposée à révéler comment.

Par l'intermédiaire de Kenna, Lianae découvrit tout ce qu'il y avait à savoir sur le mystérieux frère de Lael. C'était curieux d'entendre la jeune fille parler de Keane. Il semblait très différent de l'homme que Lianae avait rencontré. Il n'était pas si distant et avait pris Lianae sous son aile dès qu'il l'avait vue. Il lui tardait de retrouver le même homme.

— Je n'oublierai jamais la première fois que je l'ai vu, avoua Kenna en rougissant. Il venait juste d'arriver et pour moi, il représentait l'idéal de la beauté masculine, si magnifique avec sa peau sombre. Mais bien sûr, toutes les femmes se sont pâmées devant lui dès qu'il a franchi les portes.

Lael se mit à rire.

— Ne dis pas ça devant mon frère, avertit-elle

Kenna. Il va avoir la grosse tête et Lianae souffrira encore davantage de son arrogance.

— Je ne le trouve pas arrogant, objecta Lianae.

Kenna sourit.

— En fait, avant toi, tout ce qui n'était pas fait de métal, de plumes ou de cheval, Keane ne le voyait pas. Je pensais venir souper un jour avec un bouclier, des plumes sur le front et une queue de cheval au derrière.

Toutes les femmes présentes se mirent à ricaner en imaginant la scène.

Lianae aurait pu raconter une histoire différente, mais elle ne voulait pas mettre Kenna mal à l'aise. Son époux avait beaucoup de défauts, mais le manque d'attention n'en était pas un. Ni l'aveuglement. Ni l'absence de passion. Même s'ils n'avaient pas encore consommé leurs vœux, elle en était sûre. Elle n'avait certainement pas manqué de remarquer cette *bosse* sous son linge de toilette. Elle rougit en se rappelant la scène.

Mais le bain avait été un effort inutile. Maintenant, plus encore qu'auparavant, il allait se coucher très tard, quand il pensait qu'elle était endormie. Et il se levait tôt, bien avant qu'elle puisse ouvrir les yeux. Elle passa sa frustration sur le tissu qu'elle cousait, enfonçant furieusement son aiguille dans l'ourlet. Elle ne pouvait pas en dire trop, car aujourd'hui les filles de Lael étaient toutes réunies dans le solarium.

Quelques-unes des femmes présentes étaient les filles de seigneurs voisins. D'autres, les épouses des gardes de Jaime. Plus quelques humbles servantes de la dame de Keppenach. Lael semblait prête à inviter n'importe qui, vraie dame ou non. Toutes étaient les bienvenues dans son solarium. Le brasier flamboyait et les bougies étincelaient au-dessus des têtes. On avait étalé un beau tapis sur le plancher et disposé d'énormes coussins aux couleurs vives ici et là, un style, avait expliqué Lael, inspiré par les voyages de son époux au pays des Sarrasins.

— Je n'ai jamais beaucoup voyagé, avoua Lianae.

— Vous le ferez peut-être, maintenant que mon frère a prêté serment à David, suggéra Lael, en souriant tandis qu'elle refaisait l'ourlet d'une des nouvelles robes de Lianae.

— Peut-être, répondit Lianae.

Quoique pour l'instant, son *époux* était plus susceptible de la renvoyer à Dunràth et de l'y laisser indéfiniment. *Seule.*

— Le vert était-il la couleur préférée de dame Aveline ? demanda-t-elle.

Cela semblait le cas, car presque toutes les robes étaient dans des dégradés de vert.

— Mais si la couleur ne vous plaît pas...

— Oh, si ! la rassura Lianae. Elles sont toutes charmantes et je n'en ai jamais vu de telles. Mes propres robes ont toujours été beaucoup plus simples. Je vous suis reconnaissante de *tout* ce que vous avez fait, Madame.

— Les miennes aussi, avoua Lael.

— Et les miennes, ajouta Kenna. Mais je suis surprise que ce soit le cas pour les vôtres, Lianae.

— Pour les miennes ? demanda Lianae, déconcertée.

— Vous êtes une princesse ! s'exclama l'une des servantes de Lael.

Lianae rougit.

— Ah ! Une princesse de quoi ? Vous devez avoir un peuple pour être princesse, et le comté de Moray n'est plus ce qu'il était.

Lael et Kenna se regardèrent.

— Je vous comprends, admit Lael avec un soupir. C'est la même chose pour Dubhtolargg.

L'aiguille de Lianae s'immobilisa. Elle se rappela

soudain comment le roi David avait appelé son époux. *Dún Scoti.*

— Dubhtolargg ?

Lael continua à coudre en acquiesçant de la tête, comme si sa révélation était banale.

Comme pour Lilidbrugh, on ne parlait de Dubhtolargg qu'à mi-voix. C'était la forteresse de la montagne nommée d'après le roi des Pictes du Sud, assassiné. On racontait qu'à la mort de Talorg le Noir, son sang avait dévalé de la montagne en ruisseaux et toutes les rivières s'étaient teintées de rouge jusqu'au loch de montagne où la Mère de l'Hiver dormait dans sa caverne. Tirée de son sommeil pour pleurer le roi déchu, ses larmes transformèrent la vallée en un lieu très fertile, entouré par le terrain le plus accidenté connu de mémoire d'homme. C'était dans cette vallée que les derniers des Pictes avaient fui plus de deux siècles auparavant. On disait qu'ils demeuraient toujours dans ces collines rouges, tachées du sang de Talorg le Noir.

Lael était une dún Scoti. Cela pourrait expliquer leur teint, car ils étaient plus foncés que la plupart des Scots, de peau et de cheveux, et leurs yeux avaient un reflet vert particulier. Réfléchissant à cela, Lianae poussait son aiguille à travers le tissu épais de sa robe. Elle avait ajusté le décolleté pour qu'il révèle la naissance de ses seins. *Voyons si mon époux continuera alors à m'ignorer*, se dit-elle.

Kenna lui lança un regard entendu, car elles étaient vite devenues amies, malgré leur adoration pour le même homme. En dépit de tous ses efforts pour le cacher, Lianae pouvait voir le chagrin dans les yeux de Kenna à chaque fois qu'elle parlait de lui.

Quelqu'un frappa soudain à la porte du solarium.

— Ailis ? dit Lael à la femme rondelette qui se présenta.

— Madame... nous avons un messager..., balbutia la

malheureuse servante en refusant de regarder sa maîtresse dans les yeux.

— Savons-nous d'où il vient ?

La servante fit oui de la tête, fixant ses pieds.

— Qui est-ce, Ailis ? Parle !

Ailis la regarda enfin.

— Je ne peux pas le dire, Madame. Mais mon seigneur Jaime vous demande de venir tout de suite.

Ordonnant à ses filles de rester dans la pièce, Lael bondit aussitôt sur ses pieds et se précipita hors du solarium, sous le regard ébahi des autres femmes.

❧

LES CAVALIERS délivrèrent la nouvelle de la mort d'une dún Scoti.

Heureusement, Keane ne refusa pas à Lianae l'occasion de se tenir à son côté en ce temps de deuil. Ils se rendraient ensemble à Dubhtolargg, et de là ils se dirigeraient vers le nord jusqu'à Dunràth, dans le comté de Moray. Lael et Jaime les accompagneraient, mais on demanda à la sœur de Jaime de rester à Keppenach avec les filles de Lael. Elspeth partie, la compagnie d'une sœur ferait cruellement défaut à Lianae ; si la sœur de Keane était gentille et douce, elle n'était pas aussi aimable que Kenna.

Le roi lui-même avait aussi l'intention de faire le voyage, mais de Dubhtolargg, il chevaucherait vers le sud pour rejoindre la Northumbrie au lieu de se diriger au nord vers Moray. Pendant que le roi préparait ses troupes au combat et rassemblait ses derniers hommes, il envoya la famille en deuil au-devant de lui. Jaime Steorling resta en arrière pour accompagner le roi dans la Mounth, tandis que Keane, Lael, Lianae, Cameron et les messagers Fergus et Lachlann partirent en toute hâte.

Lianae attribua leur précipitation au désir de Keane et de Lael de retourner chez eux en ce temps d'épreuve. Mais leur rythme était épuisant. Ils augmentaient la distance entre leur groupe et celui du roi, comme s'ils voulaient être sûrs d'arriver bien avant David mac Mhaoil Chaluim.

En route, Keane était bien trop distrait pour prêter attention à leurs querelles. Il n'était pas fâché, mais ne s'occupait pas d'elle non plus. Au lieu, il ruminait et passait de longs moments en silence. Lianae se sentait comme une étrangère au sein de sa nouvelle famille.

Cependant, être ignorée de Keane dún Scoti était de loin un meilleur sort que celui qu'elle aurait pu connaître aux mains de William FitzDuncan. Elle frémit à la pensée de ce qui lui serait déjà arrivé. Pourtant... elle se surprit à désirer que Keane tourne la tête dans sa direction, au moins une fois. Elle avait préparé une excuse dans son regard et elle priait de tout son cœur qu'il puisse s'en rendre compte.

Mais il ne vit rien. L'humeur du groupe resta morose. Ils passèrent par des pinèdes et des vallées au milieu de falaises abruptes. Ils gravirent finalement les collines. La forêt s'éclaircit, puis le sentier descendit enfin dans une vallée recouverte de neige. Elle était entourée de *corries* sur trois côtés et d'un loch gelé sur le quatrième. Au moment où ils pénétrèrent dans la vallée, un son de corne remplit l'air.

Ils étaient enfin arrivés au légendaire Dubhtolargg.

Dans la vallée en contrebas, abritées des vents et entourées de sorbiers aux branches dénudées, se présentèrent des rangées de maisonnettes en pierre au toit de chaume recouvert de neige. Un énorme îlot en bois occupait le centre du loch, relié à la rive par une longue jetée en bois.

La vue du petit village, caché comme un joyau, coupa le souffle de Lianae. Même s'il semblait appartenir à leur passé, elle sentit quelque chose de solennel l'envahir dès son arrivée dans la vallée, quelque chose d'indéniablement ancien et puissant.

De leur position, ils aperçurent le clan de Keane en bas près d'un feu qui faisait rage. De son centre s'élevaient des volutes de fumée vers le ciel sombre. Bien avant qu'ils atteignent le village, un groupe vint à leur rencontre pour leur souhaiter la bienvenue.

Nerveuse et tendue, Lianae suivit son époux vers les écuries. Ils y laissèrent leurs montures, puis se dirigèrent vers le feu de joie sur la rive du loch. On s'embrassa et on versa des larmes, mais on ignora Lianae. Le cœur gros pour ces gens, elle patientait, se tenant près de son homme comme une épouse bonne et dévouée.

Une femme vint saluer Keane, une jolie jeune fille aux cheveux roux. Ils s'enlacèrent comme si le monde touchait à sa fin.

La jalousie releva sa tête monstrueuse, et Lianae détourna les yeux, incapable de supporter la vue de leur étreinte. Se souvenant que Keane avait enveloppé ses pieds blessés avec tant de soin, elle avait du mal à digérer la perte de son affection.

Qu'avait-elle fait ?

Elle avait sauvé sa propre peau, mais rendu son époux froid à son égard. Un chagrin aussi intense que la douleur de son époux envahit Lianae.

Puis ils se défirent de leur étreinte et la femme alla aussi se blottir dans les bras de Cameron. Les voir ensemble rassura aussitôt Lianae.

Elle avait étreint Keane avec ferveur et sincérité, mais Cameron avec tendresse et désir. Lianae remarqua ses doigts sur la nuque de Cameron, passant dans ses cheveux, et elle chercha aussitôt son époux des yeux.

Keane avait lui aussi remarqué le geste de la jeune fille. Il se retourna enfin pour regarder Lianae et lui lança un petit sourire timide, le premier sourire depuis des semaines. Le cœur de Lianae se serra douloureusement.

À en juger par le regard de son époux observant Cameron avec sa sœur, Lianae osa espérer que lui aussi désirait quelque chose de plus que le fief qu'il recevrait de son roi en paiement.

En outre, un autre homme aurait accepté le pot-de-vin du roi, puis pour garantir l'alliance entre leurs maisons, il aurait pris Lianae de force. Keane, lui, ne l'avait même pas encore touchée. Même maintenant, si elle le voulait, elle pourrait se déclarer célibataire, car elle était toujours vierge aux yeux de la loi.

Mais elle *voulait* vraiment être l'épouse de Keane.

Hélas, il la croyait souillée. Pire encore, il soupçonnait qu'elle portait l'enfant d'un autre homme. C'était un autre mensonge, le pire de tous. Celui que Lianae souhaitait avouer.

Il se tenait si près d'elle maintenant. Et pourtant, c'était comme s'ils étaient à des lieues l'un de l'autre. Avide de sentir ne serait-ce que sa peau contre la sienne, Lianae se rapprocha de lui. Les premières salutations finies, son époux prit la femme à part et lui présenta Lianae.

— Cailin, salue mon épouse, dit-il sobrement.

La jeune fille écarquilla les yeux et tourna brusquement la tête vers Lianae.

— Ton épouse ?

Il finit par saisir Lianae par la main, d'un geste qui semblait purement pour la forme.

— Lianae, voici ma sœur Cailin. Elle veillera à votre confort et je vous rejoindrai plus tard.

Il se pencha pour déposer un chaste baiser sur le front de Lianae. Elle pressa son visage sous la chaleur de ses lèvres, mais il se sépara rapidement d'elle et s'éloigna en l'abandonnant à sa sœur.

Cameron lui emboîta aussitôt le pas.

— Où allez-vous ? leur lança Cailin.

N'obtenant aucune réponse, elle se retourna et jeta un regard étrange à Lianae.

— David sera bientôt là, dit Lael avant de se précipiter à leur suite.

Cailin ouvrit la bouche pour parler, mais elle la referma et se contenta de regarder son frère et sa sœur s'éloigner, semblant comprendre quelque chose qui dépassait Lianae. Elle sentit toutefois que, quoi que ce soit, c'était lié à l'arrivée imminente de David dans leur vallée.

CHAPITRE 21

Le vieux Fergus montait la garde à la porte du *crannóg,* tandis que les hommes se tenaient en cercle autour du feu à réchauffer leurs doigts gelés. Les flammes dansantes jetaient une lumière capricieuse sur les visages. Dans l'ombre, près de la longue table, Lìli berçait doucement son nouveau-né, écoutant leurs propos avec appréhension. Keane et Lael s'étaient enfermés avec Lachlann, Aidan, Lìli, Sorcha et Cameron pour discuter de ce qui allait arriver. Sorcha et Lael se tenaient par le bras, reconnaissantes de se revoir après tant d'années, mais elles regardaient très attentivement leurs frères. Pendant plus de deux cents ans, les dún Scoti n'avaient attiré l'attention de personne sur leur vallée, pour une bonne cause. Et voilà que le roi et ses hommes étaient en route vers elle.

— Il a combien d'hommes avec lui ?

— Cinq cents pour le moment, les informa Cameron MacKinnon. Il a l'intention d'en rencontrer deux cents autres une fois qu'on aura quitté la vallée. Le reste nous rejoindra en Northumbrie.

Keane comprenait mieux que quiconque que la future confrontation en Northumbrie n'était pas la préoccupation majeure d'Aidan.

— Cinq cents hommes du roi vont se réunir *ici* ? demanda son frère, sur un ton manifestant son mécontentement.

Il fronça les sourcils en regardant Keane, le tenant clairement pour responsable.

— Je l'ai encouragé à renoncer au voyage, dit Keane. Mais il a insisté. Qu'est-ce que tu voulais que je fasse ?

Les deux frères se fixèrent des yeux, Aidan furieux et Keane impassible. Il connaissait bien les peurs de son frère. Mais après tout, quelle différence cela ferait-il maintenant ?

— On sait tous que David mac Mhaoil Chaluim ne vient pas présenter ses respects, dit Aidan. Alors qu'est-ce qu'il veut ?

Keane ne l'avait jamais vu autant en colère. Pas même le jour où Lael avait quitté leur vallée. Le fait que sa voix était calme ne cachait pas sa fureur. Elle était là, dans le reflet de son regard d'acier.

Le seul homme devant lequel Keane s'était agenouillé était son propre frère. Mais pas aujourd'hui. Peu habitué à la timidité de Keane devant qui que ce soit, et sentant une dispute prête à éclater, Cameron prit la parole pour la désamorcer.

— Je crois qu'il veut vous demander de vous joindre à sa campagne. Pour remporter la Northumbrie, nous aurons besoin d'autant d'hommes que possible.

Les pupilles d'Aidan se dilatèrent à la vue du cousin du MacKinnon, puis son regard s'assombrit.

— Nous ? demanda-t-il avec précaution.

— Oui, dit Cameron.

Son frère eut du mal à contenir sa colère.

— Je me fiche de la Northumbrie, ce n'est pas ma guerre, riposta-t-il.

En dépit de tout ce qu'il avait entendu de la bouche d'étrangers – notamment qu'Aidan couvait trop leurs femmes –, Keane n'avait encore jamais rencontré un homme qui n'avait pas été sur le point de faire dans ses braies face à la colère de son frère, y compris le roi David lui-même. Mais pour la première fois depuis qu'ils se connaissaient, Cameron MacKinnon se tint ferme. Il se redressa et regarda Aidan droit dans les yeux.

— Ce n'est pas non plus le combat du MacKinnon, et j'ai pourtant entendu dire qu'il va se joindre à lui.

Aidan fit un pas vers Cameron.

— Quoi qu'il en soit, *tu* n'as rien à faire dans mon Conseil, Cameron MacKinnon.

— Aidan, intervint Lael, se plaçant entre eux et posant une main sur la poitrine de son frère pour le repousser. Allez, c'est notre invité et on a déjà tant perdu. Ne nous querellons pas, le supplia-t-elle.

Aidan mit un moment à se maîtriser. Mais quand il reposa les yeux sur Cameron, il y avait cette fois du respect dans son regard.

— Chreagach Mhor est en ruine, lui apprit-il avec un peu plus de calme. Il faudra des mois pour reconstruire ce qu'ils ont perdu.

— Mais quand même, la forteresse d'Aldergh est vulnérable maintenant que FitzSimon est mort. Et je ne crois pas que mon cousin permettra aisément que le patrimoine de sa femme soit ainsi usurpé. Il va venir.

— Ce que fait Iain MacKinnon le regarde, pas moi. Je ne vais pas prêter mes hommes pour défendre une Couronne qu'on a refusé de soutenir depuis plus de deux cents ans.

— Et nous sommes en deuil, ajouta Lìli de sa chaise près de la table, sur un ton inquiet.

Elle berçait son bébé tout en implorant Keane du regard, comme si tout était maintenant de sa faute. Mais il y avait plus de choses en jeu et il était inutile de repousser à plus tard ce qui devait être dit.

— Je veux me joindre à lui, annonça Keane.

Tous les yeux se tournèrent vers lui. Il les sentit plus vivement que la chaleur du feu. Les frères se lancèrent des regards noirs, le reflet de leurs yeux verts s'affrontant au-dessus des flammes dansantes. Seule Lael avait osé défier Aidan ainsi, dix ans plus tôt, et elle était la seule à pouvoir comprendre ce que ressentait Keane en toisant Aidan, fermement résolu à tenir bon.

Il avait donné sa parole à David. Même s'il était un dún Scoti bien avant d'être un homme du roi, il avait longtemps soupçonné que cette vieille pierre cachée dans les entrailles de leur colline finirait par être une malédiction pour les siens, tout comme elle était une malédiction pour tous. Un massacre était imminent, c'était inévitable. Si cela n'avait tenu qu'à Keane des années auparavant, ils auraient enterré cette pierre si profondément que personne ne l'aurait jamais revue. Que les dieux eux-mêmes aient enfin jugé bon de le faire était en réalité une bénédiction.

Le silence se prolongea.

— Et… j'ai pris une épouse.

Silence.

Mal à l'aise devant la tension croissante, Cameron MacKinnon croisa les bras et baissa les yeux. Ses sœurs et Lìli gardèrent également le silence.

Aidan le laissa poursuivre sans l'interrompre. Ou peut-être était-il tout simplement trop en colère pour parler.

— En échange, j'ai juré fidélité à David, dit Keane.

Leur différend n'avait jamais été aussi palpable.

Keane pesa soigneusement ses mots.

— Je ne suis pas venu pour me battre avec toi, Aidan.

Aidan serra la mâchoire. Il croisa aussi les bras, comme pour adoucir sa réaction aux nouvelles.

— Alors *pourquoi* es-tu venu ?

— Pour Una. Elle était aussi ma parente.

Le silence retomba. La tension était lourde, à couper au couteau. Son frère lança à Sorcha un regard qui en disait long en désignant Cameron d'un signe discret de la tête.

Elle saisit aussitôt et prit Cameron par le bras pour l'éloigner du feu.

— Viens, lui dit-elle doucement, j'ai des nouvelles à t'annoncer...

Ils sortirent de la pièce. Une fois dans le couloir, elle se mit à lui parler d'une voix plus douce. Keane les entendit échanger des paroles tandis qu'ils s'éloignaient. Aidan ne disait toujours rien.

— Je voudrais savoir ce qui est arrivé à Una, demanda Keane, suppliant Lìli du regard. Je n'ai pas fait tout ce chemin pour me disputer avec toi à propos de David.

Les yeux de Lìli s'emplirent de larmes.

— C'est Constance qui l'a trouvée, dit-elle.

Elle détourna rapidement les yeux, incapable de continuer.

— Constance ?

— La sœur de Cameron.

Keane souleva les sourcils, surpris d'apprendre qu'elle était à Dubhtolargg. Son frère avait dû la ramener de Chreagach Mhor. La raison serait matière à discussion à un autre moment, car Aidan sembla défait quand il reprit la parole, sur un ton dépourvu de la colère dont il était empreint quelques instants auparavant.

— La fille a vu plus de choses qu'elle n'aurait dû.

Keane attendit en retenant son souffle. Même son frère ne serait pas assez cruel pour tuer une femme pour protéger cette pierre sacrée. Mais pour la première fois depuis son arrivée, Keane ressentit de l'appréhension quand il réalisa qu'il n'avait pas encore aperçu la sœur de Cameron. Puis il comprit que Sorcha avait éloigné ce dernier pour lui raconter ce qui était arrivé.

— Aidan ? Qu'est-ce que Constance a vu ?

Personne n'osa répondre.

La mâchoire de Keane se serra.

— Si quelque chose est arrivé à la jeune fille, Cameron a le droit de le savoir.

Pendant un long moment, on entendit seulement les crépitements du bois. Le silence se fit plus épais. Son frère semblait incapable de parler. Il passa soudain une main tremblante sur son visage comme pour dissimuler son chagrin. Aidan portait une barbe de trois jours. Keane comprit alors ce que la mort d'Una lui coûtait.

— Elle est maintenant avec Kellen, expliqua Lìli.

Et c'est elle qui se montra à la hauteur de la situation et lui expliqua ce qui s'était passé.

D'après ce qu'on savait, Constance avait trouvé Una dans la caverne de la pierre, sous sa grotte. Là, elle avait vu la pierre du destin et lut à haute voix les paroles gravées dessus. D'après Constance, Una s'était jetée sur elle comme une vipère. Il y avait eu une explosion de lumière, suivie d'un terrible coup de tonnerre. Et elle n'avait aucune idée de la manière dont elle s'était retrouvée à l'extérieur de la caverne. Mais c'est là qu'on l'avait trouvée, tremblante de froid... et aveugle.

Una était restée en dessous. Maintenant, tout avait disparu. La salle du haut où ils avaient stocké leurs marchandises, la grotte d'Una ainsi que la caverne de la pierre étaient maintenant toutes recouvertes de multiples couches de débris. Comme si la montagne s'était effondrée sur elle-même. Personne ne pourrait survivre à une telle catastrophe.

Keane perçut que l'émotion empêchait toujours son frère de parler.

— Vous n'avez pas retrouvé son corps ?

Aidan fit non de la tête. Keane ne l'avait jamais vu aussi las.

— On n'a pas pu, dit Lìli.

La bière funéraire était simplement là pour la forme. Elle ne contenait qu'une effigie de paille. Heureusement, Fergus avait été envoyé en éclaireur pour alerter Aidan de l'arrivée du groupe. Ils ne voulaient pas que le roi leur demande où Una était ensevelie. Mieux valait dire qu'ils ne savaient pas exactement ce qui s'était passé. Aidan ordonna aussi à Kellen de tenir Constance occupée dans leur chambre aussi longtemps que le roi serait dans leur vallée. Si possible, ils éviteraient de parler de la pierre à Cameron. Moins de gens étaient au courant, mieux c'était, même si la pierre de Scone avait maintenant disparu. Ni homme ni bête ne pourraient à présent la déterrer, mais personne ne voulait les voir essayer. Avec Una partie, les dieux semblaient vouloir que la pierre soit à jamais perdue.

— Est-ce que j'ai bien entendu, tu as pris une épouse ? lança brusquement Aidan.

— Une fille d'Oengus.

— Le Mormaer ? reprit Aidan en regardant Keane avec incrédulité.

— Oui. Le roi David veut la paix pour *toute* la Scotia, expliqua Lael pour prendre la défense de Keane. Il la veut par le biais de cette union. Il aurait pu faire pendre notre frère, mais il ne l'a pas fait. Au lieu, il a cherché à établir une alliance avec notre clan, même si ça va lui attirer des ennuis quand William FitzDuncan l'apprendra.

Aidan jura à voix basse, sa colère reprenant le dessus.

— Tu as d'autres nouvelles à m'annoncer, mon *frère* ?

Les yeux brillants, Keane lui lança un regard noir. Il ne voulait pas dire du mal de sa jeune épouse, que

Lianae le mérite ou non. Elle n'était pas là à son côté et il ne lui faisait pas entièrement confiance, mais il osait espérer qu'un jour il le pourrait. Et si elle portait l'enfant d'un autre, seuls Jaime et le roi le sauraient de son vivant.

— Je l'aime, ajouta-t-il, réalisant au même moment que c'était vrai.

Aidan souleva un sourcil. Lael aussi. Keane rencontra leurs regards. Il souhaitait tellement qu'ils le comprennent. Mais il crut voir Lael sourire, bien qu'elle l'ait caché d'une main.

— Quelle bonne nouvelle ! s'écria Lìli, bondissant du banc et s'avançant près des hommes. N'est-ce pas, Aidan ?

La mâchoire toujours tendue, les yeux d'Aidan brillaient comme des diamants.

— Aidan, s'il te plaît, l'implora Lael.

La salle resta plongée dans le silence. Ils attendaient la réponse du laird de Dubhtolargg.

— Oui, finit-il par concéder. C'est une bonne nouvelle... Bienvenue à ton épouse Moray.

Après un long silence, Lachlann s'éclaircit la gorge :

— Je regrette d'interrompre ces propos galants, mais si on allait mettre le feu à la bière avant que le roi n'arrive ?

❧

— METTEZ LE FEU à la bière ! Mettez le feu à la bière !

Réagissant aux voix paniquées de ses proches, Cailin dún Scoti laissa Lianae sur la plage pour aller mettre le feu à la bière funéraire. Ses cheveux roux flamboyant autant que les flammes qu'elle allait déclencher, elle grimpa sur le dais et donna l'ordre d'allumer toutes les torches, puis elle les accepta une par une et les jeta sans cérémonie sur le bûcher.

Au moment où cinq cents soldats dévalaient la colline, les flammes se mirent à dévorer tout le bois, comme dans un champ de blé sec.

Lianae repoussa son manteau sur ses épaules à cause de la chaleur tandis qu'elle regardait les flammes consumer le cadavre comme s'il ne s'agissait que de paille.

Mais pourquoi brûleraient-ils une effigie ?

Se souvenant de l'odeur de chair brûlée le jour où ils avaient incinéré le corps de son père, elle savait sans l'ombre d'un doute que la vieille femme dont ils avaient parlé n'était pas là dans la bière. Pourtant, on ne pouvait démentir le sentiment de deuil qu'elle remarquait chez ces gens. Ils avaient tous la larme à l'œil. Certains pleuraient ouvertement, l'air profondément abattus. D'autres se montraient plus stoïques, mais leurs yeux rougis révélaient leur douleur silencieuse. Cependant, entourée de ces gens au cœur déchiré, elle ne s'était jamais sentie plus seule.

Qui pleurerait pour elle quand elle serait partie ?

Ewen et Graeme étaient très probablement déjà morts. Pour le moment, elle ressentait plus vivement la perte de tout espoir. Elle n'avait aucune preuve que ses frères avaient survécu à la bataille de Stracathro dans l'Angus. Elspeth était partie. Sa mère était partie. Son père était parti. Son frère Lulach était pour ainsi dire parti lui aussi.

Lianae se tenait seule. Elle regardait le feu brûler, hypnotisée par les flammes qui jaillissaient tandis que, petit à petit, la colline s'illuminait de dizaines de feux de camp.

Dès qu'ils étaient arrivés dans la vallée, un vent d'appréhension avait soufflé parmi les gens de ce village endormi. Maintenant que David avait débarqué avec cinq cents hommes armés, un silence s'abattit sur eux.

Ils cachaient quelque chose, Lianae en était sûre, mais elle ne savait pas quoi. Même si elle l'avait su, elle n'aurait rien dit à David, car elle avait plus de choses en commun avec le clan de son époux qu'avec les Scots. Comme les gens de Moray, les dún Scoti étaient maintenant menacés d'extinction, telle une bougie consumée par une nuit sombre.

David mac Mhaoil Chaluim était sur le point d'unir tous les clans. Mais ce faisant, leurs héritages particuliers seraient tous perdus. Au lieu de se sentir soutenus par l'armée du roi, ils la percevaient plus comme une infestation de leurs terres, un fléau scot avec des hommes ivres qui parlaient trop bruyamment et manquaient de respect à leurs morts. Au milieu d'eux se dressait la tente du roi, un édifice de soie élaboré, rayé d'or et de rouge. Même si Lianae se sentait comme une étrangère, elle savait instinctivement que ce que ces gens prenaient grand soin de cacher, ils n'allaient pas le révéler au *roi de Scotia*.

Elle considérait David comme son ennemi depuis si longtemps. C'était sur son ordre que son père avait été assassiné. Pourtant, si le roi avait senti qu'elle lui mentait au sujet de Keane, il avait néanmoins fait preuve de gentillesse envers elle en ne la renvoyant pas au Comte – ce qu'il aurait pu trouver opportun, car William Fitz-Duncan n'était pas un homme qu'on souhaitait contrarier. Au lieu, il l'avait donnée en mariage à un homme qui, comme elle l'avait appris, n'était pas entièrement son allié. D'après Cailin, la sœur de Keane, qui prétendait être celle qui le connaissait le mieux, son époux avait revêtu la livrée du roi poussé par les circonstances. Cailin était tout aussi certaine qu'il n'aurait jamais accepté des terres et un titre, à moins de penser que cela servirait une cause supérieure.

C'était cette cause supérieure qui intriguait maintenant Lianae. Elle ne se leurrait pas au point d'imaginer que ce puisse être l'amour. Elle était tellement absorbée dans ses pensées, réfléchissant à ce qui avait pu pousser Keane à l'épouser, qu'elle n'entendit pas la personne approcher.

Elle sursauta à la voix féminine près d'elle :

— Ils sont si nombreux ! s'exclama l'épouse d'Aidan.

Lianae n'eut pas besoin de lui demander ce qu'elle voulait dire. Elle faisait référence aux hommes du roi et aux innombrables feux de camp clignotant dans la nuit noire.

Lianae se retourna pour sourire à la femme qui avait épousé le frère aîné de Keane. Aucun enfant ne l'accompagnait, et pour la première fois depuis leur arrivée à Dubhtolargg, Lianae la voyait sans son nouveau-né dans les bras.

— Le bébé dort ?

Elle était ravissante, avec ses cheveux châtain foncé et ses yeux violets qui semblaient lire dans l'âme de Lianae.

— Oui, enfin. Il est tard.

Lianae se retourna pour regarder la colline.

— Je... j'attendais, avoua-t-elle, sans vouloir préciser quoi.

Que son époux lui pardonne.

— Bien sûr, répondit la femme. Vous venez de vous marier.

— Oh, non ! protesta Lianae en rougissant. Je ne pensais pas à ça.

Mais elle y pensait. Que son époux accepte de l'honorer ou non, elle n'avait aucun désir de passer la nuit seule dans la maisonnette qu'on leur avait attribuée. Elle se sentait poussée à le chercher, même si elle ne savait pas pourquoi. Il était maintenant son point de référence, son centre.

Keane était tout ce qui lui restait pour donner un sens à son monde. Elle n'avait que lui. Même s'il était fâché contre elle, elle avait toujours confiance dans le fait qu'il la protègerait.

La femme l'observait. Lianae perçut un pétillement dans ses yeux, comme si elle savait quelque chose que Lianae ignorait. Mais bien sûr elle ne pouvait pas savoir que Keane ne voulait pas entendre parler d'elle. À juste titre d'ailleurs, car Lianae avait tout gâché.

Mais aurait-elle agi autrement si elle l'avait pu ?

Elle ne serait certainement pas retournée chez le Comte.

Jamais de la vie.

Non, elle n'aurait rien pu faire autrement, réalisa Lianae avec tristesse. Sinon, le roi l'aurait renvoyée au Comte. Elle ravala son chagrin face à cette vérité et resta immobile, les bras serrés contre elle pour se protéger du froid nocturne, regardant fixement les collines.

— Il est très content de vous avoir épousée, remarqua la femme du laird.

Lianae tourna brusquement la tête vers elle. Elle crut d'abord qu'il s'agissait d'une question, car ce ne pouvait certainement pas être vrai.

— Keane ? demanda-t-elle, pensant avoir mal compris.

La femme fit oui de la tête. Un long moment de silence s'écoula. Lianae ne savait tout simplement pas comment répondre ni quoi dire. Elle ouvrit la bouche pour parler puis la referma.

— Je sais ce que c'est que d'être déchirée entre deux mondes, reprit la femme, surprenant Lianae par sa perspicacité.

Il y avait déjà un air de familiarité entre elles, sans que Lianae ne puisse préciser la raison de leur rapprochement. Elle avait ressenti la même affinité avec Kenna et un semblant de proximité avec Lael. Mais aucune d'elles ne devait se rendre compte de ce que

Lianae avait fait, sinon elles la mépriseraient toutes autant que Keane.

— Quand je suis arrivée à Dubhtolargg, avoua-t-elle, je me demandais comment le destin pouvait permettre que j'épouse l'homme dont le peuple avait maudit mon existence même.

— Aidan ? demanda Lianae, surprise.

La femme sourit.

— Oui, c'est la vérité. Les gens de mon époux me détestaient jadis. En fait, c'est Una elle-même qui m'avait jeté le mauvais œil. Vous avez peut-être entendu parler de la malédiction de Caimbeul ?

Lianae écarquilla les yeux. Même dans le Nord, ils avaient entendu ces histoires, comment les gens de la montagne avaient maudit la fille de Caimbeul pour ses péchés. Devant elle se tenait donc Lìleas MacLaren.

Lianae tourna son regard vers la bière.

— C'est Una qui vous avait fait ça ?

— Elle-même, répondit Lìleas, la gorge serrée.

— Et vous la pleurez quand même ?

Les yeux de Lìleas se remplirent de larmes.

— Plus que je ne puis le dire. On dit que vous êtes une fille d'Oengus ?

Lianae fit oui de la tête.

— Oui, mais il est parti maintenant. Ainsi que ma mère et ma sœur. Je suis seule.

— Non, rétorqua Lìleas. Tant que vous nous aurez, vous ne serez pas seule. Nous sommes votre famille maintenant, Lianae. Les hommes dún Scoti sont extrêmement loyaux et je peux vous assurer que si Keane vous aime vraiment, vous ne manquerez de rien tant qu'il sera à vos côtés.

Lianae ne répondit pas. Elle ne pouvait lui révéler ce qu'elle avait déjà fait pour briser leur mariage. Broyant du noir, elle se retourna pour contempler la colline, avec ses dizaines de feux scintillants, comme des étoiles tombées du ciel.

Immobiles, les deux femmes restèrent parfaitement silencieuses. Au bout d'un moment, Lìleas reprit la parole.

— Je vais vous raconter ce que m'a dit Una, un jour où j'avais le plus besoin d'entendre ces mots. Elle m'a dit : « Fie-toi à ton intuition. Et quoi que tu fasses, fais-le avec ton âme. » Je sens que vous aurez besoin de ce conseil dans les jours à venir, Lianae.

Retenant ses larmes, Lianae se tourna vers elle en clignant des yeux.

— Suivez plutôt votre cœur que votre tête, lui conseilla Lìleas avec un sourire.

Quelque chose dans ses yeux violets invitait Lianae à la croire.

Puis elle se retourna et trouva Keane derrière elle. Son cœur cessa de battre.

CHAPITRE 22

Keane avait prononcé ces mots en réponse à l'attitude défiante de son frère, mais il craignait maintenant que ses paroles ne s'avèrent exactes.

Même s'il avait ardemment désiré Lilidbrugh, il s'en fichait maintenant, de Dunràth aussi. Lilidbrugh n'était qu'un maillon brisé le reliant à leur passé, un symbole de l'histoire de son clan oublié depuis longtemps. Lianae était son avenir, où qu'il le conduise.

Mais pouvait-il y avoir de l'amour sans confiance ?

Quoi qu'il en soit, il était temps d'oublier leurs épreuves. Pour le meilleur et pour le pire, Lianae était désormais son épouse. Il devait trouver un moyen d'apprendre à faire confiance à la femme qu'il avait l'intention d'aimer.

Lìleas prit la parole en premier :

— Nous nous émerveillions à la vue de tant de...

— D'étrangers ? dit Keane, finissant la phrase de sa belle-sœur.

Ils échangèrent un regard complice qui en disait long. Des choses que Lianae ne saurait jamais, des choses qu'il ne voudrait pas lui révéler, car elle n'était pas digne de sa confiance.

Lìli croisa les bras pour se protéger du froid.

— Aurais-tu jamais imaginé qu'Aidan permette une chose pareille ?

— Jamais de la vie.

Mais bien sûr, ils n'avaient plus besoin de défendre la pierre du destin. Peu importait qui pénétrait dans leur vallée maintenant que la pierre était hors d'atteinte.

Lìli les regarda tous les deux. Sentant que Keane n'était pas venu simplement pour bavarder, elle s'excusa aussitôt.

— Si vous me permettez..., dit-elle. Je suis sûre que vous avez beaucoup de choses à vous dire.

Et sans attendre la réponse de Keane, elle repartit vers le *crannóg* où Aidan et ses enfants l'attendaient. Pendant un long moment, Keane la regarda s'éloigner. Il se sentait mal à l'aise, comme si le poids du monde reposait sur ses épaules.

Non seulement la pierre du destin avait disparu, le seul but de l'existence de leur clan depuis plus de deux siècles, mais il était aussi venu enterrer la femme qui l'avait élevé depuis sa naissance. Et si cela ne suffisait pas, son épouse était une menteuse. Cela lui avait presque coûté la vie. En vérité, ce n'était pas facile de fermer les yeux sur son orgueil blessé. Pourtant, il tendit la main et invita Lianae à la prendre.

— Venez, lui ordonna-t-il.

Pendant un instant, elle se contenta de le fixer du regard. Puis elle saisit sa main. À son contact, Keane crut recevoir un coup de foudre en plein cœur.

SON ORDRE ÉTAIT ARROGANT, mais Lianae reconnut sa vulnérabilité à cet instant et, ravalant sa plainte, elle lui donna la main. Sans un mot, il l'entraîna doucement. Ils s'éloignèrent de la plage et du feu de camp et passèrent devant sa sœur Cailin qui parlait tout bas avec Cameron dans les ténèbres.

La nuit était indubitablement froide, mais la chaleur qui émanait de la main de Keane rendit sa main moite. Son cœur s'agita tel un oiseau effrayé.

— Je suppose que vous appréciez de revoir les vôtres, même si ce n'est pas dans les meilleures circonstances ?

Keane fit oui de la tête, sans commenter. Lianae avait hâte de connaître l'homme qu'elle avait épousé. S'émerveillant de la taille de sa main, elle l'imagina enfant.

— Vous êtes proche de votre frère Aidan ?

— Oui, fit-il, et il se tut de nouveau.

Son silence écrasant pesait sur le cœur de Lianae. Était-ce désormais à cela qu'allait ressembler leur vie ? Ses plaisanteries lui manquaient, même la courbe hautaine de ses lèvres quand il souriait.

Ils approchaient de la maisonnette qu'on leur avait attribuée. Lianae le suivait avec difficulté.

— Una était-elle très aimée ? demanda-t-elle en cherchant ses mots.

Elle avait encore plus de mal à parler qu'à marcher vite.

Il serra sa main, presque imperceptiblement, comme s'il voulait la faire taire.

— Oui.

Ah ! Si seulement elle pouvait défaire ce qu'elle avait fait ! Elle ferait n'importe quoi pour se racheter, hormis s'offrir à William FitzDuncan. En vérité, elle ne pouvait regretter ceci quand ses mensonges lui avaient valu cela... Mais qu'était-ce *cela* au juste ? se réprimanda-t-elle.

Et où l'emmenait-il maintenant ?

Il y avait quelque chose de différent dans son comportement ce soir. Son cœur inquiet s'emballa à mesure qu'ils approchaient de leur maisonnette.

S'efforçant de suivre ses longues enjambées pressées, Lianae chercha quelque chose à dire dans le but d'aider à leur réconciliation.

— Euh, je suis désolée pour votre perte, Keane.

— Moi aussi. Elle était comme une mère pour moi, dit-il avant de changer immédiatement de sujet. Vous semblez toujours souffrir de votre pied gauche, Lianae.

Sans la prévenir, Keane la souleva dans ses bras, la réduisant ainsi aisément au silence. Elle avait même du mal à respirer quand il franchit le seuil de la maison, puis s'approcha du lit en quelques enjambées.

À l'intérieur, le chalet était chaleureux et confortable. Lianae avait laissé le feu brûler en prévision de leur retour. Ils avaient chevauché pendant de longues heures et elle était arrivée fatiguée, prête à se reposer.

Il y avait une petite table dans un coin, flanquée de deux chaises simples. Un berceau occupait l'autre coin, ainsi qu'une autre petite table. Sur cette table étaient posés une aiguière vide et un bol.

Sans un mot, Keane la déposa sur le lit, un lit beaucoup plus petit que celui qu'ils avaient partagé à Keppenach. Il se mit de nouveau à inspecter ses pieds, enlevant d'abord une chaussure, puis l'autre. Ses pieds étaient encore endoloris, mais pas autant qu'auparavant, et Lael lui avait donné une paire de bottes solides à porter.

Il s'agenouilla pour inspecter la plante de ses pieds. Lianae se demanda comment ils dormiraient. Il ne pourrait pas passer la nuit sur une de ces chaises, et le lit était si petit par rapport au précédent qu'il leur faudrait dormir l'un sur l'autre.

À cette pensée, son sang ne fit qu'un tour, même s'ils avaient dormi encore plus proches l'un de l'autre sur sa paillasse.

— Mes pieds vont bien, lui assura-t-elle.

Et c'était vrai. En comparaison avec son état quelques jours plus tôt, elle allait même très bien. À part le rythme éprouvant de la journée, un époux qui l'ignorait, une sœur morte et des frères perdus depuis longtemps, Lianae allait parfaitement bien.

Mais en observant Keane soigner ses pieds, elle se rendit compte que ses gestes n'étaient pas ceux d'un homme détestant son épouse. Son cœur se mit à battre un peu plus vite...

— Ils sont en train de guérir, dit-il doucement. Vous devez les garder propres. Je demanderai demain à Lìli de préparer un baume.

— Ce n'est pas la peine, dit Lianae le souffle court.

En vérité, ses pieds étaient bien le dernier de ses soucis.

— Je sais qu'elle a beaucoup à faire.

À cela, son époux releva la tête et fronça les sourcils.

— Vous ne vous comportez vraiment pas comme une princesse, dit-il.

À son tour, Lianae plissa le front.

— Eh bien, à part votre excès de zèle, vous non plus, lui lança-t-elle, incapable de tenir sa langue.

— Ah, jeune fille ! C'est tout simplement parce que, au cas où vous ne l'auriez pas remarqué, je ne suis *pas* une princesse.

Réalisant enfin ce qu'elle avait dit, Lianae étouffa un petit rire.

— Vous êtes narquoise.

C'était une accusation, mais si le fait déplaisait à son époux, cela ne se voyait pas, à en juger par le sourire qui se dessinait sur ses lèvres voluptueuses.

Le cœur de Lianae se serra un peu au retour de sa bonne humeur.

Elle se sentait désespérément seule et ne voulait plus l'être. Elle avait tout gâché à cause de ses mensonges, et pourtant il avait réussi à faire preuve de bonté et d'affection envers elle.

— J'aimerais être une véritable épouse pour vous, laissa-t-elle échapper, surprise par sa propre demande.

Car c'en était bien une.

Elle était toujours vierge, mais cela ne voulait pas dire qu'elle ignorait comment devait se dérouler une nuit normale pour de jeunes époux. Elle ferait ce qu'il fallait pour qu'ils consument correctement leur union, même s'il croyait toujours qu'elle portait l'enfant d'un autre. Elle voulait tellement lui dire que ce n'était pas vrai. Mais elle ne savait pas comment le verbaliser. Ses joues s'embrasèrent à la pensée de prononcer ces mots à haute voix. Mais elle ne voulait plus qu'il la regarde comme il l'avait fait durant leur nuit de noces, comme si elle était impure. Non. Elle voulait qu'il la regarde comme le jour où ils s'étaient rencontrés pour la première fois. Comme il la regardait maintenant.

Mais la chaleur de son regard disparut aussitôt.

Keane relâcha son pied et se prépara à se relever.

Lianae le saisit par le bras, lui demandant silencieusement de ne pas s'éloigner.

KEANE VOULAIT PLUS que tout rester. Il voulait l'embrasser de nouveau. Mais un désir plus profond en lui ne pouvait être assouvi. Pas maintenant.

Pas encore.

Pas tant qu'elle portait l'enfant d'un autre.

Il ne voulait avoir aucun doute sur la paternité de son enfant. Il élèverait un fils de FitzDuncan, en sachant clairement la vérité. S'il honorait sa femme maintenant, il pourrait s'imaginer que l'enfant était le sien. Il ne pouvait pas faire cela.

— S'il vous plaît, le supplia-t-elle.

Il pouvait lire le désir sur son visage. Sa demande

effrontée toucha sa corde sensible. Elle était son épouse, se dit-il, et après tout, si elle avait voulu être avec le Comte, elle n'aurait jamais menti au roi.

Au lieu, elle avait rendu Keane complice de ses histoires, l'accusant de choses qu'il avait seulement convoitées. Oui, il était coupable, dans sa tête. Il avait vraiment *voulu* la prendre ce matin-là à Lilidbrugh.

Qui croyait-il leurrer ?

Il voulait la prendre maintenant. Et le regard de cette fille... Il lui donnait envie de croire qu'elle avait fait tout cela pour la même raison qui le portait à vouloir l'embrasser maintenant...

Parce qu'elle le désirait.

Il pouvait lire la sincérité dans ses yeux. Soudain, Keane ne put se retenir. Pas quand elle le regardait de ces yeux couleur ambre. Cédant à son désir, il leva une main vers sa joue, souhaitant qu'elle le repousse. Mais elle n'en fit rien. Au lieu, elle passa ses bras autour de son cou. Keane se pencha pour réclamer ses lèvres. Elle l'embrassa en retour, avec tant de douceur... Il ne voyait plus aucune raison de s'arrêter...

Mais non. Non.

Le désir luttait avec son orgueil. S'il lui faisait l'amour maintenant, il se demanderait à jamais si le bébé pouvait être le sien...

— Lianae... supplia-t-il.

Puis il se dit qu'il n'avait pas besoin de satisfaire son désir pour la satisfaire. Il pouvait lui donner ce qu'elle voulait. Et plus tard, beaucoup plus tard, quand il serait seul près du *loch*, il pourrait se satisfaire en se rappelant le goût de ses lèvres et la douceur de ses cheveux soyeux.

CHAPITRE 23

Si elle ne pouvait pas prononcer les mots, Lianae ne voyait qu'un autre moyen de lui prouver son innocence. Se sentant comme une débauchée, elle délaça le corsage de sa robe, offrant ses seins au regard de son époux et cherchant dans ses yeux la preuve qu'il la désirait toujours.

— Tu es très belle, chuchota Keane.

Elle haleta de plaisir quand il acheva de délacer sa robe et plaça une main chaude sur sa poitrine.

— Tu es très belle, répéta-t-il. Tu sais ce que je voudrais te donner ?

Lianae fit oui de la tête.

— Me veux-tu, Lianae ?

Lianae ravala sa salive.

— Oui, répondit-elle.

Et pour s'assurer qu'il ne s'arrête pas là, elle s'allongea sur le lit et l'attira vers elle, saisissant sa tunique pour qu'il ne puisse pas partir. Puis elle osa faire quelque chose qu'elle n'aurait jamais imaginé faire auparavant. Elle glissa une main entre eux et la posa sur *lui*, comme il avait touché ses seins.

— Ah ! fit-il en gémissant.

Son corps frémit violemment. Son sexe pulsait dans sa paume.

Il repoussa sa main et Lianae se cambra sous lui, une invitation audacieuse plus digne d'une courtisane que d'une vierge ou d'une épouse. Mais elle n'était pas prude. Ni ignorante des choses du monde. Elle avait entendu ses parents, dans leur chambre à l'étage, faire l'amour sans honte. Et si elle n'avait jamais osé laisser son esprit vagabonder dans ce domaine, elle n'avait pu s'empêcher parfois d'imaginer comment cela serait pour elle, une fois mariée. Elle l'était désormais, et personne ne pouvait la blâmer pour ce qu'elle voulait faire...

— Lianae, la supplia-t-il.

Elle suivit son exemple et plaça ses mains sur ses hanches où elles pouvaient se promener librement, explorant les lignes dures de son corps, de ses hanches, de sa poitrine...

Il lui saisit les mains et les immobilisa au-dessus de sa tête, ouvrant ses poings pour que leurs paumes se touchent.

— Tu es comme une fleur, murmura-t-il, s'ouvrant à la chaleur du soleil. Je voudrais écarter tes pétales, chuchota-t-il, et aimer chacun d'entre eux.

Lianae trembla sous la promesse de son regard.

— Montre-moi...

KEANE ÉTAIT comme un homme affamé placé devant un festin abondant, mais le plat avec lequel elle le tentait avait d'abord appartenu à un autre homme. Pourtant, se comportant en traître, son sexe se tendait contre son ventre, avide de tout ce qu'elle lui proposait. Après tant de temps sans femme, il faillit répandre sa semence à son toucher effronté, puis quand elle le supplia de son corps cambré.

Un jour, il lui montrerait les plaisirs qui l'attendaient dans ses bras. Pour l'instant, il refusait de partager son corps avec l'enfant d'un autre homme. Mais il ne voulait pas la laisser ainsi, ce serait cruel.

Essayant désespérément d'éclaircir son cerveau, pris dans les brumes du désir, il glissa une main sous sa jupe, cherchant sa douce chair. Il la trouva mouillée et prête. Son nectar doux et soyeux faillit une nouvelle fois le désarmer. Keane introduisit doucement un doigt dans son corps, séparant ses pétales de soie. L'esprit embrouillé, il lui fallut un moment pour comprendre ce qu'il avait rencontré. Puis un autre pour reconnaître le sang chaud coulant sur ses doigts. Comme un homme blessé dans une bataille, et maintenant en état de choc, Keane retira sa main et fixa des yeux le sang rouge vif qui coulait dans sa paume.

La blessure qu'il s'était faite la nuit de leur mariage était déjà cicatrisée. Il était stupéfait.

— Tu es vierge ? demanda-t-il, sidéré.

Lianae fit oui de la tête, le feu aux joues. Si Keane l'avait blessée, il n'en voyait pas trace dans son expression. Un seul regard à ses jolis seins généreux, rosis comme ses joues par l'atmosphère fiévreuse, et à ses pupilles élargies assombrissant ses yeux couleur ambre, et il sut que cette nuit serait sienne – et celle de Lianae. Tremblant de désir, il se leva pour se dévêtir. Il regarda possessivement le lit.

— À partir de ce jour, tu es à moi, Lianae de Moray.

Lianae fit oui de la tête.

— Je voudrais te l'entendre dire, exigea-t-il en jetant sa tunique par terre.

— Je suis à toi, murmura Lianae.

Il était beau comme un dieu. Sa peau luisant à la lumière du feu. Il défit ses braies et se tint devant elle, nu, sans honte, ses yeux verts lui promettant ce que son corps allait accomplir.

Elle n'accepterait aucune barrière entre eux cette nuit. Tout ce qu'il prendrait, elle le lui offrirait volontiers. Impatiente de se défaire de ses propres vêtements, Lianae ôta sa robe et se rallongea sur le lit, sous le regard de Keane, ses yeux verts brillant comme deux joyaux.

— Ce qui est à moi est à moi, dit-il à voix basse. Je tuerais pour le défendre.

— Je suis à toi, répéta Lianae.

Un air de satisfaction féroce passa sur le visage de son époux. Lianae retint son souffle quand il vint s'allonger sur elle, s'introduisant doucement dans son corps. Instinctivement, elle l'enveloppa de ses jambes et l'embrassa avec l'ardeur d'une amante.

Elle frotta son visage contre sa joue.

— Mais si je suis à toi, osa-t-elle murmurer à son oreille en mordillant doucement son lobe, tu es à moi, mon prince.

— Oui, dit-il en soulevant ses hanches. Oui, répéta-t-il. Je suis à toi.

Et il s'enfonça si profondément en elle que Lianae le ressentit jusque dans sa poitrine. Criant sous le coup d'une douleur si intense qu'elle en était presque jouissive, elle lui rendit mesure pour mesure, leurs corps se fondant et bougeant en parfait accord.

Keane émit un gémissement fougueux de plaisir, revendiquant son épouse.

Ils firent l'amour jusqu'à l'épuisement. Puis ils restèrent allongés dans le petit lit, nus et dépourvus de honte, dorés par la lueur du feu. Il explorait chaque recoin du corps de Lianae, les confiant à sa mémoire et chassant toute autre sensation de son cœur et de son esprit. S'il devait bientôt la quitter, il s'assurerait qu'elle emporte un morceau de lui vers le nord...

Son bébé, en vérité.

Elle n'était peut-être pas enceinte avant leur arrivée,

mais sacrebleu, elle le serait à leur départ ! Cette pensée lui plut énormément, plus qu'il ne l'aurait imaginé. Avant qu'elle ne puisse s'endormir dans sa paisible langueur, il l'attira une nouvelle fois à lui, insatiable maintenant qu'elle était à lui, et seulement à lui.

❧

LES JOURS SUIVANTS, leur village de montagne bourdonnait d'activité.

Les dún Scoti s'impatientaient. Ils voulaient retourner dans les grottes pour tenter une fois de plus de retrouver le corps d'Una. Mais tant que le roi était en résidence, personne n'osait mentionner la grotte. La bière noircie et à moitié consumée par le feu avait été déposée sur la plage, comme un squelette de bois carbonisé laissé là pour leur rappeler leur perte. Et Una ne redescendait toujours pas de la colline.

Elle était partie.

Le troisième jour, au lever du soleil, le roi les convoqua. Le frère de Keane était invité à se joindre à lui sous sa tente. Aidan refusa, mais il accepta de rencontrer le roi dans un endroit plus sacré : au rocher que son peuple appelait Clach Tolargg, en l'honneur de Talorg le Noir, leur ancêtre tombé. Les membres de son clan croyaient que les pierres étaient les restes des dieux. Plus le rocher était gros, plus la connexion spirituelle était forte. Ils tenaient donc tous leurs conseils près du plus gros d'entre eux, ceci depuis le jour où son peuple était arrivé dans la vallée. S'ils devaient parler de l'avenir de leur clan, Aidan ne le ferait que là où il serait guidé par ses ancêtres, là où il pourrait être le plus proche de la femme qui l'avait conseillé depuis la mort de son père. *Una.*

Répugnant à l'idée de devoir obéir à un petit roi comme Aidan dún Scoti, David mac Mhaoil Chaluim consentit néanmoins à sa demande. Ils se rencontrèrent en milieu de matinée, tandis que les femmes préparaient le déjeuner. Le dos appuyé à Clach Tolargg, Keane observait l'échange en espérant qu'il ne serait pas forcé d'intervenir.

Sa place avait toujours été aux côtés de son frère, mais maintenant qu'il avait une femme, il avait l'intention de la garder. Les décisions n'étaient plus si évidentes. Pourtant, s'il se retrouvait le dos au mur, obligé de tirer son épée, il ne verserait jamais le sang de son frère.

Le roi se présenta avec cinq de ses gardes personnels, plus Jaime, son champion. Mais Jaime étant marié à Lael, sa position dans cette discussion n'était pas encore claire. Il en allait de même pour Keane.

Lael était aussi présente, parce qu'aucun homme n'avait le courage de la faire partir, ainsi que Lachlann et Fergus, les deux anciens du Conseil d'Aidan.

David mac Mhaoil Chaluim n'était plus le jeune roi empressé qu'il avait été quand Aidan l'avait rencontré pour la première fois. Malgré son orgueil grisonnant, un certain respect s'était instauré entre eux. À cinquante et un ans, les cheveux maintenant poivre et sel, David n'était plus aussi svelte, mais ses yeux noirs étaient toujours aussi rusés et déterminés.

— Je veux que tu te joignes à la campagne en Northumbrie, déclara-t-il sans préambule. J'ai besoin du plus grand nombre d'hommes possible. Carlisle ouvrira ses portes à mes hommes, mais Étienne se dirigera vers le nord dès qu'il apprendra que je me suis emparé de la ville frontalière.

— Comme je l'ai dit... je refuse de prêter mes hommes pour des batailles qui ne nous concernent pas.

Le calme du roi dissimulait sa colère avec peine.

— Depuis quand maintenir la paix du roi ne te concerne-t-il pas, Aidan dún Scoti ?

— Je ne suis *pas* Scot, reprit Aidan. Je vous l'ai aussi déjà dit, mais vous persistez à prétendre que mon peuple fait partie de votre royaume. Nous ne sommes pas dún Scoti !

— Qu'êtes-vous alors ?

Rí contre *Ard rí*, Petit Roi contre Haut Roi. Ils se fixaient du regard, les poings serrés, ni l'un ni l'autre prêts à céder. Peu de gens pouvaient comprendre le manque d'influence de David dans cette vallée, contrairement à celle exercée par son frère et laird. Seuls Jaime et Lael pouvaient peut-être l'expliquer, Jaime dans une moindre mesure. Son peuple se tenait volontairement à l'écart des affaires politiques de la Scotia et rien ne pourrait persuader son frère de changer d'avis. Pas après tout ce temps.

— Ma place est *ici*. Dans ma vallée.

Keane pouvait sentir la tension émanant de sa sœur. Même si elle portait des vêtements féminins, plus que quiconque, il reconnaissait la guerrière sous sa robe. Il était prêt à parier qu'un couteau était caché sous ses jupes. La question était de savoir où elle enfoncerait sa lame si les choses tournaient mal. Elle avait quatre enfants de Jaime Steorling, qui avait prêté serment au roi.

Comme Keane...

Pendant un instant terrifiant, il regrettait le temps de sa jeunesse, quand tout était plus simple et les choix plus évidents. Se détachant de Clach Tolargg et espérant éviter le désastre, Keane annonça :

— J'irai à la place de mon frère.

Aidan lui lança un regard plein de mépris.

Lael aurait pu faire la même chose dix ans plus tôt, mais le regard qu'elle lui lança à cet instant traduisait plutôt le soulagement. Si elle avait été un homme, elle aurait sans doute prononcé les mêmes mots que lui.

Parce qu'elle aimait son époux.

Comme Keane commençait à aimer Lianae.

Faisant craquer ses doigts et étirant les muscles de son cou, le roi considéra l'offre de Keane avant de finalement acquiescer d'un mouvement de tête.

— Tu devais venir de toute façon, Keane, mais si Aidan accepte et s'il me reconnaît comme le souverain légitime de la Scotia, nous en resterons là.

David mac Mhaoil Chaluim ne quitterait pas la vallée sans quelque petite victoire. On n'avait jamais prononcé de mots choisis avec plus de précaution. Il ne demandait pas à Aidan de s'agenouiller devant lui, car il comprenait bien que ce serait en vain. Il voulait seulement qu'Aidan le reconnaisse comme le souverain de la Scotia, une nation à laquelle Aidan prétendait ne pas appartenir.

Tous les hommes présents comprenaient leur bras de fer. Après un long silence, son frère soupira :

— Très bien, acquiesça-t-il, conscient de la subtilité des mots. J'accepte de vous reconnaître comme le souverain légitime de la Scotia.

Avant qu'ils ne puissent parvenir à un accord, Keane reprit la parole :

— Tout ce que je demande, c'est de pouvoir accompagner mon épouse à Dunràth.

— Non, fit le roi en secouant la tête. Ce n'est pas le moment. Si tu veux me servir, tu quitteras cette vallée à mes côtés.

Keane serra les poings.

— Non ! Je ne laisserai pas *mon épouse* s'aventurer dans les terres du Nord sans escorte ni protection.

Sa première préoccupation était de la protéger de gens comme William FitzDuncan. S'il posait la main sur sa femme maintenant qu'ils étaient mariés, il l'écorcherait du ventre à la gorge.

— Nous avons déjà perdu trop de temps, se plaignit le roi.

Keane s'avançait en terrain dangereux. Néanmoins, il ne pouvait pas accepter ce décret.

— C'est vous qui avez perdu votre temps, *Votre Grâce*. Moi, je suis venu pleurer ma parente, et en vérité, personne ne vous a demandé de nous rejoindre dans cette vallée.

David mac Mhaoil Chaluim devint tout rouge, puis violet. La charité que Keane avait entrevue chez l'homme était désormais obscurcie par la colère. Ils étaient en désaccord. C'était un conflit d'intérêts. Lianae ne ressemblait pas à Lael. Ce n'était pas une guerrière. C'était une dame dans l'âme, si irritable fût-elle. À quoi bon un château ou des terres s'il perdait son épouse ?

— Je l'accompagnerai, annonça Lael.

— Toi ? s'exclamèrent-ils tous à l'unisson, Jaime, le roi, Aidan et Keane.

— Oui, moi !

Se sentant insultée, Lael se redressa de toute sa hauteur, inébranlable sous leur air de désapprobation.

— Il n'y a pas une seule *dún Scoti* qui ne puisse l'emporter sur vous tous. C'est moi qui emmènerai Lianae, avec Cailin et Sorcha, ajouta-t-elle en se tournant vers le roi. Donnez-moi juste un de vos hommes, pas même le meilleur, et je me débrouillerai. Alors mon frère pourra vous accompagner en bonne conscience vers le sud.

Le roi resta de marbre, silencieux.

Lael insista :

— Voulez-vous priver votre serviteur de la tranquillité d'esprit nécessaire pour vous servir sans obstacle, Votre Grâce ? Ou préférez-vous qu'il ait l'esprit préoccupé à cause de sa femme enceinte pendant qu'il veillera sur vous ?

Le silence se prolongea suite à l'emportement de Lael.

Sur la colline, on entendait les hommes bavarder tandis qu'ils se levaient pour aller déjeuner. Mais ici, autour du rocher ancien Clach Tolargg, un seul homme osa prendre la parole et la contredire.

— Lael… dit Jaime, dans l'intention de la raisonner.

Sa sœur se tourna vers son époux, le réprimant du regard.

— N'essaie pas de discuter avec moi, Jaime. Oui, je suis ton épouse bien-aimée, mais bien avant cela, j'étais une dún Scoti. Je suis parfaitement capable de le faire et peut-être même plus que toi !

C'était un défi que tout homme sain d'esprit n'aurait pas relevé.

En colère, Lael balança son manteau derrière ses épaules et s'en alla. Après son départ seulement, un rire nerveux retentit au milieu des hommes. Le roi rompit le silence, admettant en se grattant la tête :

— Cette femme me flanque la trouille. Tu as du cran, Jaime ! lança-t-il, après quoi tous les hommes présents s'esclaffèrent d'un rire anxieux.

Mais Keane n'était pas en paix pour autant.

— Est-ce que Lianae sera en sécurité à Dunràth si FitzDuncan ne se joint pas à la campagne ?

Le roi regarda Keane avec une lueur dans les yeux.

— Je ne suis pas assez stupide pour laisser une place forte d'importance sans un nombre suffisant d'hommes pour la garder.

Keane comprit clairement que le roi faisait peu de cas de Lianae.

— J'enverrai une ordonnance avec ton épouse pour être sûr que mes hommes obéissent à ses ordres. La question est plutôt de savoir... si Dunràth sera en sécurité avec ton épouse aux commandes, Keane dún Scoti.

Malgré les derniers jours, Keane était incapable de défendre ou d'accabler Lianae, pas avec tout ce qui s'était passé. Mais la savoir en sécurité était sa plus grande préoccupation.

— Auriez-vous donné à mon frère une épouse qui serait prête à trahir ses semblables et son roi dans un même souffle ? rétorqua Aidan.

Le roi répondit après un moment de réflexion.

— Non, admit-il.

— Alors l'affaire est conclue, dit Jaime. Lael emmènera Lianae vers le nord, et avec votre permission, Votre Grâce, j'enverrai Luc avec elles. Cet homme est loyal à l'excès.

— Soit, dit le roi. Amusez-vous tant que c'est encore possible. Nous partirons pour la Northumbrie dans deux jours.

CHAPITRE 24

On était le 1er janvier, et la Mère de l'Hiver n'était pas encore revenue. La température anormalement douce pour les ides de l'hiver encourageait à se mettre au lit, en particulier ceux qui ne seraient pas seuls.

Plus tard ce même soir, Jaime et Lael déposèrent leurs armes… ainsi que leurs vêtements, chaussures et jaques, et laissèrent le tout par terre.

Dehors, sur la colline, le vacarme se poursuivait : on entendait les hommes ivres rire et se lancer des plaisanteries grivoises, mais dans la chambre que partageaient les amoureux, on ne percevait que des chuchotements intimes.

— Promets-moi que tu prendras soin de toi, mon amour, dit Jaime en passant ses doigts dans les cheveux de son épouse.

— Ne t'inquiète pas, Jaime. Mon peuple a traversé les terres du Nord bien avant l'arrivée des Scots. Je peux prendre soin de moi, comme tu le sais, le rassura Lael.

Mais il n'était pas tranquille. Il écarta doucement les cheveux de son visage.

— Je ne serai pas à tes côtés pour m'assurer que les

autres se rendent compte de ce que tu représentes pour moi. Et tu me condamnerais à une vie de vengeance si je te perdais. Je t'en supplie, sois prudente, ma belle.

Il était difficile de rester en colère contre cet homme quand il la regardait de cette façon.

— N'aie pas peur. Je reviendrai, mais uniquement si tu me promets aussi de revenir.

Elle commençait seulement à réaliser qu'après cinq longues années de tensions accrues dans tout leur pays, son époux allait repartir à la guerre, comme les hommes voulaient toujours le faire.

— Je te le dis, si les femmes gouvernaient ce monde, il y aurait bien moins de sang versé.

Jaime souleva un sourcil, comme s'il ne la croyait pas.

— Vous vous tireriez les tresses jusqu'à ce que l'ennemi se rende ?

Malgré son irritation, Lael se mit à rire et l'avertit :

— C'est *ta* tresse que je vais tirer !

Et elle glissa sa main sous les couvertures.

Jaime s'éloigna immédiatement d'elle.

— Pourquoi crois-tu que je ne porte pas de tresses, ma chérie ? En tout cas, tu es trop féroce pour dire des choses pareilles. Tu as assez versé de sang en trente-deux ans.

— Seulement quand on m'y a forcé, rétorqua doucement Lael.

— Et combien de fois y as-tu été forcée ?

Rejetant sa tête sur l'oreiller, Lael leva les yeux au ciel. Les autres hommes se préoccupaient de savoir si leurs femmes couchaient avec d'autres hommes, ou avec combien, alors que son époux se souciait seulement de savoir combien elle avait pu en tuer. Elle regarda au plafond, observant les jeux d'ombre et de lumière de l'âtre, pendant qu'elle essayait de formuler une réponse véridique.

Le jour de la mort de son père, elle en avait peut-être tué au moins un, même si elle n'avait que dix ans. Quelques hommes avaient envisagé de se faufiler dans leur vallée, et elle avait brandi ses épées contre eux, mais c'était Aidan qui avait asséné les coups mortels. Elle en avait tué deux au sommet de la colline, la nuit où Rogan MacLaren avait essayé de kidnapper sa belle-sœur. Cela faisait donc trois. Plus trois autres le jour où on l'avait sortie des geôles de Keppenach, liée et bâillonnée. Et puis il y avait bien sûr tous ces hommes qu'elle avait affrontés la veille du jour où on l'avait attachée sur la potence.

— Je ne sais pas, avoua-t-elle. Et toi ?

Jaime resta sur le dos, les yeux au plafond, les mains derrière la tête.

— Je ne sais pas non plus, admit-il aussitôt. J'ai arrêté de compter depuis longtemps, ajouta-t-il en poussant un soupir de lassitude. Et si on essayait de ne plus verser de sang ? Qu'en dis-tu ?

Lael roula sur son côté et vint poser la tête sur sa poitrine.

— Ce n'est pas une promesse qu'on peut jurer de garder. Tu t'apprêtes à aller arracher la Northumbrie des mains du roi Étienne, et moi je vais bientôt partir pour Dunràth.

Au nord et au sud, les troubles persistaient. Dans le Nord, le comte de Moray respectait la paix du roi, mais s'il décidait de violer son serment... C'était un prétendant légitime au trône, et en fin de compte, le plus puissant gouvernerait ces terres.

Lael était dévastée par la perte d'Una, mais celle de la pierre elle-même ne pouvait être plus fortuite, car même si David tenait l'épée des rois, si l'on venait à apprendre qu'il avait reçu sa couronne assis sur une fausse pierre...

C'est pour cette raison qu'ils avaient tenu

Constance à l'écart de leurs hôtes, pour s'assurer qu'elle ne trahisse pas le secret des gardiens par inadvertance.

Mais Lael ne voulait pas penser à de telles choses pour le moment, pas quand il y avait une victoire plus douce à gagner ici dans son lit. Le sourire aux lèvres, elle grimpa sur son époux, nue et fière d'être l'objet de son amour. Les yeux bleus de Jaime la transpercèrent du regard, comme une flèche envoyée en plein cœur.

Elle se pencha pour l'embrasser tendrement, savourant chaque instant, consciente que nul ne savait ce qui pouvait arriver demain.

— Je t'aime, murmura-t-elle près de sa bouche tandis que Jaime venait caresser les courbes de ses seins.

— Je t'aime, dit-il aussi.

Ils s'étreignirent alors, leurs corps ne faisant plus qu'un.

❧

Les deux derniers jours avaient été comme un rêve et Lianae ne voulait pas qu'il prenne fin.

Il ne restait maintenant plus que quelques heures avant le départ des hommes du roi, et elle attendait impatiemment le retour de Keane. Au lever du soleil, son frère l'avait réveillé et Lianae avait à peine eu le temps de lui parler avant qu'il ne sorte.

Une fois qu'il serait parti avec David, elle craignait ne plus jamais le revoir, car Étienne ne céderait pas aisément les terres frontalières. Une partie d'elle-même espérait qu'Aidan dún Scoti le dissuade, ou même lui interdise d'y aller. Mais elle savait bien que c'était impossible. Keane avait prêté serment à David. Et même s'il était prêt à renoncer à Dunràth et à Lilidbrugh, Lianae faisait aussi partie de cet accord. Il lui faudrait aussi renoncer à elle. Et il serait ensuite jugé pour trahison, car il avait promis fidélité à David.

Faisant les cent pas dans la maisonnette, elle passa la main sur les meubles avec curiosité, pensant à ses hôtes. L'habitation ne comprenait qu'une seule pièce. Elle était bien entretenue, sans le moindre grain de poussière, et on avait récemment balayé les cendres de l'âtre. Dans l'un des coffres, Lianae avait trouvé des piles de robes soigneusement pliées, et dans un autre plus petit, des vêtements d'homme. De toute évidence, ceux qui vivaient là appréciaient leur demeure, et pourtant ils l'avaient gracieusement mise à disposition de leurs invités. En guise de remerciement, Lianae pourrait peut-être leur laisser une de ses pierres. Malgré ces tristes circonstances, ils l'avaient accueillie à bras ouverts.

En attendant que Keane rentre de la réunion du Conseil avec son frère, Lianae détacha la bourse de soie de sa ceinture et la déposa sur la table. Elle s'assit dans un des fauteuils pour défaire le nœud. Puis elle déversa le contenu de la pochette sur la table. Il lui restait cinq pierres fétiches.

Avaient-elles de la valeur si l'on ne possédait pas la totalité des douze pierres ? Lianae n'en avait aucune idée. Mais c'était tout ce qu'elle avait à offrir...

Chacune des pierres portait une marque semblable : deux lunes et un éclair entre elles. Elle les retourna une par une, passant le doigt dans les profondes gravures. Elle se demandait avec quoi on les avait faites, car il aurait fallu une aiguille plus fine que celle dont elle s'était servie pour ajuster les robes d'Aveline, et pourtant tranchante comme une lame de rasoir pour couper dans le quartz comme dans du beurre. Elle s'émerveillait de la dextérité de l'artiste et étudiait les pierres posées sur la table, songeant qu'au printemps prochain, elle demanderait à Keane de la remmener à Lilidbrugh pour rechercher les pierres manquantes. Même si elle ne pouvait pas s'en servir pour se procurer des nouvelles de ses frères, elle pourrait les vendre pour réapprovisionner leur domaine. Après tant de temps sans seigneur ni châtelaine, Dunràth aurait besoin de ravitaillement.

Elle entendit frapper à la porte. Surprise, Lianae remit rapidement les pierres dans le petit sac et le referma.

— Entrez, dit-elle.

— Excusez-moi, dit une jeune fille à peine sortie de l'enfance.

Gênée, Lianae cacha la bourse entre ses genoux.

— Puis-je vous aider ?

Le visage de la jeune fille s'assombrit.

— Me suis-je trompée de maison ?

— Je... je ne sais pas, dit Lianae, remarquant alors le regard vague de la jeune fille.

Elle est aveugle. Lianae en eut la confirmation quand elle saisit un bâton rudimentaire de derrière la porte et se mit à en frapper le plancher devant elle.

— Je… je vous demande pardon, reprit la jeune fille d'une voix entrecoupée, comme au bord des larmes. Je suis venue chercher des vêtements de rechange.

Lianae bondit de sa chaise et posa sa bourse sur la table.

— Laissez-moi vous aider, dit-elle en se précipitant vers elle. Vous ne devriez pas être toute seule ! la réprimanda Lianae.

Mais ce n'était pas la bonne chose à dire. La douce jeune fille tomba à genoux et se mit à pleurer.

— Je voulais être une bonne épouse, dit-elle.

Lianae s'agenouilla à côté d'elle et lui passa une main dans le dos, essayant en vain de la calmer.

— Allons, allons, lui dit-elle d'une voix douce. Tout ira bien...

❧

Elle s'appelait Constance. Mais Lianae n'eut pas le temps de réfléchir à l'histoire fantastique qu'elle venait de lui raconter, car à peine avait-elle reconduit la toute jeune fille chez son époux, vêtue d'une nouvelle robe et plus calme après la conversation qu'elles avaient échangée, que Keane vint lui dire au revoir. Il l'embrassa tendrement, le cœur lourd. Lianae le suivit jusqu'à la colline, où cinq cents guerriers montés attendaient que le roi donne l'ordre de départ.

David mac Mhaoil Chaluim s'était déjà placé à la tête de la cavalcade, ses bannières or et rouge flottant au vent, seule tache de couleur contre un ciel sombre et gris. Les cottes de mailles et les longues épées étincelaient sur la colline, tandis que quelques hommes se précipitaient pour rassembler leurs affaires et préparer les chevaux.

Voulant désespérément prolonger cet instant, Lianae s'accrocha à Keane, même après qu'il fut monté. Elle répugnait à le voir partir.

Elle était terrifiée à l'idée de ne jamais le revoir. Elle avait tellement de choses à lui dire, mais avec tant d'oreilles indiscrètes autour d'eux, elle tint sa langue. Elle posa sa joue contre la cuisse de son époux. Il se pencha et la prit par le menton.

— Ne t'inquiète pas. Lael t'emmènera chez nous en sécurité et je serai très bientôt de retour.

— Promets-le-moi ! exigea Lianae.

Il lui caressa la tête de sa main gantée et la serra contre lui.

— Lianae, ma sœur est aussi capable qu'un homme. Et une fois que tu seras à Dunràth, tu auras l'ordonnance du roi. N'aie pas peur, mon amour.

Mon amour...

C'étaient les paroles les plus douces que Lianae ait jamais entendues. Mais tout arrivait si vite. Des voix criaient dans sa tête. Elle ne supportait pas qu'il s'en aille maintenant. Elle voulait le supplier de rester, mais le bruit insistant du cor l'empêcha de parler.

— Keane, cria-t-elle doucement, lui saisissant la main.

Ses yeux verts la poussaient à parler. C'était maintenant ou jamais, mais les mots restaient coincés dans sa gorge. Déconcertée par ses propres émotions, elle plongea son regard dans les yeux scintillants de son époux.

Et soudain, trop vite, l'occasion lui échappa. Un cavalier dégringola la colline depuis la première ligne.

— Allons-y ! s'écria-t-il. En formation !

À contrecœur, elle pouvait le lire dans son regard, Keane détacha ses doigts de ceux de Lianae. Puis il éperonna sa monture, lui tourna le dos et suivit le groupe de David. Lianae ressentit la séparation aussi douloureusement que si on lui avait arraché un bras. La gorge trop serrée par l'émotion pour parler, elle le regarda s'éloigner. Une fois la troupe partie, la vallée semblait désolée, la colline dévastée et foulée, avec des traces de foyers dans la neige piétinée. L'air lui-même sentait la fumée.

Keane ne se retourna qu'une seule fois pour dire brièvement au revoir de la main à Lianae. Elle ignorait combien de temps elle était restée clouée sur place, mais elle ne pouvait plus voir les troupes du roi quand Lael vint la chercher afin de commencer leurs propres préparatifs pour leur chevauchée vers le nord. Le cœur lourd, elle laissa Lael l'éloigner.

La plupart de ses affaires, le peu de choses que Lianae possédait, avaient été envoyées directement de Keppenach à Dunràth. Elle n'avait presque rien apporté dans ses sacoches, juste quelques vêtements de rechange et une petite bourse pleine de pierres. Tout ce qu'elle possédait avant de rencontrer Keane était désormais perdu, abandonné à son frère Lulach et son épouse. Elle recommencerait sa vie à zéro, émergeant des cendres de son passé.

Après réflexion, Lianae décida de ne pas donner ses pierres à Constance, puisque la pauvre fille ne pouvait même pas les voir pour les apprécier. Plus tard, quand l'occasion se présenterait, elle lui coudrait une nouvelle robe. Et peut-être trouverait-elle quelqu'un pour lui tailler un meilleur bâton, afin qu'elle puisse se déplacer avec plus de facilité.

En attendant, un simple merci suffirait. Trop souvent, la vie n'était pas juste. Mais là encore, cette vérité n'était pas étrangère à Lianae. À vingt-trois ans, elle avait eu plus que sa part d'épreuves et de pertes. Pourtant, si elle s'était crue endurcie par ses circonstances, elle était mal préparée pour les sœurs dún Scoti qui, à en juger par leurs vêtements, étaient bien plus endurcies par la vie que Lianae ne le serait jamais.

Recouvertes de *woad*, avec des marques semblables à celles que Keane avait portées, elles étaient habillées comme des guerrières expérimentées, telle Boadicée, la reine de la tribu ancienne des Iceni. Malgré toute sa douceur à Keppenach, Lael était différente aujourd'hui, équipée comme le plus féroce des guerriers, recouverte de cuir, de fourrures et de lames de la tête aux pieds. Elle portait du *woad* sur les joues et sur le front, et son opulente chevelure noire était retenue par des tresses, pour que ses cheveux ne l'entravent pas en cas de bataille. Elle avait troqué ses robes en soie pour du cuir, et ses couteaux étaient tous recouverts de peaux. Elle lui expliqua que cela empêchait ses doigts de geler, tout en dissimulant la lueur du métal au regard de l'ennemi. Contrairement aux Anglais, qui portaient des casques en argent et des cottes de mailles scintillantes, un véritable Scot comprenait intuitivement que pour survivre dans la Mounth, un homme, ou une femme le cas échéant, ne devait faire qu'un avec la terre. Lianae sourit intérieurement à la vue de Lael, et elle regretta un instant de ne pas être aussi courageuse.

Si seulement elle et toutes les femmes de Moray s'étaient liguées avec les hommes... Ils auraient formé une armée de dix mille personnes. Hélas, « Les femmes ne mènent pas les armées ! » lui avait dit son frère Graeme un jour qu'il avait surpris Lianae en train d'admirer l'épée de son père. « Ce n'est que pure fantaisie, Lianae ! Comme la formation des *corries*, tu ne crois tout de même pas que Cailleach les a dressés pierre par pierre ! »

— Qui sait, ça pourrait être vrai ! avait rétorqué Lianae.

La douce voix de sa mère lui revint : *Il y a plus de choses inconnues sous les cieux qu'on ne peut le supposer, Lianae. Tout est possible, tout.*

Y compris l'amour d'un homme pour une femme qu'il n'avait pas demandée.

Lianae devait s'efforcer de le croire.

Depuis Dubhtolargg, elles n'avaient que vingt lieues à parcourir à vol d'oiseau, mais elles devaient traverser un terrain montagneux, avec des forêts épaisses et des rivières rapides et écumantes. Si loin au nord, il n'y aurait ni auberge ni taverne où faire halte. Personne ne s'attendait à trouver le confort d'un lit en chemin. Cette fois au moins, Lianae avait un cheval et une bonne paire de chaussures.

Ils étaient six au total, les femmes sur des juments blanches comme neige habituées au terrain. Gracieuses et robustes, Lael chantait leurs louanges. Contrairement aux destriers des Normands, les yeux assoiffés de sang, elles gardaient la tête froide pendant la bataille. Lianae espérait ne jamais être témoin de ce fait. Bien que Lael se soit vantée de n'avoir besoin que d'un seul homme pour les accompagner, Aidan avait insisté pour que Lachlann se joigne à elles. Non seulement il était rassuré de savoir que le capitaine en qui il avait confiance allait accompagner ses sœurs pour les protéger, mais au retour, Luc pourrait rentrer directement à Keppenach avec Lael, tandis que Lachlann escorterait Sorcha et Cailin dans la Mounth.

— Restez dans l'ombre le long des rochers, leur conseilla Aidan en retenant la monture de Lael par la bride.

Il lança un regard entendu à Lachlann.

— Évitez le vieux sentier et restez dans la forêt jusqu'à ce que vous ayez dépassé la Spey.

Lael sourit à son frère.

— Ne t'inquiète pas, Aidan. On prendra bien soin de ton capitaine. Tu ferais mieux de te tracasser pour l'imbécile qui oserait entraver notre route.

Lianae voulait bien le croire, car en selle, Lael était terrifiante.

Relâchant sa bride, Aidan échangea un nouveau regard avec Lachlann, dit au revoir à Luc, puis se tourna vers Lianae :

— Votre père était bon, dit-il.

Lianae opina de la tête.

— Oui, il l'était, et je vous remercie.

Le regard d'Aidan était sincère.

— Je regrette que vous ne soyez pas venue à un moment plus agréable, Lianae de Moray, mais nous espérons vous revoir bientôt.

— J'ai hâte que ce jour vienne, dit Lianae. Et je vous remercie de votre hospitalité, laird.

Aidan tendit la main pour caresser la crinière de son cheval.

— C'était la jument d'Una, même si elle ne l'a jamais montée, dit-il. Elle vous servira bien.

— Merci, répéta Lianae. Je vous présente mes condoléances.

— Et nous les nôtres.

Les larmes montèrent aux yeux de Lianae.

— Je vous demande seulement de prendre soin de mon frère.

Quelles qu'aient été les tensions entre eux, Lianae pouvait voir dans les yeux d'Aidan l'affection qu'il portait à son frère. Elle fit oui de la tête, la gorge trop serrée pour parler.

Avec Cailin, Sorcha, Lachlann et Luc à ses côtés, Lael chevaucha en tête pour les diriger vers la sortie de la vallée. Lianae fit au revoir de la main au frère de Keane. Puis, après un dernier regard en direction de la montagne où Una avait trouvé la mort, elle leur emboîta le pas.

CHAPITRE 25

Dunràth ne ressemblait en rien aux érections scabreuses des Normands le long de la frontière méridionale de la Scotia. Aucune muraille n'entourait cette ville côtière, même si les fortifications avaient été érigées sur une motte, près d'*An Cuan Moireach*, avec un réseau de tunnels robustes descendant vers la plage. Lianae le savait, bien qu'ils soient invisibles. Depuis des siècles, c'était la façon dont les seigneurs de Moray s'étaient servis du littoral, dont la plus grande partie avait été façonnée par la capricieuse mer du Nord.

Entouré de maisons en torchis et en paille, aux toits de chaume marron recouverts de neige, le château lui-même se dressait haut sur la colline, avec sa tour attenante comme on en voyait presque partout dans les terres du Nord, faite de pierres sèches et de mortier.

L'étendard or et rouge au lion rampant de David mac Mhaoil Chaluim flottait sur le toit. Ses couleurs étaient les mêmes que le leur, un rappel que peu importe leur histoire, leur avenir serait déterminé par le roi régnant de la Scotia.

Dès que Lianae avait appris à marcher et à parler, ce

pays avait été le sien. Arrivée au terme de leur voyage, elle sentit ses forces revenir.

Alors que le petit groupe franchissait les portes de Dunràth, les cloches de la chapelle se mirent à sonner, faisant sortir les villageois de leurs maisons. Ils saluaient Lianae d'un geste de la main à son passage ou s'arrêtaient pour regarder fixement le spectacle inattendu qui s'offrait à eux : trois femmes vêtues pour la guerre, un Highlander corpulent et un Lowlander couvert d'une cotte de mailles normande.

Dans le brouillard salin de l'océan, la lande conservait l'odeur de la végétation, même sous un manteau de neige. À cette époque de l'année, il n'était pas rare de voir la neige tourbillonner dans l'air, même sous un beau ciel bleu. Et Moray était tout près, à moins d'une demi-journée de marche le long de la côte.

Le comte de Dunràth avait été un homme de Moray, ayant prêté serment au père de Lianae, mais lui aussi avait péri lors de la bataille de Stracathro dans l'Angus. C'était par bonté que le destin avait placé Lianae ici, au milieu de ces gens qui accueilleraient sûrement à bras ouverts une fille d'Oengus.

Malgré sa simplicité, Dunràth l'émerveilla. Ce n'était pas Moray, mais ce lieu était désormais le sien. Dans ses sacoches se trouvaient ses clés de châtelaine ainsi qu'une ordonnance du roi lui accordant une garnison pour assurer la sécurité de son peuple.

Son peuple, plus encore que celui de Keane.

Essayant de ne pas penser à son époux, parti pour une autre guerre vaine, Lianae se plaça maintenant en tête du cortège et gravit la colline au trot. Plus ils montaient, plus elle apercevait Moray. Avec ses plages de sable. Ses huttes de pêche parsemant l'horizon à perte de vue. Sa riche lande recouverte de neige, ses dauphins bleu-gris faisant surface près du rivage.

Un jour, Lianae n'avait que trois ans, ils avaient

trouvé une baleine échouée dans les bas-fonds, le long de l'estuaire de Moray. Les voisins s'étaient partagé le butin et la graisse de baleine avait éclairé leurs maisons pendant des années. La vue de son comté lui coupa le souffle. À en juger par la façon dont les sœurs de Keane le regardaient, bouche bée, elles aussi s'étaient aussitôt éprises de l'endroit.

Ni Cailin, ni Sorcha, ni Lael n'avaient jamais posé les yeux sur la grande mer du Nord. Un sentiment d'orgueil envahit Lianae, tandis que le vent froid agitait ses cheveux dorés.

— Voici la dame de Dunràth, annonça Luc à la ronde. Écarte-toi ! ordonna-t-il à un petit garçon conduisant une chèvre.

Lianae et les sœurs dún Scoti échangèrent un sourire, voyant Luc dressé comme un paon. Il semblait par ailleurs être tombé amoureux de Sorcha.

— Laissez passer votre nouvelle dame ! cria-t-il en arrivant au sommet de la colline. C'est la dame de Dunràth !

Les trois sœurs de Keane entouraient Lianae d'un geste protecteur, mais c'était inutile. Lianae était chez elle. Il n'y avait pas de portes à franchir, alors elle descendit devant la grande salle, dont l'entrée était gardée par deux hommes armés.

— Je suis votre nouvelle dame, annonça-t-elle à un grand maigre aux cheveux blancs.

Il n'était ni Normand ni Scot. Elle le reconnut, c'était le fidèle serviteur de l'ancien comte.

Il l'observa avec méfiance de sa vue perçante, mais une étincelle de reconnaissance se mit à briller dans ses yeux bleus.

— Lianae de Moray, dit-il en lui serrant la main. Bienvenue, Madame ! ajouta-t-il, les larmes aux yeux. Bienvenue !

Bâtie sur les ruines d'une ancienne forteresse romaine, la ville de Carlisle était un bastion stratégique pour la Scotia. Guillaume le Roux l'avait érigée, mais David avait l'intention de la garder et d'en faire la capitale la plus méridionale de la Scotia. Ce qui se comprenait aisément, car même lorsque les pays n'étaient pas en guerre, les *reivers* empoisonnaient la vie de David. Les maîtriser, plus encore que contrôler la nouvelle cathédrale, était son objectif ultime.

Trois mille hommes s'avancèrent sur la ville, mal préparée pour un siège, au lever du soleil. Les portes s'ouvrirent rapidement. De là, au nom de Mathilde l'Emperesse, David mac Mhaoil Chaluim envoya de petits groupes s'emparer de Wark, Alnwick, Norham et Newcastle. MacKinnon descendrait sur Aldergh dans une quinzaine de jours. Une fois Carlisle maîtrisée, David prit Keane à part et lui donna des nouvelles de Lianae. En entendant ses paroles, un frisson lui parcourut le dos.

Se précipitant hors de la cour du roi, laissant un souverain grimaçant dans son sillage, Keane se dirigea vers les écuries. En chemin, il lança à Cameron :

— Nous partons pour Moray, *tout de suite* !

— Avec la bénédiction de David ?

— J'y vais, avec ou sans elle ! rétorqua Keane en lui lançant un regard réprobateur.

Parbleu ! Si on lui avait dit ce que Lianae allait découvrir à Dunràth, il ne l'aurait *jamais* laissée y aller seule.

En toute hâte, Keane rassembla les hommes qu'on lui avait promis, seulement sept. Quarante de plus les suivraient lorsque David n'en aurait plus besoin. Les autres l'attendaient à Dunràth, tous sous les ordres de Lianae !

En colère, il attacha sa selle, sous le regard de Cameron.

— Et si elle les a trouvés ?

— Je ne sais pas ce que Lianae va faire, mais tu le savais, tu le savais, sacrebleu ! Et tu ne m'as rien dit ! Pourquoi ?

— Je ne briserai plus aucun serment, répondit simplement Cameron.

Malgré la fureur de Keane, les deux hommes savaient ce que signifiait aux yeux de Cameron le fait de tenir ses promesses. Il s'efforçait maintenant de mener une vie honorable pour se racheter aux yeux du monde. Aux yeux d'Aidan et surtout à ceux de sa sœur.

Mais il y avait une chose que Cameron n'avait pas encore apprise : si on refusait de se battre pour ceux qu'on aime, pour qui diable le ferait-on ?

— Va-t'en au diable ! lui lança Keane en tournant les talons. Reste-là à te battre pour *ton roi.*

— Je vais venir…

— Non ! s'écria Keane. Je ne veux pas chevaucher avec un homme en qui je ne peux pas avoir confiance.

Et d'un bond, il sauta sur Beithir et donna à ses hommes l'ordre de partir.

Même en chevauchant jour et nuit sans s'arrêter, il lui faudrait au moins une semaine pour se rendre à Moray.

Peu lui importait que Cameron les rejoigne ou non. Fou furieux, Keane dirigea ses hommes à travers les portes ouvertes de Carlisle. Son dernier homme ayant franchi le pont, il entendit le gémissement du métal tandis qu'on abaissait la herse. Il ne regarda pas en arrière.

❧

Les sœurs dún Scoti ne restèrent à Dunràth que

quelques jours, assez pour de bonnes nuits de sommeil et pour que leurs chevaux se reposent. Mais elles ne s'en allèrent pas avant que Lianae les eût emmenées à la plage pour les laisser plonger leurs orteils dans le courant glacé. Elle les persuada de revenir en été, quand il ferait plus chaud. Lael envisageait d'amener ses filles et peut-être aussi Kenna.

— Ça lui fera du bien de sortir de Keppenach, dit Lael.

Lianae ne pouvait pas être plus heureuse d'entendre cela. Elle se sentait à l'aise, plus qu'elle ne l'avait été depuis des années. En vérité, elle avait peu de raisons de se plaindre, à part quelques malaises soudains qu'elle ne pouvait expliquer. Avant de partir, Cailin lui demanda :

— Se pourrait-il que vous attendiez un enfant, Lianae ?

L'éventualité ne lui était même pas venue à l'esprit. Malgré ses mensonges au roi au sujet de Keane, Lianae n'avait pas réellement réalisé la vitesse à laquelle cela pourrait se produire. Elle et Keane avaient passé presque chaque minute à Dubhtolargg à... *se connaître.* C'était donc une possibilité, et l'idée lui plut.

Un enfant ?

Avec Keane.

Comme sa vie serait différente ! Même s'ils étaient très proches, elle n'avait même pas pensé revoir Lulach, ni William FitzDuncan, car elle détenait une ordonnance du roi et un prince de Scotia se tenait à ses côtés. Non qu'elle ait jamais aspiré à de telles choses, car après tout, FitzDuncan était fils de roi. Mais Keane dún Scoti, aussi modeste soit-il, valait bien dix FitzDuncan.

En fait, elle était pratiquement certaine que si le frère de Keane n'avait pas perdu *Clach-na-cinneamhain*, et elle était sûre qu'il s'agissait bien de la *pierre du destin*, le dún Scoti aurait pu faire des ravages par cette seule connaissance. Si ce qu'elle soupçonnait était vrai, le roi

David n'avait jamais été couronné sur la pierre authentique. Par conséquent, son couronnement n'était pas sacré. Si *quelqu'un* devait en avoir vent, Lianae se doutait que tout le monde se précipiterait dans leur vallée pour récupérer la vraie pierre et couronner un nouveau roi. Et il pourrait y avoir un certain nombre de prétendants, tous plus légitimes à la succession que David mac Mhaoil Chaluim, y compris William FitzDuncan, Aidan dún Scoti et son frère Graeme.

Le jour du départ des sœurs, Lianae fut grandement tentée de les interroger sur la pierre et sur l'accident au cours duquel Constance avait perdu la vue. Mais malgré leur proximité croissante, quelque chose en elles la découragea de leur poser de telles questions. Même si elles semblaient être des sœurs normales, au visage doux et fraîchement lavé, elles n'étaient rien de cela.

Toutes trois serrèrent Lianae dans leurs bras avant d'enfourcher leurs chevaux blancs. Avant même d'être en selle, leurs regards reprirent leur sévérité et leurs dos se redressèrent. Elles étaient de nouveau prêtes à guerroyer.

— Toi ! lança Lael au serviteur de Lianae.

L'homme âgé parut aussitôt terrifié.

— Prends bien soin de ta dame ! lui ordonna-t-elle de sa selle.

Le vieillard acquiesça immédiatement.

Dissimulant un petit sourire, Lianae croisa les bras, luttant contre une nouvelle vague de nausée. Parbleu, Cailin devait avoir raison. *Un enfant.* Son cœur se serra à cette pensée. Un enfant, mais si son père ne revenait jamais ? Elle n'avait pas vu Keane depuis des semaines. Mais elle avait l'ordonnance du roi, se rassura-t-elle. Et elle avait Balloch, le vieux serviteur.

Mais elle ne pouvait pas entretenir de telles pensées. Elle avait beaucoup à faire avant le retour de son époux, comme dresser l'inventaire des provisions et de ce qui leur restait avant la plantation du printemps. Elle devait aussi laver le château de fond en comble, et en faire un foyer chaleureux. Il y avait des griefs à entendre et du pain à cuire. Elle devait compter les têtes de bétail et s'occuper des animaux. Et surtout, elle devait préparer l'arrivée de son enfant.

Le vieux serviteur l'aiderait. De tous, c'était sans doute lui qui serait le plus heureux de voir les sœurs dún Scoti s'en aller, car même s'il semblait être son meilleur allié à Dunràth, il était timide comme un agneau.

Il n'était jamais facile de faire ses adieux. Lianae en avait maintenant fait plus que ce qu'elle aurait souhaité, mais il fallait bien sûr qu'elles s'en aillent. Lael avait des filles à la maison et on attendait Cailin et Sorcha dans la vallée.

— Bon voyage, mes sœurs. Et que Cailleach soit miséricordieuse et fasse souffler le vent dans votre dos !

— Et vous, Lianae... prenez soin de vous, dit Lael en regardant chacun de ses gardes et en lançant un nouveau regard noir au vieux serviteur.

Pour plus d'effet, Lael posa une main sur son épée et adressa à chacun un hochement de tête terrifiant.

Lianae essaya de ne pas rire en voyant les regards que les gardes échangèrent. Ils craignaient peut-être les sœurs, mais Lianae n'avait pas peur.

Elle avait plus de cinquante hommes, loyaux envers elle seule, par ordonnance royale. Tant qu'elle restait vigilante, ils seraient plus que suffisants pour défendre leur demeure. En tant que fille d'Oengus, elle savait que chaque villageois serait prêt à prendre les armes pour la défendre, même le plus jeune enfant. Mais peu de temps après le départ des sœurs, une occasion se présenta à eux pour tester sa théorie. Un messager arriva, avec des cavaliers portant la bannière bleue et argentée de FitzDuncan.

Lianae était plongée dans les livres de compte, car elle savait lire, et elle voulait qu'ils soient en règle avant le retour de son époux. Son père n'était jamais arrivé à faire leurs comptes, c'était sa mère qui s'en était occupée. Le vieux serviteur apparut dans le solarium et resta planté là, les yeux écarquillés.

— Dame Uhtreda demande à vous parler, Madame.

En entendant le nom, Lianae se raidit.

— Dame Uhtreda ?

Était-elle venue récupérer ses pierres ?

Le serviteur opina de la tête, comme s'il lisait dans ses pensées. Mais non, il ne pouvait pas savoir qu'elle les possédait. À part Keane, personne ne savait qu'elle avait les pierres fétiches. Lianae fronça les sourcils.

— Est-elle seule ?

— Non, Madame. Elle est venue avec six gardes de FitzDuncan.

— Mais pas FitzDuncan lui-même ?

— Non, Madame.

Un peu détendue, Lianae reposa sa plume et rangea les livres. Elle se rappela qu'elle avait cinquante hommes, plus une maison de serviteurs fidèles à l'ancien comte de Moray. Même FitzDuncan n'oserait pas défier une ordonnance royale. Elle était maintenant la dame du manoir et elle refusait de se laisser intimider par FitzDuncan dans sa propre maison. De toute façon, Lianae n'était plus en possession de la majorité des pierres, et elle ne se sentait nullement obligée d'avouer ce qu'elle avait fait à une femme qui avait élevé un monstre comme William FitzDuncan.

— Fais-la entrer, finit par dire Lianae.

— Vous êtes sûre, Madame ?

Lianae se redressa sur sa chaise.

— Ne t'inquiète pas, Balloch. Si elle ose me défier,

cela reviendrait à défier son roi assermenté. Fais entrer dame Uhtreda dans ma salle de réception.

— Très bien, Madame, répondit Balloch, quoique à contrecœur.

Les lèvres entrouvertes, il semblait vouloir ajouter quelque chose. Elle commençait à reconnaître cela chez lui, car il paraissait toujours sur le point de parler. Mais il referma la bouche et se retourna pour s'en aller.

Lianae le laissa sortir. Une fois l'homme parti, elle alla changer de robe.

Même si elle avait bien plus l'habitude de porter de la laine que de la soie, elle voulait faire passer un message à dame Uhtreda. C'était *elle* maintenant la dame de Dunràth, et en tant que telle, elle aurait l'air distinguée, prête à faire face à son accusatrice. Elle envisagea un instant de laisser la petite bourse de soie dans sa chambre, mais comme elles l'accompagnaient partout maintenant, elle ne voulut pas laisser les pierres non gardées, pas même dans sa propre maison. Elle attacha la bourse à sa ceinture et se dirigea vers la salle de réception.

Dame Uhtreda avait elle-même été consort d'un roi. Son père Gospatrick était comte de Northumbrie. Mais Lianae était une fille de Moray, l'héritière légitime de Moray.

Vêtue d'une des robes ajustées d'Aveline de Teviotdale, une tunique en samit rose pâle, avec un chemisier blanc en dessous et une ceinture dorée, elle arriva dans la salle et y trouva une femme au visage triste, assise tranquillement à la table, seule, sans ses gardes. Elle cligna innocemment des yeux à la vue de Lianae.

Quant à elle, Lianae était accompagnée de quatre gardes : deux à la porte et un à chaque bout de la longue table de Lianae. Intriguée par le fait que la femme soit venue sans son détestable fils, Lianae s'approcha de la table et s'assit face à son aînée.

— Qu'est-ce qui vous amène à Dunràth, Dame Uhtreda ?

Lianae ne pouvait pas lui accorder le respect que son titre imposait. L'idée la rendait encore plus malade que le haggis qu'elle avait mangé au matin. Elle aurait bien bu un peu de tisane d'alisier blanc de son époux.

Les paupières tombantes, Uhtreda sourit malicieusement. Pour une femme de son âge, Lianae devait admettre qu'elle était encore jolie, avec ses cheveux noirs et ses yeux bleu vif, même si elle avait plus de rides que dans les souvenirs de Lianae. Elle portait des tresses, comme une jeune fille, aux rubans dorés. Sa robe aussi était finement cousue, tissée de minuscules fils d'or.

— J'ai récemment reçu la visite d'une vieille mégère... elle portait un bandeau sur un œil, dit-elle enfin.

— Quel rapport avec moi ? lui demanda Lianae.

Les pierres à sa ceinture semblèrent peser un peu plus lourd.

Uhtreda prit un air entendu et une lueur se mit à scintiller dans ses yeux.

— Ah ! Eh bien, elle était en route vers l'île de Skye, expliqua-t-elle.

— Et alors ?

— Elle m'a assuré que je pourrais récupérer le reste de mes pierres... auprès de *vous*.

Lianae eut le souffle coupé devant cette provocation flagrante. Les deux femmes se dévisagèrent par-dessus la table. Lianae sentit le bord tranchant de son dirk contre sa cuisse, mais Uhtreda garda son calme et il n'y avait rien d'accusateur dans son ton.

Au bout d'un moment, la femme porta la main à une petite bourse attachée à sa ceinture, pareille à celle de Lianae. Celle-ci entendit aussitôt le sifflement de l'acier sortant d'un fourreau. Elle leva une main pour retenir son garde, tandis qu'Uhtreda défaisait le petit sac.

Tranquillement, indifférente aux gardes, elle ouvrit la bourse et en déposa le contenu sur la table de Lianae.

Lianae regarda, ébahie.

Il y avait sept pierres posées devant elle. Quelques-unes étaient à l'envers, on y voyait deux lunes, côte à côte, avec un éclair entre elles. Le même symbole que sur les pierres perdues par Lianae. Lentement, après avoir rencontré le regard de Lianae, la femme retourna les pierres fétiches, une par une, jusqu'à ce que l'envers, avec les lunes finement gravées, soit visible sur toutes.

C'étaient les mêmes pierres.

Le quartz blanc, rare, était exactement de la même couleur.

Mais ce n'était pas possible. Lianae avait perdu les sept autres pierres dans les ronces de Lilidbrugh, sous une énorme couche de neige.

Il faisait presque nuit, mais Lianae n'avait pas encore allumé les bougies. Les pierres fétiches d'Uhtreda semblaient luire de la même lumière étrange et pâle que celle entrevue dans les ruines de Lilidbrugh. Une lueur très faible, presque imperceptible.

Comme si elles pouvaient prendre du poids, Lianae sentit la lourdeur des cinq pierres attachées à sa ceinture. Comme si elles désiraient être réunies avec les pierres posées sur la table. Lianae porta timidement une main à la bourse attachée à sa ceinture et releva le menton.

Les deux femmes se regardèrent fixement.

Uhtreda sourit de nouveau, cette fois d'un sourire las qui n'était ni froid et cruel, ni chaleureux et affectueux. Elle semblait simplement fatiguée, comme une femme qui a longtemps supporté les caprices des hommes.

— Voyez-vous... elle m'a apporté ces pierres, expliqua-t-elle, et m'a assuré que *vous* me redonneriez les autres. Voyez-vous ces marques ? demanda-t-elle en passant le doigt sur chaque rune.

Elle continua de caresser les pierres et les lunes semblèrent légèrement frissonner, comme de minuscules créatures vivantes.

— Si finement gravées, poursuivit-elle. Il n'en reste aucune de semblable. Celles-ci en particulier ont été marquées par Taranis lui-même, le dieu du tonnerre.

— Et qui est cette femme qui prétend que je vous redonnerai vos pierres ? demanda Lianae, ne souhaitant pas se séparer de celles qu'elle avait.

Si elles étaient réellement spéciales, elle n'avait aucune envie de les laisser aux mains de FitzDuncan.

Dame Uhtreda haussa les épaules.

— J'ai entendu dire qu'on la connait sous de nombreux noms. Certains l'appellent la grande sorcière blanche. D'autres l'appellent l'Unique. D'autres encore Cailleach. Ma grand-mère la connaissait sous un autre nom, ajouta-t-elle en plissant les yeux, regardant droit dans l'âme de Lianae.

— Et quel était ce nom ?

Uhtreda sourit en révélant des dents blanches parfaitement alignées.

— Les miens l'appelaient... Merlin. C'est elle qui a aidé à restaurer mon arrière-arrière-grand-père Uhtred sur son siège en tant que comte de Bamburgh. Mon nom vient de lui, voyez-vous.

Cherchant des yeux la trace de ses pierres, Uhtreda regarda par-dessus la table vers la bourse de Lianae.

— Vous ressentez le besoin de les garder près de vous, n'est-ce pas ?

Lianae tapota ses doigts sur la table.

— Si vous pensez que je vous ai fait du tort, Dame Uhtreda, pourquoi êtes-vous venue seule, sans le soutien de votre fils ? Je suis sûre que si William dressait son étendard, il pourrait décimer Dunràth en un seul jour.

— Ma chère enfant, je ne me fais pas d'illusions sur mon fils. Toute mère digne de ce nom connaît la valeur de ses hommes. William n'est pas apte à gouverner, pas plus que ne l'était son père.

— Et pourtant vous l'avez épousé ?

Uhtreda souleva un sourcil.

— Comme vous avez épousé quelqu'un que vous ne devriez pas aimer.

Lianae ravala les mots qui voulaient sortir de sa bouche. Ce qu'elle ressentait pour Keane ne regardait pas Uhtreda.

— Vous avez de la chance, reprit Uhtreda. Toutes les femmes ne peuvent se marier par amour. Et pour une telle alliance, vous savez, une femme peut être prise pour une mégère.

Par courtoisie, Lianae détourna son regard, car elle-même avait quelquefois dit du mal de cette femme. Peu de personnes avaient échappé à la langue mordante d'Uhtreda, y compris Lianae et sa sœur. Cela l'irritait davantage pour Elspeth, car maintenant sa ravissante sœur était morte. Dame Uhtreda s'était opposée à leur mariage avec véhémence, mais Lianae songea seulement maintenant à se demander pourquoi. Peut-être avait-elle su quelque chose de plus sur son fils ? Ou peut-être était-elle simplement une mégère. Mais elle n'en avait présentement pas l'air. Elle paraissait même gentille et son regard faisait preuve d'empathie.

— Je suis prête à parier que mon fils ne voulait pas faire de mal à votre sœur, reprit Uhtreda. Il est né avec la même affliction que son père. Pour dire les choses grossièrement, mon enfant, ni l'un ni l'autre ne peuvent produire de semence... sans préludes. Je crains que votre sœur Elspeth n'ait été à la merci de Bhrìghde elle-même.

Si Cailleach était la Mère de l'Hiver, Bhrìghde était celle de l'Été. Son sourire pouvait faire sortir les jeunes pousses du sol par sa seule chaleur. Mais même Bhrìghde ne pouvait relever sa sœur des morts. Le cœur de Lianae se déchira.

Avant qu'elle n'ait le temps de s'endurcir, Uhtreda annonça :

— J'ai un cadeau à vous offrir en échange de mes pierres... quelques nouvelles...

La vieille femme l'observa, étudiant l'expression de Lianae.

— Je suppose que vous n'avez pas encore visité les tunnels sous votre donjon ?

— Non, répondit Lianae.

Elle avait eu peu de raisons de le faire. C'étaient surtout les hommes qui s'y rendaient, car ils étaient sombres, profonds et trop dangereux pour une femme seule. On s'en servait essentiellement pour accéder à la mer et pour abriter les geôles.

— Pourquoi devrais-je vous faire confiance ?

Uhtreda haussa les épaules.

— Si cela fait une différence, je suis ici à l'insu de William.

— Mais non sans ses hommes.

La vieille femme haussa de nouveau les épaules.

— Certains aimeraient que le Royaume de Moray retourne à son état légitime. Je n'oserais pas voyager seule.

Une faible lueur brilla dans ses yeux. Leur incroyable intensité sembla transpercer Lianae tandis qu'elle relevait fièrement le menton. Si elle avait bien quelque chose en commun avec son fils, c'était ce mouvement de la tête.

— Et votre cadeau ? la pria Lianae.

Uhtreda pointa du doigt la bourse de Lianae.

— Mes pierres fétiches, s'il vous plaît, puis je vous raconterai ce que je suis venue dire...

Il n'en restait plus que cinq, après tout.

Que valaient-elles sans les autres ?

Piquée par la curiosité, Lianae se recula un instant sur sa chaise pour réfléchir à l'offre. Quand elle se rendit compte que ce n'était pas du tout une offre, que sa curiosité valait bien le prix des quelques pierres qui lui restaient, elle défit la bourse de sa ceinture et la posa sur la table. Uhtreda tendit aussitôt la main vers ses pierres, ses longs doigts maigres attirant la soie dans sa paume.

Elle se contenta un moment de serrer la bourse avec un air calme de contentement. De façon étrange, quand Lianae cligna des yeux, quelques rides semblèrent avoir disparu de son visage.

CHAPITRE 26

Les gardes auraient préféré lui refuser l'accès, réalisa Lianae. Brandissant ses clés de châtelaine devant elle, elle passa devant deux gardes, puis ayant décroché une des torches du mur, elle descendit dans les tunnels anciens sous Dunràth. *Seule.* Si par hasard ils ne savaient pas encore ce qui l'y attendait, elle ne voulait aucun témoin de ce qu'elle allait trouver.

Le tunnel était sombre et froid, malgré la lueur de sa torche. L'odeur de sel imprégnait l'air humide. Les vieux murs suintaient. Ils étaient tachés et recouverts d'une épaisse couche blanche. Les courants d'air lui glaçaient les jambes. Elle resserra son manteau contre elle et poursuivit hardiment sa descente. Quelque part, derrière les murs, elle entendait les vagues se briser furieusement contre la falaise. Elle rencontra un autre garde, mais dès qu'elle croisa son regard, l'homme s'enfuit avant qu'elle n'ait le temps de prononcer un mot. *Il savait.*

Elle était la fille de son père, se dit-elle, une fille de Moray. Elle ne se laisserait pas intimider par les usurpateurs. Quoi que ce soit qui l'attende plus bas, elle n'avait pas peur.

Brandissant sa torche devant elle, Lianae prit une

profonde inspiration et continua à descendre dans les courants d'air. Un rat traversa précipitamment devant elle, la faisant sursauter et pousser un petit cri. Mais pas même la peur de la vermine ne pourrait l'arrêter maintenant. Même si on lui disait qu'elle allait rencontrer des maraudeurs vikings, Lianae refuserait de rebrousser chemin.

Elle entendit et sentit des os craquer sous ses pieds et rencontra les restes d'un autre petit rongeur.

Si ce qu'Uhtreda lui avait dit était vrai, tout pouvait changer... surtout avec ce que Lianae savait sur la pierre du destin.

Malgré son mystérieux sixième sens, pas même Uhtreda n'était au courant de l'existence de cette pierre de Scone perdue. Mais si Lianae trahissait les confidences, si elle parlait à voix haute, sa vie avec Keane prendrait aussitôt fin. Hélas, elle devait considérer le bien de la Scotia, pas seulement son propre bien ni celui de son enfant.

À mi-chemin, Lianae atteignit une fourche. Les deux voies descendaient plus loin dans l'obscurité.

Quel chemin prendre ?

En avant, toujours en avant. Elle se décida et choisit le plus sombre des deux, celui qui promettait les secrets les mieux gardés. Retenant son souffle contre l'air vicié et froid, elle se fraya un chemin à travers les toiles d'araignée et les odeurs putrides.

Que ferait Oengus ?

Lianae parvint enfin à un renfoncement dans le tunnel où ils avaient creusé quatre cellules dans les parois, chacune fermée d'une lourde porte en fer.

Ici, même le bruit de l'océan était atténué par l'épaisseur de la terre. Inhalant brusquement, Lianae pensa à Keane et les larmes lui montèrent aux yeux. Elle sortit les clés de sa ceinture et trouva celle qui pouvait ouvrir les portes des cellules.

Trois étaient déjà déverrouillées et légèrement entrouvertes. La quatrième était solidement fermée, protégeant ce qui se trouvait de l'autre côté...

Les barreaux étaient trop hauts pour pouvoir jeter un coup d'œil à l'intérieur, mais Lianae comprit que c'était la bonne cellule.

Elle retint son souffle en introduisant la clé dans la vieille serrure rouillée et la tourna rapidement avant que ses nerfs lâchent. Pendant un long moment, elle se tint près de la porte fermée, s'attendant à moitié à ce que ceux qui se trouvaient de l'autre côté bondissent en entendant la clé tourner dans la serrure. Mais personne ne bougea. Lianae comprit qu'ils retenaient leur souffle, comme elle... Posant une main contre le fer froid, elle poussa la porte. Et il était là, debout.

Graeme.

Roué de coups et à moitié mort de faim, le visage décharné noir comme une cheminée, son frère aîné la regardait fixement, les yeux injectés de sang.

❧

MÊME LES ARBRES PLEURAIENT.

C'était un hiver bizarre, beaucoup plus chaud que tous ceux dont se souvenait Sorcha. Comme si la Mère de l'Hiver elle-même les avait abandonnés pour toujours.

Una lui manquait parfois plus qu'elle ne pouvait le supporter, mais le séjour loin de Dubhtolargg avait réussi à la distraire de son chagrin.

Sorcha aimait bien Lianae. Et ce simple fait prouvait que son frère avait tort de les garder ainsi isolés dans leur vallée. Les gens étaient passablement tous les mêmes, d'où qu'ils viennent. En fin de compte, leurs corps retourneraient enrichir la terre ensemble, puis une nouvelle génération se lèverait et disparaîtrait à son tour.

— Nous sommes tous de passage dans cette vie, avait dit Una un jour.

De brèves respirations, par des poumons impermanents. Une vie invisible rêve de nous et connaît notre destin...

Assise pendant que leurs chevaux s'abreuvaient dans le ruisseau, Sorcha sortit de sa sacoche le cristal qu'Una lui avait donné et l'inspecta.

Una avait été une femme tellement mystérieuse ! Sorcha avait parfois été témoin dans sa grotte de choses qu'elle ne pouvait expliquer, comme la couleur de ses yeux maintenant. L'un était violet et l'autre vert. Elle ne s'en était rendu compte que lorsque Ria lui avait posé la question. En fait, Sorcha se sentait transformée depuis ce matin-là dans la grotte d'Una. Mais le changement n'était pas aussi discernable que la couleur de ses yeux.

Dis-moi ce que tu vois...

Sorcha pouvait entendre en esprit la voix de la femme, comme un doux chuchotement dans les vieux arbres. Elle examina le cristal dans sa paume, la pierre d'un blanc laiteux qui avait orné le bâton d'Una. Ce bâton qui avait si souvent atterri sur leurs têtes pour les punir. Et pourtant, les larmes aux yeux, Sorcha s'en souvenait avec affection.

Toi seule peux déchiffrer le bruadar, le rêve...

Elles devaient être proches de Lilidbrugh maintenant. Sorcha pouvait le sentir dans ses os, de la même façon que le cristal d'Una l'avait appelée depuis son sac.

Lael avait promis de s'arrêter pour explorer les vieilles ruines le long de leur voyage de retour. Elles appartenaient désormais à Keane, mais Una avait souvent parlé du lieu de naissance de leur clan : des tours en pierres pâles qui s'étaient jadis dressées haut parmi les pins, de la cour pavée de quartz blanc extrait et rapporté des terres bordant la Ness. Le même genre de pierres qu'on appelait parfois des pierres froides, utilisées par les sages pour guérir les maladies et apporter la paix aux morts. Enchantées par les fées, on disait qu'elles flottaient comme des lys sur l'eau.

La fontaine de la cour de Lilidbrugh avait jadis été remplie de pierres froides, assez pour offrir des bénédictions à tous les hommes et les femmes de Scotia. Mais, hélas, c'était comme si la ville blanche avait décidé de rester cachée, car elles l'avaient cherchée en vain toute la matinée et Lael s'impatientait. Elle avait des filles qui l'attendaient chez elle.

Pensant aux filles de Lael, Sorcha étudia le petit cristal dans sa main. Faite de la même pierre luisante que la *keek stane* d'Una, cette boule en verre était plus petite. Elle tenait parfaitement dans sa paume et ressemblait un peu à celle qu'Una conservait sur sa table. Celle dans laquelle Sorcha avait regardé, la veille de la mort de la vieille femme. La *keek stane* était désormais perdue, comme la pierre du destin. Mais le jour de la mort d'Una, Sorcha avait découvert cette petite pierre sur son lit. Comme si Una l'avait laissée là pour elle. En cadeau.

Comme le livre.

L'effondrement de la montagne n'avait pas été l'œuvre des mortels. Les dieux eux-mêmes avaient jugé bon de s'emparer d'Una et de sa grotte, ainsi que de la pierre de Scone, d'un seul coup de main. Une main divine. Il ne restait maintenant plus que *cela*...

Bien plus soucieuse ces jours-ci, avec quatre filles sous sa garde, sa sœur aînée vint vérifier la bride de la jument de Sorcha.

— Qu'est-ce que c'est ? demanda-t-elle.

— Le cristal d'Una.

Renvoyant un rayon de soleil délavé, le verre sembla clignoter dans la main de Sorcha.

Curieuse, se demandant ce qu'elles regardaient, Cailin les rejoignit.

— Le verre de son bâton ?

— Oui.

— Una t'a donné ça ? demandèrent les deux sœurs en chœur.

Ce fichu bâton en bois de frêne n'avait jamais quitté la main d'Una. La pensée qu'elle en ait arraché la pierre était inconcevable. Mais elle avait dû le faire, puisque la pierre était là devant elles.

— Quand est-ce qu'elle te l'a donné ? demanda Lachlann. Je l'ai vue avec son bâton la nuit avant sa mort. J'ai été le dernier à monter la garde sur la colline.

Sorcha haussa les épaules.

— Je l'ai trouvé sur mon lit...

Pendant que les chevaux s'abreuvaient, ils restèrent tous un instant à regarder dans le cristal. Sorcha le faisait doucement rouler dans sa main. Puis elle s'arrêta et se figea, scrutant l'intérieur. Mais aucune de ses sœurs n'aperçut ce que vit Sorcha, car Lael et Cailin s'étaient vite lassées et éloignées. Cailin bavardait avec Luc.

— Arrêtons de chercher, dit Lael.

— Oh, non ! Tu peux partir, renchérit Cailin. On n'a pas besoin que tu restes.

Les écoutant à peine, Sorcha cligna des yeux et observa le cristal.

— Je refuse de vous laisser là, rétorqua Lael sur un ton plus brusque. Si je m'en vais, vous venez avec moi. Je ne vais pas donner à Aidan une autre raison de me déshériter, voyez-vous.

— Ce n'est pas à toi de t'occuper de nous, dit Cailin. Je suis adulte ! Nous ne sommes plus qu'à six lieues de notre vallée. Lachlann et moi, on s'assurera que Sorcha rentre bien chez nous !

— Jamais de la vie ! dit Lael. Quand je partirai, vous partirez aussi avec moi. Il n'y a rien pour nous ici.

Comme la *keek stane* dans la grotte d'Una, le cristal dans la main de Sorcha se mit soudain à briller. La forêt se fit silencieuse. Autour d'eux, la brume sembla pénétrer profondément dans le cristal. Des formes commencèrent à apparaître. Le cœur de Sorcha se mit à battre un peu plus vite. Fascinée, elle étudia les formes changeantes.

— Alors ? lança Cailin.

— Qu'est-ce que tu as, Sorcha ? demanda Lael. On dirait que tu as vu un fantôme. Et diable, qu'est-ce qui est arrivé à tes yeux ? ajouta-t-elle comme si elle venait seulement de remarquer les deux couleurs à la lueur du cristal.

Mais Sorcha n'arrivait pas à détacher son regard du verre. Elle vit la même tour se dresser, celle qu'elle avait vue dans la *keek stane* d'Una. Mais maintenant, elle la reconnaissait.

Parce qu'elle était allée là-bas.

Dunràth.

Sorcha devint toute pâle. Là, dans son cristal, un oiseau bleu à quatre pattes tournoyait furieusement devant la motte et la tour, le bec dégoulinant de sang... Puis elle aperçut un loup blessé, ensanglanté... *Keane était ce loup.* Alors qu'elle essayait d'interpréter les images, Sorcha comprit. L'oiseau à quatre pattes... C'était l'emblème de William FitzDuncan.

Livide, Sorcha releva la tête et s'adressa à ses sœurs :

— Nous devons retourner tout de suite à Dunràth !

Écoute ton cœur, pas ta tête.

Les paroles d'Una résonnaient dans la tête de Keane. La logique lui disait de rester et de se battre aux côtés de son roi, mais son cœur lui disait de rentrer chez lui.

En un tour de main, il pouvait tout perdre : Lianae.

Dunràth. Lilidbrugh, et peut-être même les siens, si Lianae les avait trahis. Au nom de quoi ? Pour une chance d'avoir son propre siège, sous un souverain que son peuple n'avait jamais reconnu ?

Mais non, là n'était pas la raison.

Il avait tout fait pour Lianae, pour la femme dont son cœur était captif.

Il avait été prêt à mentir, à accepter les péchés d'un autre, à dépouiller son meilleur ami, car en vérité, c'était Cameron qui aurait dû recevoir Dunràth. Si seulement Keane n'avait pas pris le commandement de leurs hommes. Pourtant, Cameron s'était tenu à ses côtés. Le plus grand péché de l'homme avait été de lui cacher la nouvelle que les frères de Lianae attendaient leur condamnation à Dunràth. C'était aussi pour cela que Murdoch avait pris la fuite.

Keane ne se laisserait pas duper en croyant que Lianae l'avait choisi par amour. Il lui suffisait maintenant de libérer ses frères rebelles et de leur remettre les clés de Dunràth, un bastion d'où ils pourraient fomenter une nouvelle rébellion contre le roi. Il n'y avait pas moyen de savoir ce qui se passerait après, car la moitié de Moray restait fidèle à Oengus le Mormaer, même dans sa tombe.

Pendant cinq ans, David avait tenu ces terres par la force. Pourquoi mettrait-il maintenant le Royaume de Moray en péril ? Le roi avait placé ses pièces sur l'échiquier, en offrant cette dame en mariage à ce laird, en assimilant plutôt qu'en conquérant, malgré ses armées de plus en plus nombreuses. Mais il devrait maintenant savoir qu'on n'assujettit jamais les Highlanders par la force. Même dans la mort, les fils d'Oengus continueraient de le harceler. À moins que…

Il comprit soudain...

C'était un test.

Un test où Lianae ne devait pas échouer.

Elle avait en main les clés de Dunràth et l'ordonnance de David. Ces clés, David mac Mhaoil Chaluim les avait sciemment placées dans les mains de son épouse. Il devait savoir qu'elle trouverait ses frères là-bas... et ensuite ?

Avait-il des hommes prêts à écraser une rébellion ? Avait-il l'intention de dénicher les rebelles en se servant de Lianae ? En ce moment même, FitzDuncan se préparait-il à chevaucher vers Dunràth sur ordre du roi ?

Hélas, la seule pièce du puzzle que David n'avait pas pu prévoir était la pierre du destin, et Keane s'était rendu compte que Lianae était au courant. Il l'avait lu sur son visage le jour où il avait quitté la vallée.

Oui, elle savait.

Quand il arriverait, ses frères lui décocheraient-ils une flèche dans le cœur, dès qu'ils l'apercevraient ? Ouvriraient-ils les portes au nouveau laird de Dunràth ? Lianae lui remettrait-elle volontiers les clés de Dunràth ? Les hommes du roi se retourneraient-ils contre elle si elle choisissait la mauvaise voie ? Elle avait cinquante hommes capables à sa disposition, mais combien d'entre eux étaient fidèles à David et combien étaient restés loyaux envers Oengus ?

Je ne suis pas assez stupide pour laisser une place forte d'importance sans un nombre suffisant d'hommes pour la garder, lui avait dit David. Et il savait instinctivement que c'était vrai.

La mort dans l'âme, Keane accéléra. Il pouvait la sentir maintenant, la fureur salée de l'océan. Il poussa sans relâche Beithir, impatient d'arriver, impatient de poser son regard sur son épouse, impatient de savoir si sa vie serait détruite aussi facilement que la pierre du destin ne leur avait été retirée des mains.

❧

— Des cavaliers, Madame !

Lianae releva la tête des livres de compte qu'elle venait d'étudier depuis deux jours sans discontinuer. Si elle ne faisait pas erreur, il y avait des divergences dans les comptes. Des chariots entiers de provisions avaient été réquisitionnés par Kinneddar. Elle ne savait pas ce que cela voulait dire, mais cela ne l'aurait pas étonnée si FitzDuncan vidait les coffres et les celliers de tous les domaines qu'il contrôlait.

— Portent-ils l'étendard royal ?

Balloch fit non de la tête.

— S'ils ont un étendard, on ne le voit pas, Madame.

La plume à la main, Lianae était inquiète. Elle n'avait pas l'habitude de prendre de telles décisions, et voilà que le moment de vérité était arrivé. Elle pouvait lire, écrire et tenir les comptes comme un homme, mais pourrait-elle protéger Dunràth contre des envahisseurs ?

Ici, il n'y avait pas de muraille derrière laquelle se cacher, pas de toits d'où l'on pouvait lancer des projectiles. Le château lui-même était bâti assez haut sur la motte, de sorte que les hommes lançant des flèches depuis la muraille de trois pieds entourant le donjon auraient un avantage, mais pas pour longtemps. Ils auraient peu de temps pour se préparer s'ils devaient se battre pour protéger leurs biens. Même si elle le voulait, il était trop tard pour envoyer des cavaliers à Kinneddar, et de toute façon, il était peu probable que FitzDuncan vienne les aider. Pour autant qu'elle sache, c'était même peut-être lui. Mais elle n'était pas prête à perdre ce pour quoi elle s'était tellement battue.

— Aux armes, ordonna-t-elle au serviteur. Et faites rentrer les femmes et les enfants dans la maison. Rassemblez tout le monde, tout de suite.

Si les attaquants escaladaient la motte, ils se protègeraient en mettant le feu au fossé.

— Allez prévenir mon frère... vite ! commanda-t-elle à Balloch.

— Oui, Madame !

Parbleu, si Lael et ses sœurs pouvaient s'habiller pour la guerre, elle le pourrait tout autant ! Déterminée à protéger son peuple, Lianae monta quatre à quatre les escaliers de la tour pour revêtir l'armure du seigneur. Rien de plus qu'un jaque empesé et une tunique, mais cette dernière portait le blason de Dunràth. Ses hommes pourraient ainsi facilement la reconnaître dans le combat.

Elle ne savait pas vraiment comment manier une épée, mais elle essayerait néanmoins, au moins comme une démonstration de force. Hélas, quand elle tenta de décrocher la lourde claymore pendue au mur, l'arme tomba bruyamment par terre et entailla le sol. Lianae laissa l'épée sur place en la maudissant. Au lieu, elle saisit son fidèle petit couteau sur sa table de chevet, là où elle l'avait laissé.

Se précipitant vers le brasier froid, elle recouvrit ses doigts de cendre. Ce n'était pas la même chose que le *woad*, mais elle devrait faire avec. Elle passa ensuite ses doigts sur ses joues et sur son front, puis se précipita dans la cour, criant aux hommes d'amener sa jument.

Par la miséricorde de Cailleach, elle allait bientôt découvrir comment le cheval d'Una pouvait supporter le sang et les horreurs de la guerre. Mais soudain, avant de monter en selle, elle regarda vers la motte et aperçut la horde qui approchait.

Au pied de la colline, vingt hommes sans bannières surgirent des bois et tombèrent sur un petit groupe de huit personnes. De ces huit, elle reconnut aussitôt le chef, avec ses cheveux noir corbeau et son manteau sombre contre sa jument blanche comme neige.

Keane.

AYANT QUITTÉ CARLISLE SI VITE, Keane avait abandonné plus de la moitié des soldats qui lui avaient été promis. Il était mal préparé à rencontrer plus du double de ses hommes sur le champ de bataille. Mais il se rendit compte que les assaillants ne venaient pas de la motte. Il dégaina son épée et se plaça entre ses hommes et les assaillants, pour donner à ses soldats de précieuses secondes pour se préparer. Mais il n'eut guère que quelques secondes, car les attaquants se précipitèrent tous sur lui.

— Pour le laird ! s'écrièrent ses hommes, se rassemblant pour se battre.

— Pour le laird !

Le choc des épées retentit dans le crépuscule. Métal contre métal. Épée contre hache. Hache contre épée. Les hommes poussèrent des cris de bataille et Keane sentit l'acier froid transpercer son épaule...

— POUR LE LAIRD !

— Pour le laird !

Traversant la pinède à train d'enfer, les sœurs dún Scoti entendirent les cris. Elles éperonnèrent leurs montures pour se joindre à la bataille, Lachlann et Luc sur les talons. Ils atteignirent la mêlée au moment où les hommes engageaient la bataille.

Il n'y avait pas de bannières, mais Lael n'avait pas besoin de savoir quel sang elle verserait pour défendre son frère.

— Pour Keane ! cria-t-elle en dégainant de sa ceinture sa longue épée ainsi qu'une lame de neuf pouces.

Debout dans ses étriers, Cailin se saisit de son arbalète et coinça l'arbrier contre son épaule.

Sorcha tira son épée en poussant des cris vengeurs.

Ensemble, les sœurs poussèrent leur cri de guerre dún Scoti. Recouvertes de *woad* et prêtes à mourir pour protéger l'un des leurs, elles se joignirent à la bataille au pied de la colline de Dunràth.

Par tous les dieux ! Keane n'avait jamais été aussi soulagé de sa vie de voir trois femmes ! Il reconnut le cri de guerre de leurs ancêtres et sourit, car le son n'était pas moins terrifiant venant d'une femme. Il entendit aussi le cri de Lachlann et sut que le cours de la bataille allait changer.

S'il avait été surpris de l'arrivée de ses sœurs, les assaillants le furent d'autant plus. Leur hésitation momentanée signa leur perte. Keane en abattit un et taillada le deuxième tandis que Lael arrivait au galop. Elle brandit sa longue lame et un troisième tomba.

Son bras déjà recouvert de sang, Keane avait du mal à manier son épée. Il serra les dents contre la douleur, s'efforçant de conserver la maîtrise de la lourde lame. Lachlann vint se placer à son côté et Lael de l'autre. Ils se battirent ensemble, parant chaque coup. Les flèches de Cailin sifflaient autour d'eux. À la différence de l'arc de Keane, destiné à la chasse, le sien était conçu pour la guerre. Chacune de ses flèches s'avérait être un coup mortel. Keane perdit seulement deux hommes avant que trente autres guerriers ne dévalent la motte à leur secours, puis dix autres vinrent encercler leurs ennemis par derrière.

— Pour le laird de Dunràth ! s'écrièrent-ils d'un seul homme.

— Pour le laird !

Comme des rats terrifiés par la lumière, les assaillants s'enfuirent dans les bois.

La bataille prit fin aussi vite qu'elle avait commencé.

Mais en l'espace de quelques minutes, plus de vingt hommes étaient tombés, dont quelques-uns à lui. La neige était jonchée de cadavres et tachetée de sang. Keane descendit de cheval pour aller vers les victimes. Un seul des assaillants était encore en vie. Il releva l'homme et le projeta vers Lachlann. Le capitaine de son frère porta sa lame à la gorge de l'homme avant qu'il n'ait le temps de faire un pas.

— Emmène-le dans les geôles, ordonna-t-il. Essaie d'apprendre qui a envoyé ces vauriens et pourquoi.

Puis il se retourna et la vit.

Son épouse.

Montée sur une jument blanche comme neige, comme celle de sa sœur, elle descendait de la motte avec dix autres hommes. Elle portait un lourd jaque sur une robe vert clair, mais cette tenue ne lui allait pas. Pourtant, elle était belle à voir. Terrassé par l'émotion, mais soulagé aussi, Keane rengaina son épée et alla à sa rencontre. Sans se soucier que ses hommes, et ses sœurs, voient un homme pleurer, il alla saluer son épouse Moray. Descendant rapidement de cheval, Lianae se précipita dans ses bras. Keane la berça avec jubilation, la couvrant de son sang.

Cela lui semblait égal.

Mais les larmes aux yeux, elle s'écria :

— Tu es blessé !

— Non, Lianae, j'ai retrouvé ma plénitude, dit-il.

Et il réalisa finalement que c'était vrai. Lianae était cette partie de lui qui lui avait manqué durant la majorité de sa vie.

Lianae pleura sans gêne, trempant de ses larmes son manteau taché de sang.

— Je suis tellement heureuse que tu sois de retour ! dit-elle en sanglotant et en l'étreignant avec ardeur. Bienvenue, mon prince !

— Ah ! mon amour... que vaut un prince sans sa princesse ?

Puis il la reposa sur ses pieds et mit un genou à terre devant elle, bien qu'il fût ensanglanté.

— À partir de ce jour, Lianae de Moray, je prête serment de loyauté envers toi, envers les enfants que nous aurons ensemble, et envers la terre que nous protègerons et servirons.

Tout en pleurant, elle tendit les mains vers lui et couvrit son visage mal rasé de sang et de sueur. Mais c'était la caresse la plus tendre que Keane ait jamais reçue.

— Mon cœur est tien, mon laird de Dunràth, déclara-t-elle. Je t'aime de toute mon âme. Et si tu veux bien me pardonner, je serai ta fidèle épouse.

— Je t'avais pardonné avant de partir, avoua Keane.

Et c'était vrai. Dès que leurs lèvres s'étaient rencontrées, il avait su qu'elle serait la seule femme qu'il connaîtrait désormais. Pour la garder, il s'était rendu compte qu'il devait lui faire confiance, et pour lui faire confiance, il savait qu'il devait l'aimer.

Autour d'eux, on criait des hourras. Mais ni Lianae ni Keane ne les entendirent. Le monde sembla disparaître tandis qu'ils s'embrassaient de nouveau... un dernier baiser pour changer leur destin.

ÉPILOGUE

Château de Dunràth, 1137

Certains diraient que Lianae avait eu le Royaume de Moray à portée de main et qu'elle l'avait rejeté.

Mais Lianae avait acquis tellement plus ce jour-là. Priant pour qu'elle place l'amour au-dessus de tout, David mac Mhaoil Chaluim avait parié et gagné.

Elle aussi.

Rétrospectivement, tout cela n'avait été qu'un risque calculé : David mac Mhaoil Chaluim avait dû voir quelque chose que Lianae et Keane ignoraient à l'époque.

Pourtant, David avait aussi dû savoir que Lianae n'aurait jamais permis qu'on pende son frère. Un jour, elle lui demanderait pourquoi il avait fait preuve de miséricorde envers Graeme, quand son propre frère Edgar avait aveuglé leur oncle Donald et l'avait envoyé travailler comme garçon de cuisine, pour la même offense pratiquement.

En fait, maintenant qu'elle y réfléchissait, c'était peut-être la raison, car on disait qu'Edgar était mort comme un misérable, tenaillé par la culpabilité pour ce qu'il avait fait à l'un des siens. Quoi qu'on dise sur lui,

David mac Mhaoil Chaluim était plus intelligent que cela. Il avait davantage conquis par l'esprit que par son épée.

Le vent ébouriffa les cheveux de Lianae et s'engouffra sous ses jupes. L'été était arrivé, le froid hivernal avait disparu depuis longtemps. Mais comme les terres elles-mêmes, les vents des Highlands ne se laissaient pas apprivoiser. Ils soufflaient comme ils soufflaient, et si quelqu'un ne pouvait pas accepter l'aspect sauvage du Nord, ce n'était tout simplement pas dans son sang. Lianae offrit son visage au vent et sourit, jouissant de la caresse de Dieu.

Hélas, son frère Ewen était mort. Il avait péri de la fièvre peu après son arrivée à Dunràth. Avec l'aide de Graeme, elle avait déplacé sa tombe plus haut sur la colline, sous un sureau. Quelle qu'ait été la raison pour laquelle David avait épargné Graeme, elle ne pouvait prétendre le savoir, mais elle était néanmoins reconnaissante. Désormais, son frère n'avait plus la volonté de se battre.

Elle se dirigea vers la plage, leur fils de dix mois dans les bras. Elle l'avait nommé Angus, d'après son père. Elle roucoulait doucement à son oreille tout en descendant vers la plage où Keane était occupé à travailler sur un nouveau bateau.

Keane avait toujours voulu apprendre à pêcher. Maintenant qu'il avait la mer, au lieu du loch de Dubhtolargg, pour le stimuler, il éprouvait une grande joie à la pensée de faire de la voile avec leur fils, mais pas avant qu'Angus ne soit en âge, si Lianae avait son mot à dire. En attendant, il devait se contenter de partager son temps avec le frère aîné de sa femme.

Elle fit signe aux hommes et Angus lança clairement :

— Pa-pa !

— Oui ! s'écria-t-elle, excitée par le premier mot de son fils.

Grassouillet et heureux, Angus applaudit de ses petites mains rondelettes.

— C'est ton papa ! Bonjour, Papa ! dit-elle en faisant de nouveau signe à Keane.

Comme pour lui répondre, le vent du nord apporta des effluves de saumure aux narines de Lianae. Elle inhala profondément le parfum et avança vers le bord de l'eau, comme les femmes de Dunràth l'avaient fait pendant des siècles avant elle.

Elle n'avait plus jamais revu ses pierres fétiches, mais elle n'en avait pas besoin.

Le fils d'Uhtreda était un serpent cruel, mais personne n'était arrivé à prouver que c'était celui qui avait attaqué Keane ce jour-là, au pied de la colline de Dunràth. Il continua donc de servir David en tant que comte de Moray, niant toute trahison. L'homme qu'ils avaient capturé était mort de ses blessures. Ils vivaient donc avec un serpent parmi eux et le gardaient à distance.

Quant à son frère Lulach, il n'était venu qu'une seule fois. Même si la perte d'un frère l'affectait, il lui restait Graeme. Et elle avait Keane... ainsi que l'avenir de son clan, ici dans ses bras.

— Pa-pa ! répéta Angus.

— Pa-pa, répéta Lianae avec un sourire.

NOTE DE L'AUTEUR

Chers lecteurs,

Si vous avez suivi cette série, vous avez peut-être reconnu quelques noms, notamment MacBeth (écrit Macbeth dans la littérature). Il a été très calomnié par Shakespeare, bien qu'il fût un roi plutôt sage, de l'avis de la plupart. Il a gouverné l'Écosse pendant dix-sept années paisibles. D'un autre côté, Duncan Ier fut soi-disant un égoïste. Les six années de son règne n'apportèrent ni paix ni gloire à l'Écosse. Les seigneurs du Nord se rebellèrent en fait contre lui pour avoir envahi la Northumbrie. Il a été tué par MacBeth dans une escarmouche à Both Gobhanán, aujourd'hui Pitgaveny.

Vous avez peut-être également remarqué quelques autres noms, comme Merlin (pourquoi ne pourrait-il pas être une femme ?), et si vous êtes férus d'histoire : Uhtreda, l'arrière-arrière-petite-fille d'Uhtred le Hardi (ou si vous avez regardé *Le Dernier Royaume*, Uhtred de Bebbanburg).

La magie était un élément indéniable de la culture écossaise et comme vous le savez, la pierre de Scone a été rendue à l'Écosse après être restée sous le trône anglais pendant des siècles, mais il y a bien une légende qui dit le contraire. Qui sait… J'espère que vous avez aimé les livres de la série des *Gardiens de la pierre* et qu'en les lisant, vous avez peut-être cru, ne serait-ce qu'un instant, que les choses auraient pu se dérouler de cette façon. Le prochain livre nous conduira dans une tout autre direction : au cœur de la rébellion du roi Étienne, avec une toute nouvelle série.

Tanya Anne Crosby

DICTIONNAIRE GAÉLIQUE

Cette liste vous permettra de prendre davantage plaisir à la lecture de ce livre. Pour les mots gaéliques non inclus ici, le sens est explicité dans le texte lui-même.

Am Monadh Ruadh : les Cairngorms (chaîne de montagnes située dans les Highlands, en Écosse), littéralement « les collines rouges », ce qui les distingue des *Am Monadh Liath,* « les collines grises ».

Arisaid : version féminine d'un grand plaid, plutôt utilisée comme un manteau à l'origine, le plaid n'apparaissant que beaucoup plus tard en Écosse. On peut reconnaître chaque clan à la couleur de son *arisaid.*

Aula : salle de réception ou de banquet où le seigneur rendait parfois justice.

Auroch : espèce de bovidés disparue, ancêtre des races actuelles de bovins domestiques.

Bean sìth : banshee, créature féminine surnaturelle de la mythologie celtique irlandaise, considérée comme une magicienne ou une messagère de l'Autre Monde (le *Sidh*).

Ben : montagne.

Breacan : abréviation de *breacan-an-feileadh,* ou grand plaid.

Brollachan : goule, créature monstrueuse.

Corrie : cirque, enceinte naturelle à parois abruptes, de forme circulaire ou semi-circulaire.

Crannóg : construction en bois, souvent sur un plan d'eau, servant de maison aux premiers Pictes.

Dwale : boisson à base de morelle ou de belladone, souvent utilisée comme anesthésique.

Keek stane : pierre de voyance ou boule de cristal.

Loch : lac.

Mo chreach : interjection utilisée pour exprimer la surprise ou la déception.

Mounth : chaîne de collines bordant le sud de la vallée de la Dee, dans le nord-est de l'Écosse.

Quintaine : pièce d'équipement pour l'entraînement aux joutes, souvent en forme de personne.

Reiver : pillard à la frontière anglo-écossaise.

Sluag : dieu du monde des morts.

Targe : petit bouclier circulaire.

Trews : pantalon moulant en tartan.

Uisge beatha : whisky, littéralement « eau-de-vie ».

Woad : colorant extrait du Pastel des teinturiers ou guède, une plante herbacée.

LIVRES DE TANYA ANNE CROSBY EN FRANÇAIS

Les Demoiselles des Highlands

L'Épouse du MacKinnon

Le Cadeau de Lyon

À Genoux devant elle

Cœur de lion

Les Gardiens de la pierre

Le Promis des Highlands

L'Épée des Highlands

Tempête dans les Highlands

Les Sœurs Aldridge

Les derniers moments de Florence W. Aldridge

Au nord de Folly-sur-Mer

À l'ouest de la mort

Le baiser du Faucon

À PROPOS DE L'AUTEUR

Les romans de Tanya Anne Crosby figurent sur de nombreuses listes de best-sellers, y compris celles du New York Times et de USA Today. Chargés d'émotion et d'humour, aux personnages pleins de défauts, ses livres lui valent les louanges des lecteurs et d'élogieuses critiques littéraires. Elle vit avec son mari, deux chiens et deux chats au nord de l'État du Michigan.

Pour plus d'informations:
www.tanyaannecrosby.com
tanya@tanyaannecrosby.com

www.ingramcontent.com/pod-product-compliance
Lightning Source LLC
Chambersburg PA
CBHW051010180726
48291CB00006B/2054

* 9 7 8 1 9 4 7 2 0 4 5 9 1 *